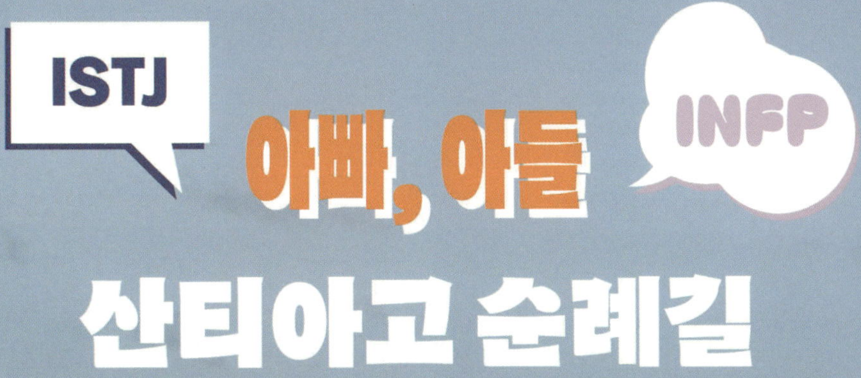

ISTJ
INFP
아빠, 아들
산티아고 순례길

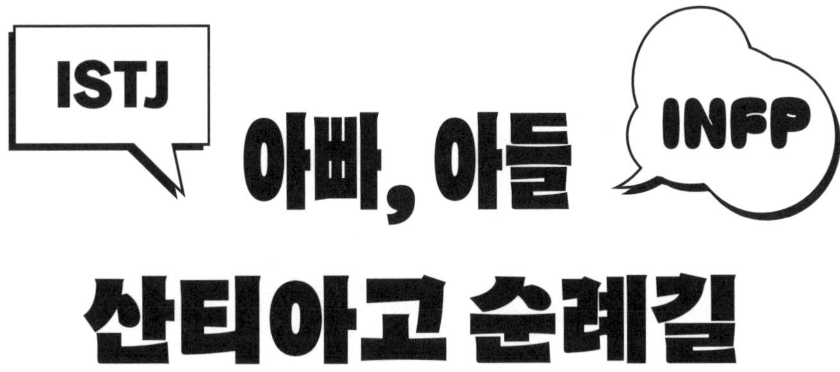

	기준 경향	선호지표	선호 경향	
E	외향(Extraversion)	심리 에너지	내향(Introversion)	I
S	감각(Sensing)	인식의 관점	직관(Ntuition)	N
T	사고(Thinking)	판단의 기준	감정(Feeling)	F
J	판단(Judging)	일상의 태도	인식(Perceiving)	P

검사결과 유형

| I | S | T | J | **책임감을 중시하는 현실주의자 아빠**

이상향을 중시하는 낭만주의자 아들

검사결과 유형

 | I | N | F | P |

INFP 아들 

ISTJ 아빠 

"

▌ 아빠와 함께 가고 싶다

나는 어렸을 적, 거의 모든 놀이공원에 하나씩은 있던 '바이킹(Swing Boat)'을 정말 무서워했었다. 혹시나 안전대가 덜컹 부서지지나 않을까, 중력 때문에 배의 한가운데로 날아가 처박히지나 않을까! 사방에서 엄습하는 오만가지 걱정 때문에 같이 타자고 옆에서 졸라 대는 동생에게 애꿎은 화풀이만 종종 했었다.

어렸던 나에게 배낭여행은 그런 바이킹보다도 더욱 무서운 개념이었다. 모든 것이 생소한 외국에 덜렁 남겨지다니, 무언가 '안심할 수 있는 안전장치'가 제공되지 않은 채로 억지로 바이킹 끝자락의 좌석에 떠밀린 것처럼 느껴졌다. 그래서 모든 일정이 세세하게 짜여 있고, 모든 식사와 숙소와 교통편이 알아서 제공되는 여행사 상품들이 아니면 해외여행의 'ㅎ'자도 꺼내지 말라며 발버둥을 쳤던 때가 있었다.

하지만 세상의 많은 것들이 으레 그렇듯이 맨 처음이 무지하게 어렵지, 어떻게든 처음 한 번을 겪고 나면 언제 그랬냐는 듯 입을 싹 씻고 꽤 할 만하다며 얼굴에 철판을 깔기 마련이다. 이제는 끝의 좌석만 골라 타면서 배가 쭉 올라가면 반쯤 일어서서 팔을 들며 환호도 즐기게 된 것처럼, 많이 힘들더라도 내 마음대로, 내 마음이 가는 대로 나만의 여행과 추억을 만들어 가는 재미에 빠지게 되었다. 그리고 나를 그런 배낭여행의 세계로 이끌어 준 것은 다름 아닌 아빠였다.

아빠는 여행 마니아이자 알아주는 '항덕'이다. 여러 채널에서 방영해 주는 여행 프로그램들도 챙겨 보고, 세계지도를 정말 빠삭하게 외우고 있으며, 전 세계 항공사 사이트들을 얼마나 많이 접속했는지 그 많은 항공사들 대부분의 루트는 물론, 세계 각지 공항의 IATA 코드 세 글자까지도 거의 다 외우고 다닌다. 엄마를 만나지 않았다면 평생 지구를 떠돌았을 거라고 절반의 진심과 절반의 농을 뒤섞어 말하는 것을 보면, 마치 역마살을 몇 개는 타고난 것 같다. 물론 나는 사주팔자를 잘 모르니 실제로 역마살이 있는지는 잘 모르겠지만.

아빠는 빠듯한 시간과 빠듯한 예산을 쪼개어 기회가 될 때마다 가족들을 데리고 이곳저곳으로 배낭들을 짊어지고 떠났다. 많은 고생도 했고, 그만큼 많은 추억도 쌓았다. 그리고 앞서 언급했던 것처럼 나도 아빠 덕에 차츰 스스로 만들어 가는 여행의 맛을 알아 가게 되었고, 전에는 무서워서 감히 생각조차 해 보지 못했던 1인 여행까지도 계획해 볼 정도가 되었다.

모든 여행자의 주적, 그리고 더불어 관광업계의 주적 코로나바이러스도 세상에서 잊힐 정도가 되고 나니 또 몸이 근질근질해졌다. 어디로 가야 할까. 어떤 콘셉트를 잡아 볼까. 그러다가 문득, 그 많은 여행에도 불구하고 내가 아빠와 둘이서만 어디론가 여행을 했던 일이 한 번도 없었다는 걸 깨달았다. 가족 네 명이서 다 함께 가거나, 나와 여동생 둘이, 또는 나와 엄마만 둘이 간 적은 있어도, 정작 여행을 좋아하는 아들과 아빠는 둘만의 여행을 함께해 본 적이 없었다. 며칠 정도 베트남을 함께한 적은 한 번 있으나, 그 후에 곧바로 다른 가족들과 합류하여 남은 일정을 마쳤으므로 둘만의 여행이라고 하기에도 어려웠다.

이건 나름 충격이었다. 나는 괜찮은 여행지를 곰곰이 생각해 보았다.

아빠는 산, 트래킹, 수려하면서도 고요한 자연경관을 좋아한다. 복잡하고 번잡한 도시나, 깊은 비밀을 감추고 있는 역사 유적지나, 감동적인 박물관과 미술관들과는 연이 없다. 그러면서도 지나치게 짧아 별 추억거리가 되지 못해서도 안 되며, 반대로 지나치게 장대하여 산행을 싫어하는 내가 지쳐 나가떨어질 정도여도 안 된다.

다른 성향의 사람이라면 이런저런 잠재적인 여행지들을 여럿 만들어 두고 각각의 경비, 일정, 예상되는 체력 소모, 현지의 계절과 기온, 비행기 표 등등을 자세히 비교해 본 끝에 한 가지를 선택할 것이다. 하지만 나는 냅다 스페인으로 정했다. 이유는 간단했다. 내가 스페인을 좋아해서. 일정이니, 현지 날씨니 하는 잡다한 것들은 결론에 끼워 맞추면 되는 것이다.

▌ 카미노 데 산티아고

카미노 데 산티아고(Camino de Santiago). 문자 그대로 직역하면 '산티아고의 길'이라는 뜻이다. 스페인의 서북부 갈리시아에 위치한 도시 산티아고 데 콤포스텔라(Santiago de Compostela)는 기독교의 성지이기도 하다. 성 야고보는 이베리아반도 등을 비롯해 서남부 유럽에 복음을 전파하다가 순교한 성인으로서 그의 제자들이 야고보의 유해를 갈리시아에 안장하였는데, 오랫동안 그 정확한 위치가 세상에 알려지지 않았으나 9세기경 어떤 수행자가 별이 빛나는 들판에서 성 야고보의 무덤을 발견하면서 그 위치에 산티아고 데 콤포스텔라 대성당이 세워지게 되었다고 한다. '콤포스텔라'라는 말은 들판을 의미하는 캄포(Campo)의 변형인 콤포(Compo)와 별을 뜻하는 스텔라(Stela)의 조합이다. 중요한 성지였던 만큼, 많은 순례자가 산티아고를 향해 순례를 시작했고, 그들이 다녔던 길이 점차 하나의 길로 확립되기 시작했다.

　카미노 데 산티아고를 말하면 흔히들 한 개의 길만 있는 것으로 오해하기 쉬우나, 산티아고를 향해 걷는 길은 여러 루트가 존재한다. 북부 해안을 따라 걷는 루트, 스페인의 중부 내륙을 가로질러 걷는 루트, 포르투갈에서 올라오는 루트 등등.

　그러나 그중에서도 가장 유명하고 가장 붐비는 곳은 바로 '프랑스 길(Camino Francés)'이라 불리는 루트, 즉 프랑스 남부의 작은 마을 '생장피에드포르(Saint Jean Pied de Port)'에서 출발하여 피레네산맥을 넘고, 스페인 북부의 큰 도시들을 거치며 장장 800여 ㎞를 걸어 산티아고에 도착하는 루트이다. 가장 대중적인 루트인 만큼 가장 상업화되어 있어 가장 정보도 많고, 숙소와 식당도 많고, 여행자도 많아 새로운 사람과 환경을 가장 많이 만날 수 있다. 당연히 여행의 인프라 면에서도 독보적이다.

트래킹과 자연을 좋아하는 아빠, 그리고 스페인을 좋아하는 나. 둘의 이색적인 여행지로 카미노 데 산티아고만큼 적절한 곳이 또 있을까? 당장 추진하기로 했다.

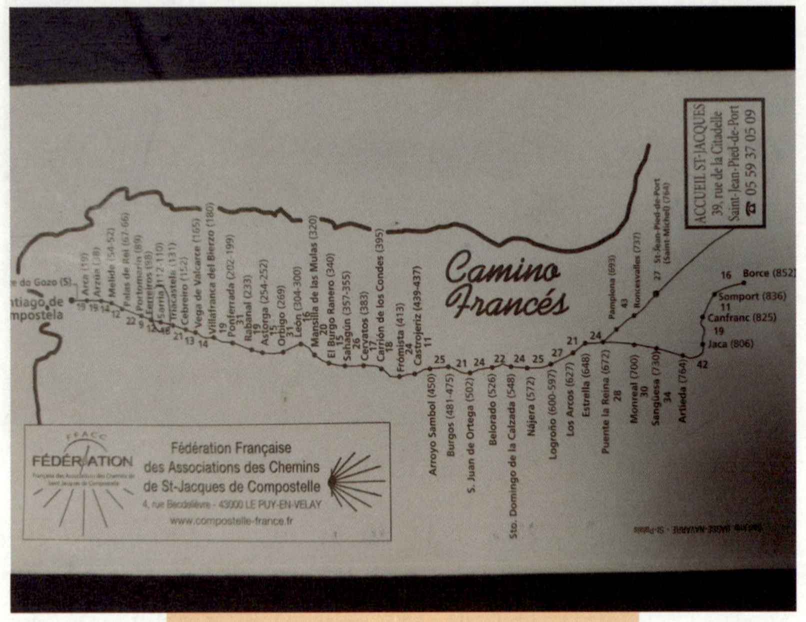

장장 800㎞에 이르는 기나긴 프랑스 길

30년을 넘게 같이 살아도 같아질 수가 없어

목적지가 정해졌다면 여행 준비를 시작해야 한다. 그러나 나와 아빠는 시작부터 서로 다른 방향으로 움직였다. 엄마와 여동생의 추측대로, 그리고 실제로 검사해 본 결과마저도 나는 INFP, 그리고 아빠는 ISTJ라고 한다. 그동안 서로가 정보를 받아들이고 처리하는 과정이라든가, 의사소통을 마음속에서 정리하고 밖으로 표현하는 방식이 적잖이 다르다고 알고는 있었지만, 그래도 세 글자나 다르다니!

아니나 다를까, 아빠는 항공편 검색부터 A4 용지 몇 장을 빽빽하게 뒤덮을 정도로 정말 모든 경우의 수를 다 정리하려 했다. 날짜와 3개의 영어 코드 수백 개가 종이를 빼곡하게 뒤덮고 있었다. 혹시나 빠뜨린 연결편이 있을까 계속해서 눌러 대는 새로고침은 덤이었다. 나였으면 그냥 적당한 가격과 괜찮은 일정이면 냅다 정하고 돌아보지 않을 텐데, 아빠는 그 약간의 세금을 아끼고 그 약간의 이동 간 딜레이를 줄이고자 수백의 옵션을 뒤지고 뒤진 끝에 마침내 상당히 괜찮은, 나였다면 절대 찾지 못했을 표를 예약하는 데 성공했다. 애초에 나보고 저렇게 정리하라고 했다면 입에서 비속어가 절로 튀어나왔을 것이었다. 아빠니까 할 수 있는 일이라고 생각했다.

아빠의 정리는 여기서 그치지 않았다. 여행지가 정해지자마자 아빠는 각종 자료를 정리하기 시작했는데, 수십 개의 여행 수기들을 찾아내 꼼꼼히게 읽었고, 우리가 갈 모든 도시의 지도를 조사해 어디서 어디로 이동할 때는 언제 출발하는 무슨 교통편을 이용해야 할 것인가도 모두 체크해 두었다. 마치 회사에서 상사에게 올릴 보고서를 작성하는 것 같았다.

그 백미는 '여행 계획'이라는 엑셀 파일이었는데, 무려 192개 줄에 프랑스 길 사이사이에 있는 마을과 도시 이름들을 모조리 집어넣고, 모든 지역의 해발고도, 각 지역 간의 거리, 출발점과 종착점에서의 각각의 거리는 물론이요, 그 지형과 거리를 바탕으로 하루에 얼마만큼 걸어야 할 것인가, 그리고 어느 지점에서 숙박해야 할 것인가까지 무려 1달 치 여정을 예측하여 기재해 두었다. 심지어 중간에 일이 틀어질 경우를 대비한 파일마저도 준비했었다. 아직 집을 한 발짝도 나서지 않았는데!

	지명	구간거리	Pilgrim				계획		실행		남은거리	진행거리	해발고도
			일	일누계	남은거리	진행거리	일	일누계	일	일누계			
1	Camino de Santiago --- French Way.												
4	**Saint Jean Pied de Port**	0		0	**775**	**0**					775	0	179
5	Huntto	5		5	770	5					770	5	499
6	Orisson	2.4		7.4	767.6	7.4	1일	7.4			767.6	7.4	821
7	Chateau Pignon	3.8		11.2	763.8	11.2					763.8	11.2	1155
8	Col de Bentarte	5.2		16.4	758.6	16.4					758.6	16.4	1314
9	Col de Lepoeder	4		20.4	754.6	20.4					754.6	20.4	**1429**
10	Puerto de Ibaneta	3.6		24	751	24					751	24	1056
11	**Roncesvalles**	1.6	1일	25.6	749.4	25.6	2일	18.2			749.4	25.6	953
12				0	749.4	25.6					749.4	25.6	
13	Auritz/Burguete	2.8		2.8	746.6	28.4					746.6	28.4	895
14	Aurizberri/Espinal	3.7		6.5	742.9	32.1					742.9	32.1	873
15	Alto de MezKiritz	1.7		8.2	741.2	33.8					741.2	33.8	922
16	Viscarret/Guerendiain	3.2		11.4	738	37					738	37	781
17	Lintziain	1.9		13.3	736.1	38.9					736.1	38.9	744
18	Alto de Erro	4.5		17.8	731.6	43.4					731.6	43.4	801
19	Zubiri	3.7		21.5	727.9	47.1	3	21.5			727.9	47.1	530
20	Ilarratz	3.1		24.6	724.8	50.2					724.8	50.2	549
21	Eskirotz	0.8		25.4	724	51					724	51	528
22	Larrasoana	1.7	2	27.1	722.3	52.7					722.3	52.7	497
23				0	722.3	52.7					722.3	52.7	
24	Akerreta	0.6		0.6	721.7	53.3					721.7	53.3	497
25	Zuriain	3		3.6	718.7	56.3					718.7	56.3	479
26	Iroz/Irotz	1.9		5.5	716.8	58.2					716.8	58.2	473
27	Zabaldika	1		6.5	715.8	59.2					715.8	59.2	473
28	Picnic area	0.7		7.2	715.1	59.9					715.1	59.9	470
29	Arleta	0.6		7.8	714.5	60.5					714.5	60.5	467
30	Arre	2.3		10.1	712.2	62.8					712.2	62.8	442
31	Villava/Atarrabia	0.5		10.6	711.7	63.3					711.7	63.3	435
32	Burlada/Burlata	1.2		11.8	710.5	64.5					710.5	64.5	433
33	**Pamplona**	2.9		14.7	707.6	67.4	4	20.3			707.6	67.4	460
34	Cizur Menor/Zizur Txikia	5	3	19.7	702.6	72.4					702.6	72.4	463
35				0	702.6	72.4					702.6	72.4	

일정계획 | 일정계획실행 | 숙소정보 | 일정 | 일정비교-1 | ⊕

그렇다면 그동안 나는 무얼 했을까? 내가 한 준비라고는 스페인 지도를 놓고 프랑스 길(Camino Francés)을 한번 쫙- 그어 보고는 그걸 그대로 이미지 파일로 머릿속에 저장하는 게 끝이었다. 어떤 정보가 더 필요하단 말인가. 나머지는 거기 가서 해결할 일이라고 생각했다. 가서 걸어보고 지형이 험하거나 날씨가 좋지 않으면 그때그때 다음날 걸어갈 거리를 늘리거나 줄이면 될 일이지, 어디가 해발 몇 m이고 출발점으로부터 몇 ㎞에 있는지는 전혀 중요치 않은 정보라고 생각했다. 애초에 그런 게 '정보'라는 사실 자체를 '인식'하지도 못했다. 인식하지 못했으니 찾으려고 노력할 것이 없고, 보지 않았어도 빼먹었다는 생각 자체를 할 수가 없는 것이다.

그러니 아빠는 얼마나 황당하고 답답했을까. 내가 아무런 준비를 하지 않는다고, 대충대충 계획한다고 꾸지람을 던졌다. 그리고 나는 반대로 굳이 지나친 정리가 불필요하다고 타박을 던졌다. 정말 부모 자식이라도 다른 사람인 건 다른 사람이다.

▌준비물, 어떤 것을 챙겨야 할까?

아무래도 거의 한 달에 가까운, 또는 한 달이 넘는 장기간의 여행길이다 보니 필요한 물건은 많아 보이면서도, 한편으로는 많이 챙겨 가면 그만큼 짐이 되지 않을까 하는 걱정이 앞설 수 있다. 그러나 직접 겪어 본 바로는 '혹시 모르니까'라는 말이 붙는 물건은 단언컨대 필요가 없다. 하루에 적게는 5시간에서 많게는 8시간까지도 배낭을 짊어지고 언덕과 산길을 오르내려야 하는 만큼 배낭은 가벼울수록 체력적으로도, 정신적으로도 편하다. 또한 남녀노소 가릴 것 없이 온갖 흙먼지 뒤집어쓰고 땀범벅으로 추레하게 다니고 비가 오면 젖은 채로 다니는 곳이니 코디에 신경을 쓸 이유도 없다. 그 누구도 관심도 없을뿐더러 애초에 관심을 가질 기력도 없다.

> 1) 머리부터 살펴본다면 가장 먼저 필요한 것은 모자, 특히 챙모자다. 스페인 특유의 따갑고 강렬한 햇살로부터 소중한 얼굴 피부를 보호한다는 기본적인 효능에 더해, 새벽에 일어나자마자 바로 길을 떠나야 하는 여행자들의 일과 특성상 자고 일어나서 난리가 난 머리카락을 교묘하게(?) 감출 수 있는 용도로도 매우 유용하다. 그러나 모자로도 막을 수 없는 햇빛이 안면을 강타하는 날이 상당히 잦으므로 선크림은 필수이고, 모자라면 현지에서 조달하자.

2) 의상은 땀 흡수가 잘 되는 얇은 긴팔 의상 2~3벌 정도가 필요하다. 바람막이도 필수. 위에서 언급했듯 맨살을 내놓고 다녔다가는 한 시간도 못 돼서 화상을 입기 때문에 반팔보다는 긴팔을 추천한다. 반팔을 입겠다면 선크림을 굉장히 듬뿍 발라야 한다. 바람막이는 산길 특유의 심한 일교차와 바람, 그리고 자주 비가 오는 만큼 갑작스러운 추위에 대비하는 용도로도 효과 만점이다. 숙소에서 잠잘 때 갈아입을 편한 의상도 두어 벌 챙겨야 한다.

3) 땀 흡수가 잘 되는 속옷, 발가락 양말과 튼튼한 등산화를 준비한다. 신발을 꽉 동여매고 장시간 걷기 때문에 발가락 사이에 땀 등의 노폐물이 끼기 쉽고, 이는 곧 물집으로 쉽게 연결된다.

4) 치약, 칫솔, 샴푸, 바디워시. 많은 알베르게는 샴푸 등을 제공하지 않는다. 보통은 현지에서 만만하고 무난한 것을 사서 쓰다가 버리는 것이 좋지만, 사람에 따라서는 피부 문제 때문에 그게 곤란할 수도 있다. 장기간의 여행이기 때문에 손톱깎이, 면도기도 필요하나 현지에서 사고 쓰고 버리는 것을 추천.

5) 스포츠타월. 마찬가지로 대다수의 알베르게는 수건을 제공하지 않는다. 또한 단순히 샤워 후 몸을 닦는 용도 외에도 길을 걸으며 흘린 땀이나 비가 오는 날 빗물을 닦는 데에도 필요하므로 빠르게 마르고, 씻기만 하면 쉽게 재사용이 가능한 것들을 두어 장 챙기면 좋다.

6) 멀티탭. 알베르게는 한 방에 많은 인원이 숙박하는 경우가 많은데, 1인당 1 콘센트를 배정해 주는 시설 좋은 곳들이 늘어나고 있

으나, 그렇지 않은 곳도 여전히 많다. 이럴 때 멀티탭을 하나 가져 간다면 다른 여행자들과 신경전 없이 넉넉하게 휴대폰과 배터리를 충전할 수 있다. 참고로 스페인은 한국과 동일하게 220V를 사용한다.

7) 침낭. 알베르게는 기본적으로 두꺼운 이불을 제공하지 않는다. 얇은 시트 하나만 주는 경우도 있고, 담요도 작은 것 한 벌만 주는 경우가 대부분이므로 여행자들은 침낭을 반드시 챙겨야 한다.

8) 우의. 폭우는 굉장히 드문 편이나 가볍게 쏟아지는 비가 오는 날씨는 흔하다. 그러니 우산을 쓰기보다 우의를 쓰고 걷는다.

9) 기초 의약품. '혹시 모르니까'에 해당하지 않는 예외라고 할 수 있다. 체력적으로 무리하는 날이 많고, 많은 사람과 숙박, 세면, 식사를 공유하는 일이 잦으므로 종합 감기약은 필수. 또한 장시간 길을 걷다 보면 알게 모르게 주변의 나뭇가지나 울타리 등에 긁히거나 넘어지거나 하는 일이 종종 발생하며, 그렇지 않더라도 다리와 발목의 근육에 상당한 무리가 간다. 밴드와 연고, 근육통 완화제와 파스는 꼭 챙기도록 하사.

10) 슬리퍼. 의외로 잊기 쉬운 항목이어서 별도로 적었다. 알베르게는 많은 여행자가 공용으로 사용하는 공간이므로 온갖 지저분한 흙길과 진흙탕을 밟은 신발을 신고 돌아다닐 수가 없고 그래서도 안 된다. 반드시 실내용 신발을 한 켤레 준비해야 한다.

11) 비닐 팩 다수, 물티슈, 휴지. 비닐 팩은 땀이나 비에 젖었거나 아

직 다 마르지 않은 옷, 쓰레기, 슬리퍼, 간식 등을 담는 용도로 매우 좋다. 물티슈의 경우 앞서 말했듯 장시간의 야외 활동으로 땀을 많이 흘리고 먼지를 뒤집어쓸 일이 많다 보니 중간에 얼굴과 손을 닦아 주는 용도는 물론, 공용 화장실의 변기 닦기, 자신에게 배정된 침대 닦기 등 온갖 상황에 필요하다.

12) 10유로 내지는 20유로 지폐 다수. 여행 경비라는 것은 어디까지나 개인의 경제적 여유와 일정에 따라 얼마든지 달라질 수 있는 것이지만, 한 가지 확실한 것은 100유로 지폐는 비상용으로 한두 장 몸에 지니는 것 외에는 정말 필요가 없다는 것이다. 즉 '최대한 잘게 쪼개어 환전할 것'만은 반드시 강조하고 싶다.

산티아고 길 자체가 마드리드와 바르셀로나와 같은 대도시권을 관광하는 여행이 아니라 산길, 시골 마을, 중소도시들을 지나가는 여행이라는 점을 잊지 말자. 스페인의 시골은 한국만큼 카드 결제를 많이 사용하지 않는다. 더욱이 산티아고 길의 여행자는 100유로 지폐를 내놓아야 할 정도로 크게 지출할 만한 품목 자체가 거의 없다. 매우 자주 마주하는 간단한 식음료, 세탁기나 자판기에 꽂아 넣을 동전, 간단한 의약품 결제 등은 한 자릿수 유로에 불과하다.

여기서 100유로 지폐를 냅다 들이미는 것은 706원짜리 물건 결제에 5만 원을 내는 것보다도 더 불편한 상황이 되고, 애초에 100유로 지폐를 잘 받아 주지도 않는다. 알베르게와 레스토랑에서 가장 많이 쓰게 될 것은 바로 20유로 지폐이고 바르와 자판기에서 가장 많이 쓰게 될 것은 2유로 동전이다. 그러니 출발하기 전 10유로와 20유로 지폐로 최대한 잘게 쪼개서 환전한 후, 여행 도중 모자라게 되면 중간에 지나게 되는 거점 마을 등에서 여기서부터는 '있으면 좋은' 선택사항을 기재해 보았다.

13) 무릎 보호대와 발목 보호대, 든든한 등산 스틱. 아무런 보정 없이도 잘 걷는 튼튼한 사람들도 있지만, 대부분은 며칠만 지나도 알아서 호기를 접고 보호대를 차게 되어 있다.

14) 귀마개와 안대. 여행자들은 보통 저녁 9시~10시 사이에 잠자리에 드는 경우가 많지만, 꼭 정해진 것은 아니다. 피로 등의 이유로 일찍 잠들고자 한다면 방의 조명에서 눈을 가려 줄 안대가 그리워질 것이다. 밤중에도 많은 이들의 코골이와 이갈이를 조금이나마 가려 줄 귀마개도 있으면 좋다. 냄새에 민감한 여행자라면 마스크를 가져가 치약을 살짝 발라 주면 의외로 쏠쏠하다.

15) 작은 깔개. 여행자들은 하루에 적어도 약 20km 정도를 걷는다. 구간마다 차이가 크지만, 종종 10여 km를 걸어도 중간에 마땅한 마을이나 쉼터가 없는 구간을 만나게 된다. 이럴 때 길바닥이나 적당한 크기의 돌 위에 잠시나마 앉기 위한 얇은 깔개가 있으면 옷을 크게 더럽히지 않을 수 있다. 특히 비가 내리는 날씨라면 깔개가 더더욱 아쉬울 수 있다.

16) 빨래집게. 여행자들은 그날 도착한 알베르게에서 매일 옷을 세탁해야 한다. 최근에는 건조기기가 있는 알베르게들이 늘어나고 있으나 기기의 숫자가 한정되어 있고, 수많은 여행자가 너도나도 사용하고자 하므로 그냥 햇볕에 말려야 하는 경우가 매우 빈번하

다. 사리아 이전 구간의 알베르게들은 건조기 자체가 없는 경우도 많다. 이럴 때 빨래집게가 있으면 상당히 유용하다.

또한 봄과 가을철의 여행자들은 변덕스러운 날씨를 마주하는 경우가 많은데, 새벽에 비가 오다가 정오가 되면 맑아지는 경우, 젖은 양말, 수건 등을 배낭의 뒤편에 매달아 두고 걸으면 스페인의 따가운 태양 덕에 빳빳하게 잘 마른다. 이럴 때도 빨래집게가 유용하다. 이 외에도 더러운 바닥에 뭔가를 놔두기 애매할 때 옆의 울타리에 잠시 매달아 둔다든가 등등 빨래집게는 생각지도 못한 수많은 곳에 정말 요긴하게 쓰일 수 있다.

17) 헤드랜턴. 주로 초봄 또는 늦가을에 여행하는 여행자들에게 추천한다. 산티아고 길은 깊은 숲과 산자락을 헤쳐 나가야 하는 구간이 대부분인데, 태양이 매우 일찍 뜨는 여름철이라면 괜찮지만, 40도가 넘는 위도 특성상 봄과 가을만 되어도 눈에 띄게 아침이 늦어진다. 앞서 언급했듯 여행자들은 새벽에 그날의 여정에 나서게 되는데, 어두운 숲길을 조명 없이 지나가면 심리적인 공포감(?)은 둘째 치고 무엇보다 다칠 우려가 매우 크다.

핸드폰의 조명으로 해결할 수도 있으나 한 손을 계속해서 높이 든 채로 걷는 것은 생각보다 굉장히 힘들며 몸의 균형을 잡기 어렵게 만들어 다칠 위험을 훨씬 높이는 악수가 될 수 있다. 또한 넘어지는 원인의 대부분은 멀리 있는 장애물 때문이 아니라 바로 가까운 곳에 숨어 있는 웅덩이, 돌멩이들이 원인인 경우가 많으므로 그냥 머리에 차고만 있으면 길을 밝혀 주는 랜턴을 추천한다.

Chapter 1

생장에서 팜플로나까지

INFP 아들

생장 : 프랑스의 프랑스 길

일반적으로 프랑스 길을 걷고자 하는 여행자들은 대부분 프랑스 남부의 작은 마을인 생장피에드포르(이하 '생장'이라고 한다)에서 출발한다. 워낙에 작고 한산한 시골 마을이기 때문에 주변의 거점도시들을 통해서 진입해야 한다. 우리는 프랑스 남서부의 큰 도시인 보르도(Bordeaux)로 입국하였다.

드디어 유럽 땅을 밟았구나! 이대로 산티아고까지 한 개의 물집도 없이 걸어 주겠다며 아주 자신만만하게 보르도 땅을 밟기는 했지만, 정말 내가 발밑이 호구였던 것인지 생장에서 산티아고까지의 길은 훤히 익혀 두었으면서도 정작 보르도에서 생장까지 갈 교통편을 생각지 않고 있었다.

이 문제는 ISTJ 아빠에 의해 즉각 해결되었다. 헛고생으로만 보였던 아빠의 빡빡한 조사가 여행의 시작부터 빛을 발했는데, 아빠는 어떤 기차를 타야 하고(보르도에서 바욘까지) 어디서 어떤 버스로 환승해야 하는지(바욘에서 생장까지)를 곧바로 알려 주었다. AI 기기에게 물어보아도 아빠보다 느릴 듯했다.

생장 기차역 앞에 서자 여행의 시작에 가슴이 두근거린다.

생장은 아주 고요하고 평온한 작은 마을이었다. 내가 도착했던 날이 하필 일요일이라서 거리가 더욱 한산했다. 일요일이라서 한산하다는 게 다소 뜬금없을 수 있겠으나 따지고 보면 일요일은 '휴일'이다. 마트의 계산원, 식당의 웨이터, 식료품 가게 등의 종업원도 '휴일'을 누릴 권리가 있고, 그렇기 때문에 상당히 많은 가게가 문을 열지 않았다. 관광객 입장에서야 물 한 병 찾으려고 이리 뛰고 저리 뛰어야 했으니 불편하기야 했지만, 한편으로는 내가 쉴 권리를 누리고 싶다면 다른 사람도 쉴 권리를 누릴 수 있어야 한다는, 아주 단순하면서도 지켜지지 않는 원칙이 문득 떠올랐다.

두드리면 열리노라. 점심시간 빼고.

산티아고 길 위의 모든 여행자는 일종의 여권 역할을 하는 '크레덴시알 (Credential)'을 발급받아야 한다. 크레덴시알은 이름과 발급 날짜는 물론 실제 여권번호도 기재되어 있는 말 그대로 산티아고 길의 신분증과 다름없다. 출발점인 생장은 물론이고 산티아고 길에 위치한 수많은 거점도시에서도 계속해서 발급받을 수 있다.

여행자는 알베르게 등에 들어갈 때도, 마찬가지로 산티아고까지 길을 완주하고서 받을 수 있는 증명서를 발급받을 때도 꼭 크레덴시알을 제시해야 한다. 이 외에도 바르는 물론 산티아고 길 주변에 있는 각종 관광지에 입장할 때도 크레덴시알을 제시하면 소소한 할인을 받을 수도 있다. 이런 중요한 문서인 만큼 반드시 도난, 또는 분실되지 않도록 꼭 신경 써서 챙겨 두어야 한다.

산티아고 길의 여권

크레덴시알에는 수많은 빈칸이 그려져 있는데, 바로 세요(Sello)라는 일종의 도장을 찍는 칸들이다. 여행자는 매일매일 찾아가게 되는 바르와 알베르게에서 크레덴시알을 제시하고, 이를 확인한 주인이 '여행자가 이곳을 어떤 날에 방문하였음'을 인정, 증명해 주는 도장을 찍어 준다. 이 인증 마크들이 모여서 '여행자가 산티아고까지 각 거점을 빼놓지 않고 방문하였음'을 증명해 주는 증거가 되는 것이다. 최종 목적지인 산티아고의 담당자들은 크레덴시알을 펼쳐서 중간에 빈틈(?)이 없는지를 확인한 후에 증명서를 발급해 준다. 그러니 여행자라면 매일 최소한 한 개 이상의 세요를 크레덴시알에 찍어야 한다. 많으면 더 좋다. 모든 알베르게와 바르는 저마다의 독특한 세요 디자인을 갖고 있으므로 알록달록하게 크레덴시알을 채워 나가는 것도 산티아고 순례 여행의 소소한 재미이기도 하겠다.

한국인 여행객 유치 경쟁이 치열하다.

다행히 생장의 순례자 사무소는 열려 있었다. 물론 프랑스답게(?) 기나긴 점심시간은 칼같이 지키는 편이니 넉넉할 때 들어가야 하겠다. 아주 간단한 서류 작성만 마친다면 조그마한 조개가 새겨진 크레덴시알을 받아들 수 있다. 이젠 정말로, 공식적으로, 산티아고 순례길에 오르게 된 것이다. 이제 거의 800㎞를 쭉 걸어야 한다! 부디 내 무릎과 발바닥이 잘 버텨주기를.

생장 : 피레네 이남은…

"

갈 길이 멀었기에 새벽이 닥치자마자 졸린 눈을 힘겹게 떠야만 했다. 아마도 첫날이라 긴장했던 탓이겠지. 거기에 오랜 비행기 여정과 애매하게 달라진 시차도 한몫 단단히 했을 것이다. 서머타임을 실시 중이라 한국과 7시간의 시차, 완전히 밤낮이 뒤바뀐 것도 아니고 비슷한 것도 아닌 정말 애매한 시차다.

그러나 나보다 나이 든 아빠는 아침잠이 없어졌는지 벌써부터 바깥의 테라스에 나와 아침나절 햇빛에 주황색으로 물들어 가는 하늘을 바라보고 있었다. 하늘 높이 뜬 구름들은 살짝 붉은 광휘를 내뿜는 태양의 끝자락과 마주쳐 아름다운 진회색으로 물들어가고, 반대로 낮게 깔린 새하얀 구름들 사이로 어두운 산봉우리들이 조금씩 고개를 내밀고 있는데, 그 절묘한 색의 대비가 정말로 장엄한 '여명' 그 자체였다.

황홀한 풍경 자체도 굉장히 아름다워 말을 잃고 있었지만, 그보다도 더 신기했던 것은 그 풍경을 보면서 진심으로 기뻐하며 활짝 웃고 있던 아빠의 표정이었다. 상당한 I 성향답게 감정도 잘 내보이는 편이 아니고, 평소 성격도 절대 털털하거나 호쾌한 편이 아니며 말수도 적은 편이었는데 "야, 이거 봐 봐라."라거나, "정말 멋지지 않냐."라는 말을 몇 번이나 되풀이하며 카메라 셔터를 수도 없이 눌러 대고 비디오 영상을 몇 개를 찍고도 아쉬운지 테라스를 거의 30분 넘게 떠날 줄을 몰랐다.

아빠는 정말 자연을 좋아하는구나. 딱 그 생각이 들었다. 앞으로 가고 싶다는 곳도 하나같이 알프스, 타트라, 아틀라스, 로키 따위의, 내가 정말 관심 없는 곳들이니 말이다. 이렇게까지 산을 좋아하다니, 정말 사주에 토(土)나 금(金)이 한가득 들어가 있는 걸까. 그러나 언제까지고 여기서 머물 수가 없었으므로 우리는 여명을 뒤로한 채 본격적으로 첫발을 떼었다. 이제 피레네산맥을 넘는 아주 간단한(?) 일만 남았다.

시작. 말만 들어도 뭔가 잘 풀릴 것 같은 막연한 낙관에 물들고, 고생 끝에 맛보게 될 달콤한 보상이 아른거린다. 이제 막 발을 떼었겠다, 크레덴시알도 받았겠다, 나름 좋은 등산 스틱을 들고 신발 끈을 꽉 동여매니 기운도 넘치는 것 같았다. 25㎞가 넘는 첫날의 길 따위는 삽시간에 뛰어넘을 수 있지 않을까? 그런 착각에 빠져 있던 것은 비단 나뿐만이 아니었다. 누구라도 의욕이 넘쳐나고 도전적인 콧김을 내뿜고 있었을 것이었다.

그러나 험준한 피레네산맥은 코웃음을 치며 순례자들에게 통과 의례를 내민다. 자신을 넘어 보라고. 순례자들은 약 1,400m 정도나 되는 봉우리와 산길을 넘어 스페인 쪽으로 내려가야만 한다. 험준한 산맥의 한가운데이니만큼 차량이 쉽게 진입할 수가 없어 중간에 쉴 휴게소나 식당, 매점도 없고, 숙박할 곳도 하나도 없다. 무조건 다음 목적지인 론세스바예스(Roncesvalles)까지 내달려야만 하는 상황. 그것도 양어깨에 엄청난 무게의 배낭을, 그리고 보이지 않는 시차의 피로라는 짐을 짊어지고서.

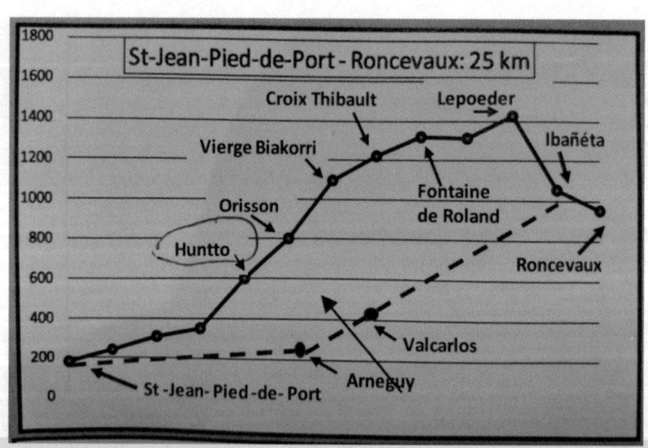

끔찍한 오르막, 그리고 그보다도 더 끔찍해 보이는 내리막이 인상적이다.

과연 단 몇 시간도 안 돼서 어설픈 자신감 따위는 철저하게 짓밟히고 말았다. 기름 범벅 음식만 왕창 먹다가 체중계에 올라 충격적인 인바디 검사 결과를 받아들였을 때의 그 기분이었다. 열이 뻗친 폐가 그동안 아주 늘어지게 잠만 자고, 피자와 햄버거를 퍼먹을 줄만 알았던 주인에게 걸걸한 욕을 마구잡이로 내뱉는 것 같았다. 아침나절의 산자락인데도 땀이 나고 숨이 차고 목이 말랐다. 길은 아무리 걸어도 끝이 없는 오르막의 연속이고, 길가에는 앉아서 쉴 만한 널찍한 돌판 하나 없이 끝이 없는 풀밭뿐이었다.

그나마 조금 심신을 정화시켜 주는 것은 멀리 한 폭의 풍경화처럼 보이는 눈 덮인 피레네산맥의 고산들, 그리고 이 힘든 길을 헉헉대며 함께 걷고 있는 다른 여행자들이었다. 적잖은 사람들이 간간이 다른 사람들에게 말을 걸며 걷고 있었다. 물론 나도 몇 번의 대화를 하긴 했다. 보통 국적과 여행 목적 등등의 신상 조사(?)가 짧은 대화의 전부이기는 하지만, 분명히 말을 하는 것은 에너지를 소모하는 일인데도 누군가와 열심히 대화를 하면 조금이나마 산행의 피로가 덜어졌다. 어쩌면 이게 여행의 참맛일지도….

참고로 위에서 언급했듯이 이 구간은 든든한 점심은커녕 간단한 간식과 음료를 찾기 곤란한 곳이니 밑에서 올라오기 전에 반드시 든든한 간식과 음료를 챙겨야 한다. 또한 자신의 체력 컨디션의 상태를 냉정하게 점검해서 아직 시차의 피로가 많이 남아 있다면 하루를 더 쉬는 방법을 고려하면 좋겠다. 온갖 운동으로 다져진 프로선수들도 해외 원정에 나설 때마다 시차의 피로를 언급하는 만큼, 피레네를 넘어야 하는 평범한 일반인의 처지에서는 절대 무시할 수 없는 요소이다. 또한 험하고 깊은 산중의 특성상 날씨 변화가 정말 심하고 바람이 거세므로 우의와 외투를 배낭의 가장 위쪽에 챙겨 두고 바로바로 꺼내 쓸 수 있도록 하자.

길의 중간에는 프랑스와 스페인의 국경이 있다. 물론 대단한 표식이 있는 건 아니고 당장이라도 부러질 법한 울타리 한 개뿐이다. 어찌나 허름한지 국경이 그어져 있으면 양쪽에 발 한 짝씩을 걸쳐놓고 사진을 찍는 사람조차 한 명이 없었다. 북한은 반국가단체이니 휴전선을 국경이라고 부르기에는 이상하지만, 어쨌든 '인접 세력과의 육상 경계'라고 해 봐야 휴전선 하나뿐인 한국인 입장에서는 이런 허름한(?) 국경선이 굉장히 신기할 수밖에 없었다. 최전방에서 고생하는 군인들을 생각하면 EU에 대해서 묘한 질투심이 나는 건 어쩔 수 없는 일인가 보다.

다행히 지뢰는 없다.

그냥 한 발을 내딛자 이제부터는 정말 스페인에 들어섰다. 이제 내리막길이구나. 말마따나 피레네 이남은 스페인, 그것도 유럽은 물론 전 세계에서도 손꼽히게 아름다운 나라 스페인이다. 참고로 내가 걸었던 길은 '나폴레옹 루트'라고 하더라. 간판에 그렇게 되어 있다.

론세스바예스 : 반가워요, 알베르게

어떤 산이라도 정상이 있고, 오르막이 있으면 내리막도 있다. 그러나 길긴 해도 완만했던 오르막에 비해서 내리막은 굉장히 경사가 가팔랐다. 내리막 중간에는 갈림길이 있었는데, 아빠는 시간을 조금이라도 줄이기 위해 더 거리가 짧지만 거친 길을 택했다. 왜냐하면 공립 알베르게의 경우, 예약을 받아 주지 않기 때문이었다. 즉, 선착순이다. 이렇게나 많은 사람이 모두 똑같은 곳을 목적지로 삼아 가고 있는데 지지부진하게 길 위에서 노닥거리다가는 첫날부터 숙소를 잡지 못하는 불상사가 생길 수 있었다.

나도 왠지 모르게 불안한 마음이 들어서 그대로 따라갔지만, 사람들이 안 가는 데에는 다 이유가 있다는 진리를 재확인할 뿐이었다. 어찌나 경사가 가팔랐던지 미끄러질 뻔한 적도 여러 번이었고, 설령 넘어지지 않고 그대로 가더라도 거친 경사와 길에 박힌 수많은 돌덩이 때문에 무릎과 고관절에 엄청난 무리가 가는 게 바로 느껴질 정도였다. 이런 곳에서 디치면 정말 답도 없다. 결국 조심조심 하며 천천히 내려오니 도리어 돌아가지만 무난한 길로 갔던 다른 사람들보다 늦고 말았다. 그나마 천만다행으로 론세스바예스의 알베르게는 굉장히 큰 편이어서 우리처럼 늦게 도착한 사람들에게도 넉넉하게 침대를 배정해 주었다.

알베르게(Albergue)는 순례길을 걷는 순례자들이 좀 더 저렴한 가격에 묵을 수 있도록 일종의 도미토리 형식으로 운영하는 숙박업소를 말하는데, 보통 2층 침대 2~3개가 나란히 놓인 4~6인실이 가장 흔한 편이고, 알베르게의 규모와 시설에 따라 그보다 많은 수가 한방에서 함께 잘 수도 있다. 어떤 곳들은 아예 거대한 1개의 방에 수십 개의 2층 침대를 모아 놓는 곳도 있다. 론세스바예스의 알베르게가 이런 형태였다. 다만 침대마다 조그마한 칸막이가 설치되어 있었다.

새로운 여행자들과의 새로운 만남, 끊임없는 새로운 대화, 북적이는 곳에서 서로 부대끼며 추억을 만드는 것에 거리낌이 없다면 알베르게는 매우 만족스러운 숙소가 될 것이다. 하지만 개구리 몇십 마리가 울어대도 따라올 수가 없을 듯한 코골이와 이갈이의 합창에, 또는 공용으로 사용해야만 하는 화장실과 욕실 등에 특히 민감하다거나 한다면 약간의 비용을 더

엎어서라도 호스텔과 호텔 등의 다른 숙박 시설을 알아보는 것이 좋을 것이다.

알베르게는 숙박료가 저렴한 대신 다른 부대 서비스가 그만큼 없어서 화장실과 샤워실, 세탁기, 부엌 등을 공용으로 사용하여야 하며 대부분 침대 시트와 얇은 담요 한 장만 제공해 주기 때문에 순례자 본인이 침낭을 꼭 챙겨 가야 한다. 또한 퇴실 시간 역시 다음 날 아침 일찍인 편. 다만 시간이 갈수록 산티아고 순례길이 상업화되면서 알베르게들 역시 서비스 경쟁에 들어가 설비와 위생 면에서 해가 갈수록 괄목할 만한 진전을 보이고 있다. 구글 지도에서도 각 알베르게들의 사진과 평점, 후기들을 볼 수 있기 때문에 꼼꼼히 찾아보고 원하는 곳을 고를 수도 있다.

가장 흔하게 볼 수 있는, 2층 침대 여러 개가 나란히 놓인 알베르게.

정말 기분 좋은 샤워였다. 따뜻한 물이 펑펑 나오는데 하루 종일 찝찝했던 땀과 먼지가 한순간에 쓸려 나가니 그렇게 개운할 수가 없었다. 나오면서 주변을 둘러보니 낮에 산길에서 언뜻 보았던 사람들 모두가 다 이곳에 몰려 있었다. 그리고 모두들 하나같이 피레네 님의 회초리질에 호되게 당한 듯 무릎과 종아리와 발바닥에 약을 바르고 파스를 붙이고 계속해서 손으로 주무르고 있었다. 첫날부터 발바닥에 물집이 여럿 잡힌 사람들도 적지 않았다. 곳곳에서 시큼한 파스 냄새가 진동했다. 다행스럽게도 나는 끔찍한 저질 체력 때문에 숨이 너무 차서 힘들긴 했어도 관절이나 하체는 별로 아프지 않았지만, 아빠는 달랐다. 어쨌든 더는 젊은 나이도 아닐진대, 그 무거운 배낭을 메고 오전 8시부터 오후 5시까지 산행을 했으니 무릎과 발바닥이 버티기 힘들었나 보다.

조금은 역설적이지만, 피로만큼 좋은 수면제도 없었다. 평소 같았으면 눕자마자 온갖 잡생각들 속에서 헤엄이나 치거나, 위키 딱 하나만 더 보자고 꺼 두었던 핸드폰을 툭 켜기 마련이었겠지만, 말 그대로 눕자마자 눈이 그대로 감겼다. 그러나 좋은 것은 딱 거기까지. 또 먼 길을 가야 하니 새벽에 일어나야만 하는데 몸이 솜처럼 무겁다. 마치 꼬꼬마 시절로 돌아간 것처럼 아빠의 성화에 '1분만 더 자겠다.'는 말이 자꾸만 튀어나왔다. 그래도 이미 다음 목적지인 수비리(Zubiri)에 숙소 예약을 해 두었으니 가야 했다.

론세스바예스~수비리
: 시에스타가 생긴 이유

나름 일찍 일어났다고 생각했는데도 이미 숙소는 텅텅 비어 있었다. 모두들 5시 반 정도만 되어도 벌떡 일어나 짐을 싸서 나가곤 한다. 물론 이들이 아주 부지런한 사람들인 때문만은 아니다.

여행자들은 보통 하루에 20~25㎞ 정도, 체력이 좋거나 길이 평탄하다면 그 이상을 걷는데, 여러 휴식과 식사 시간을 제하고 지형과 날씨 등을 고려하면 다음 목적지까지 대략 6시간 안팎이 걸리기 마련이다. 스페인의 한낮의 태양은 한여름이 아니더라도 정말 엄청나게 따갑기 때문에 가장 견디기 힘든 오후 1~3시 사이를 피하려면 새벽에 일찍 나서는 게 유리하다.

작열하는 햇빛을 보면 한국의 더위는 한증막, 찜통, 증기가 뿜어져 나오는 가마솥이라는 비유가 적절할 듯하다. 하지만 스페인의 햇빛은 불꽃에 직접 굽는 숯불구이, 꺼끌꺼끌한 사포로 피부를 직접 밀어 버리는 느낌에 가까워서 정말 따갑다. 겁도 없이 반팔만 입고 선크림도 바르지 않은 맨살을 오후의 태양 밑에 늘이댔다가는 왜 스페인에서 시에스타 문화가 생길 수밖에 없었는지를 시뻘건 화상과 함께 깨닫게 될 것이다. 그 때문에 계절과 상관없이 반드시 얇은 긴팔과 토시와 얇은 장갑을 챙겨 입어야 하며, 피부가 예민한 경우에는 선크림도 아낌없이 발라 주어야 한다.

그러나 순례길 자체가 산지, 또는 고지대가 대부분이므로 새벽과 저녁에는 반대로 굉장히 쌀쌀한 편이다. 마찬가지로 한여름이라고 하더라도 새벽에 산골짜기에서 불어닥치는 바람은 사람에 따라서 싸늘하다고까지 느낄 수가 있고, 봄과 가을에는 몸이 떨리기까지 한다. 특히 순례길 초반

부인 피레네산맥~나바라 구간이 가장 일교차가 크다. 그러나 두꺼운 외투는 실제 무게에 비해 부피를 어마어마하게 차지하는 짐짝에 불과하므로 간단한 바람막이나 얇은 외투를 여럿 가져가 껴입은 뒤 낮이 가까워질 때마다 하나씩 벗는 것이 가장 좋다.

산티아고 길은 약 800㎞에 이르는 기나긴 길이니만큼, 길을 잘 찾지 못하거나 지도를 보는 것이 답답한 사람들의 경우는 중간에 수많은 숲과 도로와 도심지를 헤쳐나가야 해서 다소 걱정될 수도 있겠지만, 다행스럽게도 전혀 걱정할 것이 없다. 정말 '이런 곳까지 표시를 해 뒀어?'라고 스스로 놀랄 정도로 수많은 안내 표식이 최신 내비게이션 수준으로 길 안내를 해 줄 것이다. 아래 사진과 같은 비석은 물론이거니와, 길가의 나무, 조그마한 집의 울타리, 심지어 도심지 한복판의 신호등과 횡단보도 앞에도 선명하게 그려져 있는 노란 화살표를 따라가자. 아주 진한 노란색이라 그런지 비가 쏟아지고 안개가 짙게 껴도 신기할 정도로 선명하게 눈에 띈다. 어차피 계절과 시간대를 막론하고 수많은 여행자가 같은 길을 걷고 있기 때문에 놓칠 수가 없다.

나를 따라가세요.

"

　갑자기 엄청난 체력 소모를 해 가며 땀을 뻘뻘 흘려댔더니 일어나자마
자 위장이 열량을 달라고 아우성을 쳤다. 마치 고등학교 시절에 '무쇠 밥
통 위장'이라 불리던 때 같았다. 하지만 대도시가 아닌 곳의 알베르게는
대부분 조식을 제공하지 않는다. 여행자들은 아침을 먹고 싶다면 중간에
지나가는 마을의 바르(Bar)에서 간단히 허기를 때우게 된다.

　'바'라고 하면 흔히들 술집, 주로 칵테일이나 위스키, 양주 등을 제공하
는 유흥업소를 연상하기 마련인데, 스페인의 바르는 그런 곳과는 전혀 다
른 공간이다. 바르는 빵집이자 작은 레스토랑이기도 하고, 카페이자 주점
이기도 하며, 마을회관이자 놀이터이기도 한 굉장히 복합적인 곳이다.

카미노도 식후경

여기서도 우리는 작은 충돌을 종종 일으키곤 했다. 아빠는 소위 말하는 '플랜 맨'이기 때문에 본인이 '언제쯤 이 마을에 도착하겠다.'고 미리 예상해 둔 시점에, 그 마을에 가서 아침 식사를 하려 했다. 그래야 그날의 최종 목적지까지 배고픔 없이 걸어갈 거리가 되고, 점심까지의 시간 차도 적당히 배분되기 때문이라고.

그러나 나는 배가 좀 고프다 싶으면 그냥 보이는 대로 들어간다는 주장을 고수했다. 어차피 바르와 자판기들은 널린 것이고, 일찍 도착하면 그냥 더 쉬면 좋고, 늦게 도착할 것 같으면 점심을 먹고 더 걸으면 된다. 그냥 걸어가다가 뜬금없이 따뜻한 커피 한 잔만 마시겠다며 아무 바르나 손으로 가리키곤 했다. 아빠가 보기에는 황당했겠지만, 나는 기본적으로 충동적인 경향이 없잖아 있다.

정말 사랑해서 죽고 못 산다는 신혼부부마저도 이혼시키는 것이 여행이고, 그 여행 중에서도 식사와 숙면의 시간과 빈도의 문제로 다투는 것만큼 사람을 짜증 나게 흥분시키는 것도 드물다.

그러나 여행은 혼자 하는 것이 아니라면 결국 양보의 연속이라 할 정도다. 우리는 기본적으로는 한 발씩 양보하여 서로에게 맞춰 주되, 내가 그때그때 기분에 따라 요기를 느끼면 나는 바르로 들어가서 먹고 출발하고, 아빠는 그대로 먼저 가서 약속 지점에서 휴식하고 있다가 다시 만나서 목적지까지 가는 식으로 끊임없이 자잘한 조정을 의논했다. 우리는 다른 사람이니까. 그리고 솔직한 심정을 하나 덧붙이자면, 둘이 가장 좋아하는 아이템인 지도를 두고 어디로 갈 것인가, 어디서 만날 것인가, 어떻게 거리를 조절할 것인가를 토론하는 시간이 꽤나 즐거웠다. 물론 아빠는 세워 둔 계획에 계속 예외를 끼워 넣으려는 내가 답답했을 수도.

바르에 들어가자마자 손님들로 북적였다. 당연히 그 손님들은 전부다 론세스바예스의 알베르게에 함께 머물렀던 여행자 동지들이었다. 건너편 침대에서 보았던 얼굴이 여기서도 또 보였다. 가장 무난한 메뉴는 간단한 '아침 세트'이다. 보통 토스트 몇 조각과 커피, 오렌지주스가 딸려 나온다. 하몬이나 계란 또는 소시지를 담은 샌드위치나 조그마한 케이크, 그리고 '초코빵'도 판매한다. 많은 스페인 사람이 아침 식사로 챙겨 먹는 '추로스' 또한 흔한 메뉴 중 하나.

나는 초코빵을 정말 좋아했다. 갑작스럽게 엄청난 열량을 소모하니 계속해서 단 것이 당겨서 그랬던 것 같다. 아빠는 '보카디요(Bocadillo)'라는 큼지막한 샌드위치를 좋아하여 거의 매일 그것만 먹었다. 보카디요는 흔히 생각하는 식빵 샌드위치가 아니라 커다란 바게트를 둘로 쫙 가르고 그 안에 토마토, 양상추, 양파, 하몬, 소시지, 치즈 등등을 넣어 먹는 대형 샌드위치이다. 가볍게, 빠르게, 그러나 매우 든든하게 아침 식사를 때울 수 있어 여행자의 인기 만점 메뉴 중 하나. 그러나 우리 둘 다 공감할 수 있던 것은 바로 스페인 빵의 맛이었다.

스페인은 온갖 미식으로 유명한 나라이긴 하지만, 그중에서도 가장 일품을 꼽으라고 한다면 그냥 주저 없이 '빵'을 꼽을 정도로 맛있다. 그냥 맛있다. 그 어떤 형태와 크기든 간에 정말 맛있다. 아주 작은 마을의 아주 작은 바르에서 구워낸 빵인데도 고소함 그 자체이며 소화도 너무 잘된다. 아마 기초 재료인 밀의 품종과 질이 다르기 때문인 듯하다.

한국에서도 서의 매일 커피를 엄청나게 마셔 대는 나답게 스페인 커피는 어떠할까, 당연히 시켜 보았다. 참고로 스페인은, 다른 많은 유럽 국가와 마찬가지로, '아이스 커피'를 거의 취급하지 않는다. 아무리 날씨가 춥건 덥건 간에 오로지 뜨거운 한 잔만이 커피라는 이름으로 불릴 수 있다. 마시는 방법도 조금 달라서 아무런 부가 설명 없이 커피라고만 했다가는 마시기 힘든 쓰디쓴 갈색 액체가 나올 수 있으니 주문할 때 아메리카노인지, 라테인지 꼭 말해 주어야 한다.

라테 주의자인 나는 꼭 '카페 콘 레체(Café con leche)'를 주문한다.

문자 그대로 직역하면 Coffee with Milk, 즉 따뜻하고 연한 우유를 탄 커피다. 시럽 대신에 조그마한 설탕 봉지를 함께 준다. '그냥 커피에 우유 타면 그만 아닌가?'라고 할 수 있을지 모르나, 분명 한국에서 마시는 라테와는 맛과 향이 모두 다르다. 대신에 양이 너무 적어서 한국의 빅 사이즈 아이스 라테에 길들여진 내 커피 중독증을 해갈시켜 주기는 어려웠다. 또한 내가 좋아하는 헤이즐넛, 또는 모카나 바닐라나 캐러멜 등을 넣은 커피도 많이 없다는 것이 아쉽다.

먹는 자, 새로운 미각의 눈을 개안하게 될 것이다.

수비리~팜플로나 : 신병, 바스크에 온 것을 환영한다!

로마자 중에 스파이가 있는 것 같다.

빌바오 등 스페인의 북부 해안가에는 바스크 자치구가 존재하고 있다. 바스크인들은 오래된 역사를 지닌 독자적인 민족으로서 스페인어도, 프랑스어도 아닌 독자적인 언어와 관습을 유지하고 있다. 그 차이가 적지 않아서 일부 강경한 사람들의 경우 아예 스페인으로부터의 분리 독립을 주장하며 '빨간 주먹'을 치켜들기도 한다.

그러나 민족 분포라는 게 명확하게 선으로 그어 버릴 수가 없는 일이기 때문에, 피레네산맥을 넘어오는 길은 행정구역상으로는 스페인의 나바라주에 속해 있지만, 나바라주에도 상당히 많은 바스크인이 거주하고 있다. 실제로 모든 도로의 표지판은 물론, 아주 작은 순례길의 안내판 하나하나까지도 스페인어와 바스크어가 병기되어 있고, 심지어 길가의 벽화 중에는 '이곳은 스페인도 프랑스도 아니다'라는 문구를 그려 놓은 것까지 있을 정도이다. 그러나 이는 단지 일시적인 화풀이로 치부하기엔 굉장히 복잡한 배경이 존재한다.

아쉽게 스페인 국기에 카스티야-레온의 문장이 빠졌다.

팜플로나(Pamplona)는 나바라주의 주도이자 최대 도시인 동시에 예전에 존재했던 나바라 왕국의 수도이기도 했다. 중세 시절의 지도를 보면 나바라 왕국은 오늘날의 현대 스페인의 나바라주뿐만 아니라 바스크 지역의 대부분, 그리고 카미노의 출발점이기도 한 생장 등의 현대 프랑스의 영토 일부분까지도 영토로 삼던 왕국이었다. 나바라 왕국이 오늘날까지 존재하였다면 우리는 프랑스가 아니라 나바라로 입국하게 되지 않았을까 하는 생각도 들었다.

위치가 위치이다 보니 팜플로나는 시대를 막론하고 피레네산맥의 최중요 전략적 요충지였지만, 바로 그 때문에 나바라 왕국은 주변의 여러 세력의 눈길을 끌 수밖에 없기도 했다. 나바라 왕국과 그 전신인 팜플로나 왕국은 아래에서 치고 올라오는 이슬람 세력에게, 그리고 위에서 밀고 내려오는 프랑크 세력에게 저항해야 했고, 인접한 카스티야, 아라곤과도 끊임없이 전쟁과 평화를 반복해야 했다.

복잡한 왕실 간의 혼인 외교 속에서 나중에는 프랑스의 영향력에 흡수되기도 했으며, 결국에는 이웃한 아라곤 왕국의 페르난도 2세에게 팜플로나를 함락당하고 피레네를 넘어 프랑스 쪽으로 쫓겨나게 되었다. 오늘날까지 남아 있는 팜플로나 성의 성벽과 해자 등은 팜플로나라는 요충지를 획득한 스페인이 프랑스의 침공을 방어하고자 16세기 중반에 축조했다고 한다.

나바라 왕국은 그래도 세력 자체가 없어진 것은 아니라서 왕가를 계속해서 이어 갔으며, 프랑스의 위그노 전쟁에서 위그노 측을 이끌었다고 알려져 있다. 나바라의 왕 엔리케 3세는 뛰어난 전술과 책략으로 승리를 이끌었으며, 결국 파리에 입성해 프랑스의 앙리 4세로 즉위했고, 그 이후로 프랑스의 왕들은 동군연합으로 나바라의 왕을 겸하게 되었다. 물론 팜플로나를 비롯한 나바라 지역은 영토상으로는 대부분 에스파냐 왕국에 남아 있었으나 프랑스의 상징적인 설대 왕성과 베르사유 궁전을 묘사한 수많은 드라마와 영화들에서 곧잘 '프랑스와 나바르의 왕[1]'이라는 표현이 사용된 것은 이 때문이다.

그 뒤로도 나바라-바스크 지역은 거의 100여 년 넘게 이어진 프랑스와 스페인 사이의 갈등에 시달려 왔으며, 나폴레옹의 이베리아 침공에서도 전략적 요충지로 취급되어 가장 먼저 짓밟혀 엄청난 피해를 받았다. 앞서

---

1) 나바라(Navarra)는 스페인의 명칭이며, 프랑스어로는 나바르(Navarre)라고 부른다.

피레네산맥을 넘는 산티아고 길이 소위 '나폴레옹 루트'라고 불리게 된 이유이기도 하다. 나폴레옹이 몰락하나 싶었더니 이번에는 에스파냐 왕국군과 카를리스타 사이의 내전에서도 적잖은 희생을 치러야만 했으며, 20세기에마저도 스페인 내전에서 지옥을 경험해야 했다. 매우 유명한 피카소의 게르니카 폭격에서도 알 수 있듯이, 게르니카는 바스크 자치구의 중요한 거점이었다.

이곳 주민들은 계속해서 자치권 확대를 주장해 왔고, 앞서 언급했듯 일부 강경주의자들은 분리 독립까지도 주장하는데, 이런 복잡하고 독특한 나바라-바스크만의 역사는 스페인의 그 어떤 지역과도 완전히 다른 것이어서 이를 바깥에서 이해하기가 쉽지 않다.

아무리 한국의 지역감정이 심하다지만 지역감정이라는 말을 그대로 스페인에 적용하기는 조금 곤란하다는 생각인데, 한반도는 전 국토가 동일한 단일민족으로 이루어져 있고, 한민족도 사회 통합의 기본 토대가 되는 언어마저도 동일한 한국어를 사용하며, 신라가 삼국을 통일한 이후 약 1,500년이 넘는 긴 시간 동안 거의 동일한 역사를 공유해 왔다. 그러니 한국인 여행자 입장에서는 쉽사리 이해하기 힘든 광경일 수도 있다. 당장 나마저도 '그건 알겠는데….' 정도에서, 또는 '아무리 그래도 중앙정부를 존중해야….'라는 생각에서 멈추게 된다.

그러나 스페인은 단일민족 국가가 아니고, 단일 언어를 사용하는 국가도 아니며, 도리어 대단히 지역색이 강한 나라 중 하나이다. 마치 '영국'이라고 통칭하지만 잉글랜드와 웨일스, 스코틀랜드 등이 월드컵에 별개의 팀으로 각자 출전한다는 것을 예로 들면 좋을 것 같다. 바로 위에서 언급한 '중앙정부'라는 말조차도 외국인의 시각일 수도 있을 테지.

바스크 지역만이 아니라 갈리시아, 아라곤, 발렌시아, 안달루시아는 모두 저마다의 독자적인 역사와 관습과 언어를 갖고 있고 주민들 역시 자신들의 고향에 대한 소속감과 독자적인 정체성이 굉장한 편이다. 그중에서도 카탈루냐는 가장 이질성이 심하기 때문인지, 실제로도 수백 년에 걸쳐 여러 번 분리 독립을 시도했었다. 벨기에의 플랑드르-왈롱이나 이탈리아의 남북 갈등보다도 심하려나 하는 생각이 들었다.

순례길 도중 만나 약 20분 정도 함께 걸으며 이야기를 나누었던 어떤 아저씨는 바르셀로나에서 조금 멀리 떨어진 곳 출생이라고 자신을 소개했었는데, 다시 만날 일이 없는 외국인에게조차 처음부터 끝까지 '나는 카탈루냐인'이라고만 말했지, '나는 스페인인'이라는 말은 절대 하지 않았다. 바르셀로나에 가면 당장 공항부터 도로의 수많은 표지판에까지 스페인어와 카탈루냐어가 병기되어 있는데 비슷한 듯하면서도 적잖이 다르다. 레알 마드리드와 바르셀로나 FC의 '엘 클라시코' 라이벌 구도는 단지 축구팀 사이의 경쟁만은 아닌가 보다. 그걸 보면 스페인에서 정치하는 것은 정말 머리털이 다 빠질 일처럼 보인다.

팜플로나 : 한숨 좀 돌려 봐요

피레네산맥을 넘어온 여행자들의 일차적인 목적지는 나바라주의 주도이자 최대 도시인 팜플로나가 된다. 정해진 규칙 따위는 없는 자유로운 순례길답게 이곳까지만 여행하는 사람들도 있고, 반대로 굳이 피레네의 험한 길을 넘고 싶지 않아서 팜플로나에서 여정을 시작하는 사람들도 굉장히 많으며, 심지어는 순례길을 산티아고에서부터 역주행하며 이곳에서 피레네산맥으로 떠나는 사람도 있었다.

순례길이 팜플로나 도심 한복판을 가로지른다. 그러나 길을 잃을 걱정 따위는 없다. 이곳뿐만 아니라 사람이 가지 않을 것만 같은 피레네산맥의 험로와 수비리 근교의 깊은 숲속까지도 전봇대, 나무, 신호등, 길바닥의 작은 벽돌 하나에까지 정말 모든 곳에 자그마한 노란색 화살표와 작은 조개가 그려져 있으니까. 여행자들은 팜플로나 성—말 그대로 성벽과 해자와 쇠사슬로 들어 올리는 성문이 있는 성이다—안으로 들어가 팜플로나 대성당 앞에 서게 된다.

그러나 이 문의 이름은 프랑스문이라고….

평일 오후였는데도 사람들이 거리에 바글바글하게 나와 있었다. 어떤 축제나 행사가 있는 것이 아니라 평일 오후이기 때문이라는 사실이 적잖이 놀랍기도 했다. 말 그대로 현지 주민들이 먹고 마시고 지인들과 수다를

떨기 위해 우르르 몰려나온 것이다. 스페인의 '광장 문화'라고 내가 곧잘 부르곤 하는데, 정말 집 몇 채만 있는 아주 작은 마을이 아니라면, 스페인의 마을과 도시에는 어디를 가던 크기를 막론하고 꼭 광장이 하나씩 있다. 마드리드나 바르셀로나 같은 대도시에서는 많이 희석된 모습이지만, 지역 도시나 마을에서는 시간만 되면 다들 우르르 몰려나와 몇 시간에 걸쳐 식사를 하며 수다를 떠는 모습을 쉽게 발견할 수 있다. 한국에서는 많은 사람이 '실내의 카페'에서 수다를 즐기지만, 스페인은 사람들이 '실외의 광장'에서 즐긴다는 점이 신기했다.

한국에서는 실외 공간에서 이렇게 사람들이 모여 장시간 대화를 나눌 만한 공간이 별로 생각나지 않는다. 지인들끼리 가볍게 가서 오랫동안 놀 수 있는 곳은 카페, PC방, 당구장 등등 죄다 실내이다. 그나마 한강 공원 정도? 그러나 그마저도 편하게 앉을 수 있는 곳도 아니고 일상적으로 매번 갈 곳도 아니긴 하다. 1/3을 차지하는 여름에는 허구한 날 폭우와 찜통더위가 쏟아지고 나머지 1/3을 차지하는 겨울에는 폭설과 한파가 쏟아지는 날씨 탓이 큰 걸까.

산티아고 길을 여행하는 여행자라면 팜플로나의 중심 거리의 시끌벅적함을 즐기며 노천에서 커피와 디저트를 먹어 보며 색다른 경험을 해 보는 것도 좋을 것 같다.

물론 굉장히 내향적 성향인 나와 아빠는 낯선 곳과 낯선 사람을 매우 부담스러워하기 때문인지 그것까지는 도전하지 못했고, 대신 마트에서 직접 장을 봐서 저녁을 만들어 먹기로 했다. 대부분의 알베르게는 주방이 있고 각종 식기와 요리기구를 구비하고 있으므로 직접 요리 재료를 구해 와 요리하는 여행자들도 많은 편이다. 당연하겠지만 이 방법이 훨씬 저렴하기 때문이다. 어차피 대단한 미식을 준비할 게 아니라서 요리의 요 자도 모르는 허접한 사람이라도 어떻게든 먹을거리를 마련할 수 있다.

전문 요리사들은 아니라고 할 수도 있겠지만, 어쨌든 가장 만만한 요리로는 망치기가 더 힘든 파스타류나 샐러드류가 있다. 대충 면만 삶고 소스 뿌리고 새우나 참치나 버섯이나 각종 야채 등등을 몇 가지만 얹어 줘도 그럴싸한 요리가 한 접시 탄생한다. 그마저도 귀찮다면 한국의 마트처럼 냉동 피자 같은 온갖 레토르트 제품들이 있으므로 전자레인지에 데워 먹으면 그만이다.

아빠는 마트에서 바게트를 한 개 고르고, 유명한 스페인의 하몬, 약간의 소스, 샐러드 한 상자를 사서 직접 보카디요(Bocadillo)를 만들려 했다. 위의 재료들은 넉넉한 양을 사도 비싸지 않은 것들이기도 하다. 두세 개를 만들어 두면 다음 날 새벽에 길을 나설 때 든든하게 배를 채울 수 있다. 참고로 빵집에서 손수 갓 구워낸 빵뿐만 아니라 마트에서 파는 바게트마저도 정말 맛있다. 신기할 따름이다.

든든하게 배를 채웠다면 스스로에게 축하의 말을 건네 보자. 생장부터 팜플로나 구간은 가장 첫 구간이면서도 가장 고비인 구간으로 곧잘 꼽히곤 한다. 피레네산맥을 넘는 것도 험난한 문제이지만, 론세스바예스-수비리-팜플로나에 이르는 구간에는 산자락의 암석들이 길바닥에 불쑥불쑥 튀어나와 있는 소위 말하는 '돌길'과 가파른 언덕이 매우 많기 때문이다. 특히나 비가 오는 경우엔 위험할 정도로 미끄럽기 십상이라 각별한 주의를 기울여야 한다. 팜플로나부터 여정을 시작하는 여행자들이 매우 많은 가장 큰 이유이기도 하다. 특히 나이 든 여행자의 경우 험한 길에 자칫 시작부터 큰 부상을 입거나 할 위험이 크기 때문이다.

팜플로나 앞으로는 그럭저럭 평탄한 길들이 대부분이고, 두 번째 고비는 보통 철의 십자가 구간이나 레온에서 갈리시아로 넘어가는 세브레이로 고개가 꼽히지만 그건 아주 먼 미래의 일이다. 이제는 잠시 한숨 돌려도 될 듯하다. 느긋하게 따뜻한 커피 한 잔을 즐겨 보자.

Chapter 1

생장에서 팜플로나까지

ISTJ 아빠

백지도 출처: https://ultimaps.com/blank-maps/spain/

지명	구간거리	계획	남은거리	진행거리	해발고도
Saint Jean Pied de Port			775	0	179
Pamplona	67.4		707.6	67.4	460
Logroño	94.9		612.7	162.3	389
Burgos	123.7		489	286	863
Leon	178.7		310.3	464.7	844
Santiago de Compostela	310.3	35일	0	775	255

(단위 : 거리 km, 고도 m)[2]

2) 거리는 현지 자료마다 차이가 있고, 걷는 상황에 따라 달라질 수 있으므로 위는 참고용임.

1일 차 : 생장피에드포르 → 운토

99

지명	구간거리	계획		남은거리	진행거리	해발고도
Saint Jean Pied de Port				775	0	179
Huntto	5	1일	5	770	5.0	499

(단위 : 거리 km, 고도 m)

▌ 바욘에서 생장피에드포르 가기

산티아고의 길(Camino de Santiago) 가운데 프랑스 길(Camino Francés)의 피레네산맥을 넘는 주요 거점인 생장피에드포르(St Jean Pied de Port)까지 바욘에서 이동은 기차를 이용하는 것이 편리하다.

2025년 4월 현재, 바욘(Bayonne) 역에서 생장피에드포르 역으로 가는 기차는 평일 5회(0638, 0849, 1235, 1428, 1713 출발 / 1시간 5분 내외 소요 / 토·일 4회) 운행한다.

▌ 순례자 사무소에서 순례자 여권인 크레덴시알 받기

생장피에드포르 기차역에서 내려 생장피에드포르 성을 향해 10시 방향으로 걷다 보면 성안으로 들어가는 프랑스문(Porte de France)에 이른다. 성안에 위치한 산티아고 순례자 사무소에 갔더니 12시부터 오후 2시까지는 문을 닫는다고 한다. 일요일인 관계로 까르푸 매장을 비롯해 대부분의 상가는 문을 닫았고, 몇몇 음식점들만 지역 사람들과 산티아고의 길을 걷는 사람들로 북적이고 있다. 물과 간식 등을 구입해야 하는데, 불편한 상황이다. 일요일에 생장피에드포르에서 출발하는 경우에는 바욘 등에서 미리 준비해야 한다.

오후 2시가 지나 산티아고 순례자 사무소에서 봉사하는 분들에게 2유로를 내고 순례자 여권인 크레덴시알(Credencial)을 받았다. 크레덴시알과 함께 약 800km에 달하는 프랑스 길에 위치한 작은 마을들 사이 거리, 각 마을에 있는 알베르게의 세부 정보, 가게와 ATM 여부 등이 빼곡하게 정리된 자료도 준다. 매우 유용한 자료이니 활용하면 좋다.

순례자 여권인 크레덴시알을 받았으니 산티아고의 길 중에서 프랑스 길 800km 대장정 출발 준비가 끝났다. 이곳에서 스페인 산티아고 데 콤포스텔라 대성당까지 거리는 여러 자료마다 다르게 표기되고 있다. 이곳 순례자 사무소에서 제공한 자료에는 약 780km, Camino Pilgrim 앱에서는 775km로 표시했고, 설치된 지가 오래된 이정표석(石)에는 다른 숫자가 표시되어 있기도 하다. 각자 걷는 상황에 따라 다양한 거리가 산출될 터이니 자신이 이용할 앱이나 자료의 거리를 기준으로 활용하면 된다.

순례자 사무소 앞이 '산티아고의 길' 출발지이다.

생장피에드포르에서 프랑스 길은 2개로 나뉜다

생장피에드포르성의 스페인문(Porte d'Espagne)을 나서면 곧바로 삼거리이고, 산티아고의 길은 나폴레옹 루트, 발카를로스(Valcarlos) 루트 2개로 나뉜다.

나폴레옹 루트는 생장피에드포르에서 피레네산맥의 레포에데르 고개(Col de Lepoeder, 1,429m)를 넘는 길로 약 25.6km이다. 카미노를 걷는 대부분의 사람들이 이용하는 코스이지만 높은 산맥이라서 날씨가 빠르게 변하고, 봄가을에도 눈을 만날 수 있으며, 강풍과 추위, 비와 안개, 날씨에 따라 발을 떼기 불편한 진창길 등 여건이 좋지 않을 수 있다. 그리고 생장피에드포르에서 약 7km 지점인 오리손(Orisson) 이후부터는 식품을 구입할 수 없어 주의해야 하는데, 첫날부터 높은 고개를 넘는 25.6km의 장거리인 점까지 고려한다면 출발 5~8km 사이에 위치한 세 개의 알베르게에서 1박을 하는 것도 방법이다.

발카를로스 루트는 차량이 많이 다니는 도로 또는 도로 옆길을 따라 발카를로스 마을을 지나면서 피레네산맥을 넘는 25km의 아름다운 루트이다. 나폴레옹 루트의 유명세에 가려져 상대적으로 이용하는 사람이 적지만, 겨울에는 반드시 이쪽 루트를 이용해야 한다.

스페인 문을 나서면 카미노는 둘로 나뉜다.

산티아고의 길, 프랑스길 출발

오늘 여정은 첫날부터 생장피에드포르에서 레푀데르 고개를 넘어 론세스바예스(Roncesvalles)까지 25.6km를 걷는 것이 체력적으로 무리라고 판단이 되어 생장피에드포르에서 5km 지점인 운토(Huntto)에서 1박을 하는 것이다.

순례자 사무소에서 나와 오래된 건물들이 꽉 들어선 상가 사이의 좁고 가파른 언덕길을 내려가면 노트르담 성당에 이른다. 노트르담은 프랑스어로 성모 마리아를 뜻하는데, 성당 앞을 지남은 성모 마리아의 환송을 받으며 산티아고 대성당으로 떠나는 셈이다. 성당 옆 노트르담 문을 지나고 니베강을 건너 상가들 사이로 난 좁은 도로를 계속 간다. 상가들이 끝나면서 큰길에 이르면 기둥만 있는 생장피에드포르성 스페인문을 지나게 되고 갈림길에 이른다.

갈림길에서 왼쪽은 나폴레옹 루트이고 오른쪽은 발카를로스 루트 방향이다. 왼쪽으로 나서면 곧바로 오름길이 이어지고 D-428 도로인 아스팔트 길을 계속 걷는다. 이국적인 풍경을 둘러보면서 1시간 이상 팍팍한 걸음을 걷다 보면 멀리 산등성이에 자리한 운토 마을의 숙소가 보이고, 경사가 꽤 있는 오름을 오르면 숙소에 이른다.

숙소는 언덕에 위치해 조망이 좋다.

노트르담문 / 운토 마을 가는 풍경

2일 차 : 운토 → 론세스바예스

지명	구간거리	계획		남은거리	진행거리	해발고도
Huntto				770	5.0	499
Orisson	2.4			767.6	7.4	821
Col de Lepoeder	13			754.6	20.4	1429
Roncesvalles	5.2	2일	20.6	749.4	25.6	953

(단위 : 거리 km, 고도 m)

피레네산맥의 기슭인 해발 500m의 운토에 아침 조망은 산등성이 아래 낮은 지역에 깔린 운해, 건너편에서의 일출, 초록으로 가득한 프랑스 전원

풍경까지 어우러져 무척 아름다웠다.

숙소에서 든든하게 아침을 먹고 아름다운 조망을 뒤로하며 길을 나선다. 아스팔트 도로를 따라 조금 가다 보면 도로를 벗어나 언덕으로 오르는 갈림길에 이른다. 급경사 언덕을 지그재그로 오르는 길인데 언덕길을 오를수록 주변 풍경은 더 아름다워지고, 언덕길을 다 오르면 도로와 다시 만나게 되며 주변에는 식수를 보충할 수도꼭지와 조망터가 있다.

도로를 따라 계속 오르면서 주변의 풍경을 즐기다가 어느 산모퉁이를 돌아서면 해발 약 820m에 위치한 레퓨지 오리손(Refuge Orrison)이 보인다. 부족한 간식을 챙기고 길을 재촉한다.

도로를 따라 오름을 계속 걷다 보면 마지막 알베르게인 보르다 알베르게(Auberge Borda) 표지가 보이고, 피레네산맥의 산세는 더 굵직해지며 완만한 오름은 길게 계속 이어진다. 나무를 찾아보기 힘든 초록의 산등성이 오름을 약 3km쯤 걷다 보면 목동들의 수호신인 비아코리(Biakorri) 성모상이 자리하고 있고, 이곳에서는 멀리 웅장한 피레네산맥의 설산이 조망된다.

도로를 따라 피레네산맥의 오름을 약 3.3km쯤 걷다 보면 반가운 푸드 트럭이 자리하고 있다. 몇 가지 음료와 간식이 전부지만 해발 1,000m가 넘는 외딴곳에서 음료와 간식을 만나는 것은 행복이다. 푸드 트럭은 운영하지 않는 날도 있다고 한다.

운토 마을 아침 / 레퓨지 오리손을 지나온 풍경

비아코리 성모상이 있는 곳. 조망이 좋다. / 긴 오름 도중에 푸드 트럭이 있다.

푸드 트럭을 지나 도로를 한동안 따라가다 보면 카미노는 도로에서 벗어나 오른쪽 산등성이를 올라 고개를 넘게 된다. 이곳 갈림길에서 카미노 표시는 도로에도 있고 돌탑도 있으며 걷는 사람들이 많아 놓치지 않겠지만, 혹시라도 도로를 따라 곧장 가 버리면 전혀 다른 곳으로 가게 되므로 주의해야 한다.

고개에 올라서면 산허리를 계속 걷게 되는데, 약간의 오름도 있고 진창길이 길게 이어져 걷기가 불편한 길이 계속된다. 한동안 더 걷다 보면 프랑스와 스페인의 국경임을 알리는 표시가 나오고, 이곳에는 산티아고까지 765km가 남았다는 표석과 함께 롤랑의 샘이 있어 쉬어가는 사람들이 많은 모습이다.

함께하는 여정 / 카미노는 오른쪽 고개 방향이다.

산허리를 걷듯 약간의 오르내림 흙탕길을 약 2km쯤 걷다 보면 작은 건물 1동이 있는 응급쉼터가 나온다. 응급쉼터에서 비포장 넓은 도로를 따라 약 1.7km쯤 급경사를 오르면 레푀데르 고개에 이른다. 레푀데르 고개에 서면 목적지인 론세스바예스가 내려다보이고, 고개에서 론세스바예스까지는 약 5km쯤 되는데 가는 길이 2개가 있다. 오른쪽으로 난 도로 방향으로 가는 방법, 도로를 건너 정면의 급경사 내리막으로 직진하는 방법이다.

대부분의 사람들은 오른쪽 도로 방향으로 가는 모습이다. 거리상으로 600m가 더 짧아 급경사 내리막길로 발걸음 옮겼는데 얼마 지나지 않아 후회했다. 급경사 직진 내리막인 데다가 오랜 시간 동안 걸은 뒤라서 하체 관절에 많은 부담을 줄 수밖에 없었다. 경사가 매우 심한 긴 내리막을 내려서고도 지루한 내리막은 계속되었고 진창길도 한동안 이어진다.

이 구간은 비가 오거나 안개가 끼는 때에는 길을 잃기 쉬운 위험한 곳으로 보이는데, 실제로 서 있는 나무들 기둥을 비롯해 곳곳에 노란색 화살표 표식을 해두고 있는 모습이다. 론세스바예스까지 오는 동안 오늘 같이 걸었던 수많은 사람 가운데 이곳으로 오는 사람들은 몇 되지 않았다. 거리상으로는 조금 더 짧지만 신체에 주는 부담은 훨씬 크게 느껴진다. 절대 비추한다.

레푀데르 고개 / 고개 아래 갈림길에서 왼쪽 방향은 비추한다.

론세스바예스는 피레네산맥 아래 첫 마을이지만 성당과 몇몇 숙박업소, 바르(Bar) 등만이 있는 곳이다. 이곳에는 13세기 고딕 양식의 소박한 성당인 산티아고 성당이 있는데, 산티아고 데 콤포스텔라의 산티아고 성당과 이름이 같다. 아마도 이 성당이 스페인의 실질적인 관문이라는 의미가 아닐까 싶다. 실제, 산티아고 순례길을 론세스바예스부터 시작하는 경우가 많다고 한다.

론세스바예스 알베르게는 180명 이상을 수용하는 넓은 곳으로 외관은 중세의 건물로 보이지만 내부를 리모델링해서 깨끗하게 잘 관리되고 있으며, 나이 지긋한 봉사자들이 분주하게 움직이는 모습이다. 내부는 내벽이 별로 없는 거대한 실내 공간으로 2층 침대 2개(4명)마다 칸막이가 설치되어 있고, 침대 옆에 사물함과 함께 전원 콘센트도 4구가 설치되어 있다. 알베르게에서 저녁 식사를 신청하면 알베르게 밖의 가게에서 식사를 할 수 있도록 쿠폰으로 주는데 음식은 괜찮은 수준이었다.

피레네산맥의 웅장한 산세의 아름다움을 둘러보며 4분의 3이 오르막인 20.6km 거리를 걷다 보니 온몸의 관절들과 근육들이 아우성이다. 파스 등으로 달래 주고 잠자리에 든다.

3일 차 : 론세스바예스 → 수비리

지명	구간거리	계획		남은거리	진행거리	해발고도
Roncesvalles				749.4	25.6	953
Burguete	2.8			746.6	28.4	895
Espinal	3.7			742.9	32.1	873
Viscarret	4.9			738	37.0	781
Zubiri	10.2	3일	21.5	727.9	47.1	530

(단위 : 거리 km, 고도 m)

론세스바예스(Roncesvalles) 알베르게에서는 새벽 6시 이전부터 부지런한 사람들이 조심스럽게 움직인다. 바스락거리는 소리에 일어나 배낭을 정리하고 7시 전에 길을 나서는데, 서머타임이 적용되고 있으므로 실제는 6시인데도 어둡지 않고 많은 사람이 길을 나서고 있다.

론세스바예스의 산티아고 성당 앞 도로 건너편으로 난 카미노에 있는 표석을 지나 오솔길을 따라 걷는데 약간 쌀쌀함이 느껴진다. 카미노에 대한 설렘과 함께 아우성이던 근육과 관절들에게 힘내 보자고 기운을 진해 본다.

약 2.5km쯤 울창한 숲길을 걷다 보면 피레네산맥 이후 실질적으로 첫 마을인 부르게테(Burguete)가 보인다. 한적한 마을 부르게테는 헤밍웨이가 번잡한 팜플로나를 피해 집필 활동을 했던 곳이라고 한다. 론세스바예스를 떠난 여행자들이 이곳에서 아침을 해결한다고 하는데 이날은 문을 연 바르가 없어 보인다.

부르게테 마을을 지나다 보면 산탄데르 은행 간판이 보이는데 카미노는 은행 옆 골목으로 가야 한다. 물론 노란색 화살표가 있으니 길을 잃을 염려는 없다. 초록이 가득한 목장과 초원을 지나고, 두어 곳의 개울을 건넌 다음 긴 언덕을 오르다 내려서면 1269년 나바라 왕 테오발도 2세에 의해 만들어졌다는 마을인 에스피나(Espina)에 이른다. 한적한 에스피나 마을은 론세스바예스에서 출발한 사람들이 아침을 해결하고 있는 한 바르만이 분주한 모습이다.

부르게테 마을 / 부르게테-에스피나 풍경

　　에스피나 마을 끝 부근에서 왼쪽으로 들어서면 대부분이 초원인 긴 오름이 보인다. 완만한 긴 오름을 올라 언덕 위 숲을 걷다 보면 큰 도로를 만나게 되는데, 메스키리츠 고개(Alto de Mezquiriz)이다. 카미노 표지를 따라 도로를 건너 다시 울창한 숲길로 들어서고 숲길을 한동안 내려서면 멀리 비스카레트(Viscarret) 마을이 보인다.

비스카레트 마을에서 시골길을 약 2km쯤 걷다 보면 작은 마을인 린초아인(Lintzoain)을 지나고 이어서 꽤 가파른 오름이 이어진다. 한동안 오름을 오른 후에 평평한 지형의 울창한 숲속을 지루하게 계속 걷는다. 통신중계탑을 지나고 조금 더 내려서면 큰 도로를 만나게 되는데 에로 고개(Alto de Erro)이다. 중세에 에로 고개 부근 울창한 숲에서 도둑들이 왕성하게 활동했다고 전해지는 이유를 알 듯하다.

에로 고개까지 한적한 숲길을 오래 걷는다. / 에로 고개(Alto de Erro)

에로 고개를 지나 수비리(Zubili)로 내려서는 긴 길은 크고 작은 돌들이 곳곳에 자리하고 있어 걷기가 매우 힘든 곳이다. 장시간 걸어 에너지가 고갈된 하체 관절들에게는 고난의 구간이다. 힘든 내리막 돌길을 내려서면 수비리 마을이 보이고 이내 아르가(Arga)강에 가까워진다.

수비리 마을로 들어서는 아르가강에는 12세기 고딕 양식의 다리 교각에 키테리아 성인의 유물을 모셨다고 전해지는 라 라비아 다리(Puente de la Rabia)가 있다. 수비리(Zubiri)는 바스크어로 '다리의 마을'을 뜻한다고 한다.

이날 숙박은 수비리에 있는 알베르게(Albergue)의 6인실(2층 침대 3개)에서 묵었는데, 청결하게 관리된 내부 시설, 편안한 침대 등 높은 평점을 받을 만하다. 특히, 여주인은 여행자들이 힘들게 메고 온 배낭을 직접 2층 침대까지 가져다주는 친절을 베풀었다.

에로 고개-수비리 구간 거친 돌길 / 라 라비아 다리(Puente de la Rabia)

4일 차 : 수비리 → 팜플로나

99

지명	구간거리	계획		남은거리	진행거리	해발고도
Zubiri				727.9	47.1	530
Larrasoana	5.6			722.3	52.7	497
Zuriain	3.6			718.7	56.3	479
Burlada	8.2			710.5	64.5	433
Pamplona	2.9	4	20.3	707.6	67.4	460

(단위 : 거리 km, 고도 m)

　수비리(Zubili) 숙소에서 나와 어제 건넜던 라 라비아 다리를 다시 건너면 카미노 이정표가 보인다. 라라소아냐(Larrasoaña) 5.5km를 알리는 이정표를 보고 오른쪽으로 방향을 잡아 걷다 보면 큰 공장이 나오고 그 옆 포장도로를 따라 한동안 걷는다. 포장도로를 벗어나 숲길을 걷다 보면 이라야츠(Ilarratz) 마을에 이르고, 포장된 좁은 도로를 따라 조금 더 가면 에스키로츠(Eskirotz) 마을이다.

　에스키로츠 마을에서 좁은 숲길을 한동안 걷다 보면 목장과 큰 농장을 지나게 된다. 농장 앞 건물 벽면에는 바스크(Basque) 지방 관련 벽화가 그려져 있어 눈길을 끈다. 좁은 도로를 계속 걷다 보면 삼거리에 이르고, 오른쪽 건너편에 라라소아냐 마을이 있다. 이곳에서 아침 식사를 할 예정이었으나, 갈림길에서 만난 이곳 주민이 마을에 문을 연 바르가 없다고 알려 준다.

라 라비아 다리 부근 이정표 / 에스키로츠 마을 부근

　숲과 목장이 있는 포장길을 따라 조금 더 가면 왕실의 영지가 있었다고 전해지는 아케레타(Akerreta) 마을에 이른다. 마을에 있는 작은 호텔 앞에서 오른쪽으로 난 숲길로 내려서서 걷다가 포장도로를 건너 숲길을 계속 걷는다. 이어서 아르가(Arga)강을 만나 강을 따라 걷는다. 아르가강은

폭은 좁지만 수량이 많고 물살이 꽤 빠르게 흐른다. 아르가강을 따라 계속 걷다 보면 강을 건너는 다리를 만나게 되고, 다리를 건너면 수리아인(Zuriain) 마을에 이른다.

수리아인 마을에서 큰 도로를 따라 걷다가 카미노 표시를 따라 왼쪽 비포장 길로 들어서 다시 아르가강을 건넌다. 이후 좁은 길을 걷다 보면 이로츠(Irotz) 마을에 이르고 마을 중간에는 식수대(Fuente Iritz)가 있다. 조금 더 가면 아르가강을 다시 건너게 되고, 큰 도로 옆으로 난 좁은 길을 걷는다. 이후 사발디카(Zabaldika) 마을을 지나고, 아르가강을 따라 걷다가 큰 도로의 지하 통로를 지나면 넓은 쉼터에 이른다.

쉼터에서 가파른 오름을 올라 아르가강을 따라가다가 숲길, 산길, 밭길 등을 지난다. 이어 큰 도로의 지하 보도를 지나 큰 도로를 따라 옆으로 난 언덕 위 길을 간다. 이곳에서도 바스크(Basque) 지방과 관련된 벽화가 보인다.

큰 도로와 가까워졌다 멀어졌다 하면서 언덕을 내려서면 12세기에 로마네스크 양식으로 지어진 트리니다드 다리(Puente de la Trinidad)를 건넌다. 다리를 건너면 팜플로나 외곽의 작은 도시인 부르라다(Burlada) 시내이다. 시내를 관통해 부르라다 외곽에 이르면 멀리 팜플로나(Pamplona)성과 대성당이 보인다.

이로츠 마을 식수대 / 트리니다드 다리(Puente de la Trinidad)

　　팜플로나 성문 아래 바닥을 파서 해자를 만들고 그 위에 철제 다리를 쇠사슬로 연결해 들어 올릴 수 있는 형태로 만들어졌다는 프랑스문을 지나면 팜플로나성 안에 위치한 구도심이다. 팜플로나는 스페인 북서부 내륙의 큰 도시로 로마 시대부터 이베리아반도에서 번성한 나바라 왕국의 수도였고, 산티아고 순례길 중 프랑스 길의 주요 관문이자 거점이다. 팜플로나에는 16세기 펠리페 2세가 건설한 팜플로나성과 팜플로나 대성당이 구도심에 자리하고 있다.

　　팜플로나에서 숙박은 대성당 바로 앞에 위치한 알베르게이다. 철제 2층 침대가 5개 들어있는 10인실인데, 도심에 위치한 오래된 시설이라 다소 번잡하고 연식의 흔적이 있지만 시내 편의 시설 이용이 편리했다.

팜플로나성으로 들어가는 여행자들 / 팜플로나 대성당

Chapter 2

팜플로나에서 부르고스까지

INFP 아들

팜플로나~푸엔
테 라 레이나 : It's
Raining, Men

새벽부터 비가 주룩주룩 내리고 있었다. 이럴 때는 우의를 꺼내 뒤집어 쓰고, 배낭에도 방수 커버를 씌우고 걸어가야 한다. 우산을 쓰면 어떻겠냐 하겠지만, 아무리 평탄한 길이라 하더라도 손에 우산을 쥐고 몇 시간을 걷는 것은 생각보다 매우 힘든 일이다. 그리고 내리막길이나 조금 거친 길에서는 물기 때문에 균형을 쉽게 잃고 넘어져 다칠 위험도 많다.

스페인의 햇빛이 한국의 그것과 다르듯이, 스페인의 비도 한국과 많이 다르다. 보통 '비'라고 한다면 우두두 소리를 내며 쏟아지는 장대비, 특히나 여름철에 집중되는 장마와 태풍 호우가 연상되곤 하는데, 순례길이 지나는 지역들의 비는 대부분 이슬비에서 가랑비 정도가 내리는 데에 그친다. 가볍게, 대신 그만큼 자주 내린다. 그러니 가볍고 얇은 비닐 우의 하나만으로도 아무 걱정이 없다. 물론 흙길이 난장판이 되어 질퍽질퍽하고 그렇지 않아도 쌀쌀한 아침 날씨가 더욱 싸늘해진다는 문제는 남겠지만.

팜플로나를 떠난 여행자들은 모두 '용서의 언덕(Alto de Perdón)'에 모이게 된다. 'Perdón'은 '미안합니다.'라는 말의 스페인어이며, 영어의 Pardon이다. 밤부터 낮까지 계속해서 비가 와서 그런지 길이 정말 지저분했다. 평범한 척 위장하고 있다가 깊이 고인 빗물로 여행자들의 신발을 여럿 낚는 고단수를 선보이기까지 했다.

그러나 한국에서는 가만히 서서 비를 맞으며 풍경을 감상한다는 것이 쉽지 않은데, 지면 가까이 깊게 내려온 진회색 구름과, 촉촉한 빗물을 머금은 채 상큼함을 뽐내는 초록색 풀들이 끝없이 펼쳐진 들판은 멋진 매력이 있었다. 개인적인 성향도, 평소의 표정도 다소 우중충한 편이었던 나를 보는 것 같기도 했다.

용서의 언덕은 주변보다 확연히 높은 작은 산 같았다. 꼭대기까지 가는 길도, 거기서 내려오는 길도 상당히 가파르다. 그래도 정상에 오르면 일대의 풍경을 한눈에 파노라마처럼 담을 수 있지 않을까 했으나, 하필 정상에 다다랐을 때 비가 거세지고 바람까지 강하게 불어서 제대로 쉬지 못하고 서둘러 내려가야만 했다.

한 가지 신기한 것은 용서의 언덕에서 세계 각지의 유명한 도시들까지의 거리를 적어 놓은 표지판이었는데, 뉴욕, 시드니, 베를린, 상파울루 등등 이름만 들어도 모를 사람이 없는 도시들 사이에 서울은 당당히 한 자리를 차지하고 있었다. 그것도 제일 높은 곳에. 아마도 대륙별로 이름 높은 도시를 한 군데씩 선정한 것 같은데, 도쿄나 베이징은 없어도 굳이 서울을 새겨 놓은 걸 보면 얼마나 한국인 여행자들이 바글바글하게 많이 찾아왔는지 짐작이 가지 않을 정도였다.

참고로 아프리카 쪽에는 케이프타운(Ciudad del Cabo)이 적혀 있다.

보통 생장에서 출발한 여행자들은 정말 하나같이, 약 3~5일 정도, 그러니까 팜플로나 직후쯤에 다다르면 온갖 관절통, 근육통, 물집 증상을 호소하기 시작한다. 당연히 평범한 일상을 즐기다가 갑작스럽게 엄청난 운동을 하게 되었으니 몸에 그만큼 충격이 가해지는 것이다. 사람마다 개인차가 크겠지만 첫날보다도 며칠간 피로가 누적된 3~5일 차가 더 힘들다.

특히 여행자들이 가장 많이, 그리고 가장 거슬리고 아픈 것으로 꼽는 것이 발바닥이나 발가락 사이에 잡히는 물집이다. 그러나 다행스럽게도 나는 산티아고에 도착하는 날까지 물집 없이 잘 걸을 수 있었다. 물론 내가 엄청난 체력과 근력의 소유자이기 때문은 결코 아니다. 오히려 첫날 첫

시간부터 숨이 차서 헉헉대던 저질 체력이다. 그럼에도 발을 잘 관리할 수 있던 것은 발가락 양말 덕이라고 할 수 있다.

하루에 몇 시간을 계속해서 걷다 보면 신발과 양말에 땀 등의 노폐물이 가득가득 차게 된다. 등산화를 헐렁하게 맬 수는 없으니 꽉 조이다 보면 통풍마저도 거의 안 되기 마련이다. 당연히 탈이 나기 최적의 환경. 그러나 발가락 양말을 신는다면 발가락 사이사이에 노폐물이 끼는 것을 최소화할 수 있다. 또한 가끔씩 의자나 돌 위에 신발과 양말을 모두 벗고 앉아 발에 바람을 몇 분간이라도 쐬어주는 것이 정말 필요하다. 그 간단한 통풍만으로도 발의 물집을 많이 예방할 수 있다. 어차피 그 몇 분 정도 쉰다고 더 빨리 가고 더 늦게 가고 하는 것도 없고, 누구와 경쟁할 것도 없다. 본인의 소중한 발을 위해서 꼭 바람을 쐬어 주도록 하자.

푸엔테 라 레이나~로스 아르코스 : 여왕의 정원

99

다음날 비가 그쳤다. 그리고 거짓말처럼 하늘이 맑아지기 시작했다. 푸엔테 라 레이나(Puente la Reina)라는 마을에는 이름 그대로 아름다운 여왕의 다리가 하나 놓여 있다. 이른 아침 특유의 선선하면서도 맑은 공기, 고요한 자연의 소리, 느릿느릿 흘러가는 강물과 그에 비쳐 반사되는 더없이 자비로운 햇빛을 좋아한다면 다리에 서서 잠깐의 여유를 즐겨 보는 것도 좋다.

론세스바예스부터 팜플로나까지는 우거진 숲과 돌길이 우리를 반겨주었다면, 나바라주에서 라 리오하(La Rioja)주로 넘어가는 길은 대부분이 아주 평평하고 고운 흙길이고, 옆에도 무릎 정도까지 올라올 길이의 들꽃들이 끝없이 펼쳐져 있다.

계절의 여왕이라는 5월답게, 한쪽에는 사방의 들판에 샛노란 들꽃들이 만개해 있고, 다른 쪽에는 햇빛을 머금은 푸른 풀들이 만개해 있다. 더없이 맑은 햇살과 그 사이로 난 조그마한 흙길 하나. 여기에 솔솔 불어오는 상쾌한 봄바람까지 더하니 그야말로 장관이다. 정말 컴퓨터 배경 화면에서나 만날 법한 풍경이었다. 만약 이 엄청난 밀밭이 모두 황금색으로 물들었다면 더욱 장관이었겠지. 아빠는 순례길 전체를 통틀어 아예기(Ayegui)와 로스 아르코스(Los Arcos) 부근을 가장 아름다운 풍경 1위로 꼽았고, 나도 개인적으로 좋았던 다른 곳을 제외하면 2위로도 손색이 없다고 생각했다.

바깥세상의 복잡한 자동차 경적이 단 하나도 없다. 시끄럽게 돌아가는 공장의 굴뚝도 하나도 없다. 여기저기서 울려 대는 휴대폰 소리도 하나도 없다. 정말 평온한 자연 속에 있다는 느낌밖에는 느낄 것이 없다. 그런 길이 끝도 없이 이어진다. 상큼한 자연의 냄새를 좋아하는 사람이라면 소위 말하는 행복사(?)를 할 수도 있겠다.

푸엔테 라 레이나~로 스 아르코스 : 와인 마 시고 갈래?

"

　매우 아쉽게도 나의 미각은 소위 말하는 '술의 맛'을 전혀 모르는, 무지한 수준을 넘어 그냥 돌 그 자체라 할 수 있다. 어마어마하게 비싼 와인 한 잔과 싸구려 와인 한 잔을 마셔도 '좀 더 씁쓸하네?' 정도의 평밖에 내릴 수가 없다. 어린아이 입맛답게 와인보다는 설탕 듬뿍 담은 과일음료를 찾는 사람이니 가히 돼지 목에 진주 목걸이라고 하겠다.

그러나 와인을 즐기는 대부분의 사람에게는 라 리오하에 들어섰다는 게 아주 행복한 소식일 수도 있겠다. 만인에게 인정받는 프랑스 정도는 아닐지 몰라도, 물론 자존심 강한 스페인 사람들에게는 이 말마저도 해서는 안 되겠지만, 스페인의 와인은 세계에서도 첫손에 꼽힐 정도이고, 그중에서도 라 리오하주에서 엄청난 양을 양조하고 있다. 실제로도 끝없는 밀밭보다도 더 끝없어 보이는 것이 바로 포도주용 포도를 재배하는 포도밭일 정도이다.

아예기 마을을 떠나면 이라체(Irache) 양조장에 이르게 되는데, 현재에는 방침이 달라졌을 수도 있겠지만, 당시에는 무료로 와인 시음을 할 수 있는 수도꼭지가 양조장에 설치되어 있었다. 물론 부어라 마셔라 할 정도는 아니고 힘겨운 여정에 잠시 입가심을 하라는 의미이니 수도꼭지를 독점하진 말도록 하자.

나는 두 수도꼭지가 양철 가면의 눈 같다고 생각했다.
포도주라는 눈물을 흘리더라.

이곳의 바르에서는 상당히 괜찮은 수준의 와인들을, 물론 사람들이 그렇다고 이야기하는, 판매하기도 하고, 조금 큰 마을의 마트에서도 직접 구매하여 음미할 수 있다. 특히 아침과 점심 사이, 그리고 점심과 저녁 사이에 와인 한두 잔과 함께 타파스(Tapas) 한두 개를 주문해 먹는다면 아주 좋다.

타파스는 달콤한 작은 케이크부터, 이런저런 야채, 간단한 햄이나 소시지, 말린 과일, 작게 바른 생선이나 새우 등의 해산물과 같이 정찬은 아니지만 한 입 또는 한 접시 정도에 먹을 수 있는 간단한 전채요리 또는 안줏거리를 말한다. 그 종류가 너무 많아 이곳에 모두 적을 수가 없다. 착한 가격에 든든한 양을 자랑하며 심지어 맛도 아주 좋다. 각 지역마다, 그리고 바르의 주인의 선호와 솜씨에 따라 정말 수십 가지의 타파스들이 기다리고 있으니 이들을 하나하나 찾아 먹어 보는 것도 여행의 색다른 묘미.

로스 아르코스~로그로뇨 : 선택의 기로

99

풍경은 너무나도 아름다웠지만, 라 리오하주의 주도이자 최대 도시, 그리고 2번째 구간의 종착점이기도 한 대도시 로그로뇨(Logroño)에 가까워지자 아빠의 다리의 근육통이 굉장히 심각해졌다. 혹시나 하는 마음에 온갖 것들을 챙겨 간 배낭을 메고 산길과 언덕을 하루에 6~7시간을 오르내렸으니 탈이 나지 않을 리가 없었다. 아빠는 그동안 매일같이 파스를 붙이고 연고를 발라 보았지만, 결국 로그로뇨에서 약 10㎞ 정도 떨어진 비아나(Viana)라는 마을에 이르자 정말 힘들어했다.

문제가 복잡해졌다. 5월에 접어들어 아주 맑은 날씨였던 데다, 오후가 깊어지며 태양 빛도 정말 분 단위로 따가워지고 있었다. 아무리 일찍 나섰다지만 아빠의 다리가 불편했던 관계로 비아나에 오는 데만도 상당히 오랜 시간이 걸렸던 것이었다. 그러나 숙소가 예약된 로그로뇨까지는 여전히 무려 10㎞라는 먼 거리가 남은 상황. 이대로 천천히라도 로그로뇨까지 걸어갈 것인가, 아니면 이곳에서 오늘 일정을 마무리할 것인가, 그도 아니면 여기서 버스를 타고 10㎞를 이동할 것인가, 결국 선택할 수밖에 없었다.

'아프고 다치면 나만 손해'라는 말이 있다. 특히 기분 좋게 떠난 여행지에서 아프면 신체적 고통도 문제이지만, 여기까지 와서 이게 대체 뭐 하는 거지? 앞으로 어떻게 꼬이는 거지? 또 다칠까? 등등 온갖 걱정과 피로와 짜증이 일시에 몰려오며 분위기를 망가뜨린다. 사람에 따라서는 말도 전혀 통하지 않는 곳에서 의약품을 구하거나 진료를 받는 것 자체에도 엄청난 부담감과 두려움을 느낄 수도 있다. 낯선 음식과 낯선 물(!)도 도움이 안 되는 요소 중 하나.

당연히 모두가 아무런 탈도 없이 건강하게, 끝까지 단번에 완주하는 목표를 갖고 출발한다. 그리고 계획을 세울 때는 하루에 이 정도만 걷는 건데 별 무리가 없겠다는 희망이 가득했을 것이다. 첫발을 떼 보아도 처음 며칠은 힘들기는 하지만 새로운 여행에 대한 흥분도 조금 남아 있고, 체력도 이제 막 고갈되기 시작한 때라 몸이 보내는 수상쩍은 신호를 감지해 내기가 어렵다. 그저 조금 피곤한 것이겠지, 또는 다들 당연히 겪는 것이니 큰 문제 없겠지, 어차피 오후와 저녁 내내 푹 쉬면 곧바로 낫겠지, 그런 종류의 생각들이 자연스럽게 마음을 지배하게 된다. 하지만 그 누구도 과도

한 무게에 짓눌리면 관절과 근육에 무리가 간다는 물리적인 법칙을 거스를 수는 없다.

개인적인 건강 상태는 모두 다르겠지만, 한 가지 확실한 것은 이 길을 걸으며 100% 계획대로 되는 것은 없다는 것이다. 정말 어지간히 몸 좀 만들어 보았다는 훌륭한 강철 체력과 무쇠 다리의 소유자가 아니라면, 누구나 예외 없이 크고 작은 부상과 고통을 겪기 마련이며 그 아픔이 드러나는 시점과 형태도 말 그대로 100명의 사람이 있다면 모두 제각각 다르다. 누구는 첫날부터 엄청난 근육통에 시달리기도 하고, 또 누구는 며칠 동안 아무 무리 없이 걷다가 조용히 누적된 피로에 한참 후에야 뜬금없이 무너지기도 한다. 그러니 이 길을 걷는 여행자라면 반드시 한 번쯤은 비슷한 선택의 기로에 서게 된다.

'더 갈 것인가? 여기서 멈출 것인가?'

나는 그 와중에 우리와 비슷한 고민을 하는 한 미국인 여행자 2명을 만났다. 여행자들의 절대다수는 평범한 일반인들이므로 하루에 걷는 거리가 거기서 거기이다. 그냥 일찍 나가면 그만큼 먼저 도착할 뿐, 알베르게에 가 보면 어제 봤던 사람 또 보고, 내일 또 보게 된다. 이 길의 여행자들은 함께 같은 길을 걸으며 고생한다는 것을 몸으로 겪기 때문인지 서로에 대한 일종의 동지 의식(?)이 상당한 편이어서 적극적으로 숙소, 길의 상태, 날씨 등등에 대한 정보를 알려 주려 한다.

친구끼리 왔다는 두 여성 여행자도 로그로뇨까지 가려고 했으나 종아리 근육통이 심해 일정을 변경해 비아나 마을에서 머물기로 결정했다며, 더불어 이곳의 예약을 잡는 것이 꽤나 빡빡했다는 정보도 알려 주었다.

　오후 2시의 땡볕이 사정없이 내리꽂히는 상황에서 그늘 한 점 없는 아스팔트길을 아픈 발로 걷는 것은 굉장한 무리라고 판단했다. 로그로뇨가 종착지라면 마지막 힘을 쥐어짤 수도 있었겠지만, 여전히 우리 앞에는 600㎞가 넘는 여정이 남아 있다. 괜한 만용을 부릴 필요도, 여유도 없었다. 그렇다면 이대로 비아나 마을에 머물러야 할까?

　그냥 냅다 로그로뇨 숙소의 예약을 취소하고 위약금을 무는 것까지는 그렇다 하더라도, 작은 마을에 불과한 비아나에서 숙소가 남아 있다는 보장이 없었다. 일찍 도착했더라면 발품이라도 팔아 보았을 수 있겠지만, 시간도 모자라고 언덕과 계단이 많은 마을인 비아나를 이리저리 쏘다니기도 힘들었다. 그러다가 정작 로그로뇨행 버스를 놓치기라도 한다면 노숙으로 내몰릴 위험도 있었다.

결국 우리는 버스를 타기로 결정했다. 문제는 그날이 하필 일요일이었다는 것인데, 주말이라 버스 배차가 굉장히 드물었고, 심지어 지나가는 마을 주민들에게 물어보아도 물론 문자 그대로 '모두가 정말 친절'했지만, 답이 제각각 달라 혼란만 더했다. 작은 마을이라 배차 정보가 업데이트되지 않은 것인지, 기재된 시간에도 버스는 감감무소식이었다. 언제까지 기다려야 하는지, 정말 오늘은 버스가 없어 이대로 비아나에 남겨지는 것인지, 지금이라도 마을의 숙소를 뒤져 봐야 하는지, 답답했다. 전국 어디서나 지나치게 세세하리만치 친절하게 정보가 쏟아지는 한국이 그리워졌다. 우리와 비슷한 처지였던지, 아니면 단순히 엄청난 땡볕에 지친 것인지 4명이 택시를 구해 로그로뇨까지 가는 여행자들마저 있었다. 정 방법이 없다면 비싼 값을 주고서 택시라도 타야겠지만, 다행스럽게도 버스가 전혀 뜬금없는 시간에 도착했다.

버스 의자에 털썩 앉으니 다리에 힘이 쫙 풀렸다. 앉아서 움직인다는 게 이렇게 편할 줄이야. 그 당시에는 정말 답답하고 발만 동동 굴렀는데, 그러나 이런 일쯤이야 산티아고 길 위에서는 늘 벌어지곤 하는 조그마한 해프닝인 것 같기도 하다. 반대로 말하면 이 길을 걷는 그 누구라도 한 번쯤은 겪을 수 있는 일이라고도 생각한다. 항상 일정에 여유를 두도록 하자.

로그로뇨에 도착하자마자 아빠는 얇은 발목에 엄청난 수의 파스를 덧붙였다. 그때까지도 나는 별 무리 없었다고 여기고 있었는데, 내 오른쪽 발목이 상태가 심각한데도 마치 침묵의 장기인 간처럼 침묵을 지키고 있었다는 사실을 모르고 있었다.

로그로뇨~나헤라 : Tengo un dolor

일정이 완전히 꼬여 버린 관계로, 우리는 즉각 새로운 일정을 짜야 했다. 이럴 때는 P인 내가 또 활약할 여지가 많다. 앞 마을들의 이름과 마을 사이의 대략적인 거리를 꿰고 있던 나는 하루에 걸을 거리를 적당히 줄여서, 그리고 많은 사람이 몰릴 것 같은 거점 마을들보다 더 가거나 덜 가거나 하는 등으로 임시 플랜을 뚝딱 만들어 냈다. 물론 아빠가 세워 두었던 계획에 비하면 허술하지만 늑장을 부릴 수 없는 여행길이다. 가서 일정을 바꿀 일이 생기면 그때 상황을 보고 또 바꾸면 된다. 산티아고 길이 마음에 드는 이유 중 하나다. 정해진 것이 없는 길.

갑작스러운 여유가 생기자 아침도 평소와는 다르게 여유롭게, 든든하게 챙겨 먹고 로그로뇨 외곽의 그라헤라 공원에 이르렀다. 가벼운 조깅, 파워 워킹, 그리고 자전거를 타며 운동하는 시민들이 여럿 보였다. 엄청난 크기의 저수지가 있었는데 어떤 분은 간이의자를 하나 놓고 낚싯대를 기울이고 있었다. 세상 어딜 가더라도 낚시는 중독성 취미라는 말이 문득 떠올랐다.

문제는 그때부터였다. 로그로뇨에 도착할 때까지만 해도, 아니 그라헤라 공원을 떠날 때까지만 해도 아무런 통증을 느끼지 못했었다. 그런데 그동안 나도 모르게 데미지가 누적되다가 갑자기 임계점을 넘어 터진 것인지, 오후쯤부터 오른쪽 발을 내디딜 때마다 누군가 보이지 않는 손으로 발목을 비트는 것 같은, 그래서 큼지막한 바늘로 콕콕 찔러대는 것 같은 아픔이 느껴졌다.

등산스틱을 목발 삼아서 왼발에만 힘을 주고 오른발을 질질 끌며 걸으려니 힘은 힘대로 더 들기만 했다. 예비 양말을 구겨 넣어 깔창으로 삼고, 무릎 보호대들을 오른쪽 발목에 감아 조금이나마 고정시켜 보려 했지만 그냥 아픈 건 어쩔 수 없었다. 가뜩이나 빡빡한 일정 속에서 거리도 줄여 두었는데 그마저도 다 갈 수가 없다니, 몸이 힘드니까 마음은 더 힘들어져서 입에서는 짜증과 욕설만 계속 터져 나왔다. 하지만 다음 마을인 나바레테(Navarrete)까지 사이에는 아무것도 없다. 무조건 가야만 했다.

알베르게에 도착하기만 하면 파스 붙이고, 그대로 푹 자면 괜찮아지겠지, 아빠보다 30년이나 젊은데 금방 낫겠지. 정말 이를 악물고 그 생각만으로 절뚝거리며 나바레테에 도착했지만 아픈 데에는 다 이유가 있다. 아무것도 뒤틀리지 않았는데 아플 수가 없는 것이다. 파스를 붙이고 가만히 누워만 있었는데도 통증이 사라지지 않으니 이건 뭔가가 단단히 잘못되었다는 생각이 들었다. 이대로 가만히 있다가 정말 증상이 심각해지면 그때는 병원도, 약국도 닫아버릴 테니 지금 바로 찾아 나서야 했다.

마을이 작지 않았던 덕에 그래도 저녁까지 문을 열고 있던 약국이 하나 있었다. '오른쪽 발목이 아픕니다.' 한 마디면 충분했다. 이곳을 지나가는 외국인이 아프다고 찾아올 이유가 너무나 뻔하다 보니, 그리고 그런 외국인들을 매일 수도 없이 만나다 보니 복잡한 설명이 불필요했다. 오른쪽 발목을 이리저리 살펴보던 약사 아저씨는 연고와 붕대를 내주었다.

새로운 계획을 짜고서 하루도 안 지나서 또다시 새로운 계획을 짜야 했다. 왜냐하면 머물고 있던 나바레테에서 다음 목적지인 나헤라(Najera)까지의 거리는 무려 17㎞인데 중간에 아무것도 없다. 말 그대로 일단 떠나면 무조건 끝까지 가야만 하는 상황. 게다가 당시에 상당히 많은 비가 내리기까지 했다. 자고 일어나면 마법처럼 발목이 씻은 듯이 치유되어 있다면 정말 좋겠지만, 약 10일 정도의 무리가 쌓이고 쌓여 터진 것이니 그건 꿈일 뿐이었다. 결국 나는 이 구간을 걸어서는 안 된다는 결론에 이르렀다. 나와는 반대로 아빠는 발목도 거의 다 나았겠다, 혼자서라도 기존의 플랜을 그대로 고수하겠다고 했다. 그렇다면 말릴 이유가 없다. 나는 나대로 할 테니 나헤라에서 만나자고 말했다.

막상 다음날 버스를 타려 해 보니 그날은 나바레테에서 나헤라까지 가는 오전 버스가 없었다. 그나마 있던 것은 저녁 버스. 그러나 방법이야 얼마든지 있는 법. 로그로뇨는 대도시이자 라 리오하주의 주도이므로 주의 거의 모든 마을을 연결하는 교통편이 있을 것이었다. 그러니 나바레테에서 로그로뇨로 돌아갔다가 거기서 나헤라행 버스를 타면 되는 것이다. 그리고 실제로도 그러했다.

나헤라~산토 도밍고 데 라 칼사다 : 이번에 내리실 정류장은…

개인적인 생각으로는 이 구간 역시 손꼽히는 포토스팟이라고 감히 추천할 수 있다. 컴퓨터의 바탕화면에서나 볼 법한 파란 하늘과 푸른 초원의 이중주를 실시간으로 감상할 수 있다. 5월을 맞이하여 더없이 샛노랗게 피어오른 꽃들마저도 아름답다. 특히 산토 도밍고 데 라 칼사다 마을에 이르기 전 약 5㎞ 구간은 막혔던 속이 뻥 뚫릴 법한 들판이 펼쳐져 있다. 아쉽게도 아예기~로스 아르코스 구역보다는 조금 짧지만, 마치 고전 영화의 한 장면 같기도 하다. 베토벤의 전원 교향곡, 멘델스존의 이탈리아 교향곡, 슈트라우스의 왈츠와 함께라면 더더욱 좋다.

중간에 몇몇 구간은 고속도로에 딱 붙어서 가거나 공장지대 인근을 걸어가야 하거나 심지어 뜬금없이 골프장 옆을 지나가야 해서 분위기를 깨는 구간이 있기는 하지만, 산티아고 길 중에서 라 리오하주 내의 구간의 길들은 전반적으로 경사도 거의 없이 평탄하여 난도가 낮은데도 주변 풍경은 매우 아름답다. 특히나 봄이라면 사방에 만개하는 꽃들이 황홀할 지경이다. 일정과 체력이 허락한다면 로그로뇨~벨로라도 구간은 반드시 걸어 보는 것을 추천하고 싶다. 수백 ㎞에 이르는 산티아고 길에서도 오로지 이곳에서밖에 볼 수 없는 풍경이 끝도 없이 이어지기 때문이다. 또한 거점 마을마다 중세의 건축물들이 거의 그대로 보존되어 있는 것도 큰 장점. 특히 산토 도밍고 데 라 칼사다의 대성당과 종탑은 고전적인 미를 자랑한다.

고전적인 여행의 감성이 살아 있는 것 같다.

그런 점에서 당시 보았던 흥미로운 광경을 언급하지 않을 수가 없다. 바로 버스 여행자들이다. 로그로뇨 이전에는 거의 보지 못했었지만, 로그로뇨 이후 구간부터는 도보 여행자들이 걸어가는 이 길에서 너무나 눈에 확 띌 수밖에 없는 대형 관광버스가 심심찮게 등장하곤 하는데, 카미노가 지나가는 거점 마을에 버스가 서면 사람들이 우르르 내린다. 가이드처럼 보이는 누군가가 스페인어로 무언가 설명을 해 주면 곧바로 길을 떠나는 사람도 있고, 곧바로 바르에 들어가 요기를 하는 사람도 있다. 그리고 다음 마을에 가 보면 그 버스는 손님이 없는 채로 그대로 와 있고, 거기서 내렸었던 사람들이 나중에 차츰 걸어와 합류한다. 즉 풍경이 아름답거나, 길이 평탄한 곳은 직접 걷고, 날씨가 좋지 않거나 길이 험하여 어려운 구간은 버스로 패스하는 일종의 여행상품이었던 것이었다. 당연히 그 팀의 출발지는 생장이 아니었으며, 아마도 최종 목적지 역시 매우 높은 확률로 산티아고가 아닐 것이었다.

순간적으로 '대체 그럼 무슨 의미가 있지?'라는 생각이 들기도 했었지만, 바로 그 '의미'라는 단어를 곱씹어 본다면 위와 같은 질문은 무의미하다는 결론에 이르렀다.

산티아고 길은 정해진 것이 없다는 것만이 정해진 길이라고 생각한다. 이 길은 어디든 시작이 될 수 있고, 어디든 끝이 될 수도 있다. 정주행을 해도 되고, 역주행을 해도 되고, 같은 구간을 또 걸을 수도 있다. 어디서부터, 어디까지, 얼마나 빠르게 갈 것인가는 개개인 각자의 목표와 체력적, 시간적, 재정적 여유에 따라 얼마든지 달라질 수 있는 것이다. 물론 도보로 완주하면 증명서를 한 장 주기는 하지만 그 증명서의 의미조차도 개개인이 부여하는 것이다. 누군가는 특정 구간의 풍경이 좋아서 그냥 그 구간만 산책하듯 걸어보고 만족할 수 있다. 여행이란 '내가 좋아서'하는 것이고, '내가 좋으면' 그만이다. 함부로 타인의 눈으로 판단할 이유도, 필요도 없다.

앞서 언급했듯이, 대도시를 지날 때마다 여행자들이 어마어마하게 늘어난다. 로그로뇨까지는 그래도 나름 한적했던 길이 벌써부터 북적이기 시작했다. 로그로뇨에서부터 여정을 시작하려는 사람들이 그만큼 많다. 그래서인지 알베르게도 눈에 띄게 북적북적해진 느낌이다. 특히나 벨로라도에서 묵었던 알베르게는 나름 큰 식당까지도 함께 운영하고 있었는데, 일종의 이벤트 형식으로 그날의 여행자들을 4~8인조로 묶어 저녁 식사 테이블을 배정해 주었다. 나와 아빠는 크로아티아 여행자 한 명, 그리고 미국 여행자 한 명과 합석하게 되었다.

둘 다 낯선 사람을 마주하는 데에 굉장한 어려움을 느낀다는 거야 서로가 잘 알고 있지만, 영어가 익숙지 않았던 아빠가 유독 더 긴장한 느낌이었다. 하지만 감정이 얼굴에 대놓고 드러나는 나와는 다르게 아빠는 겉으로 태연한 티를 내며 잘 웃어 보이는 것, 즉 사회생활은 반대로 훨씬 더 잘한다. 단언컨대 나는 꽝이다. 재주가 없다.

서로에 대한 간단한 소개와 인사가 끝나면, 자연스럽게 대화는 그간의 여정을 말해 주는 것으로 옮겨 간다. 그럭저럭 영어로 대화가 가능했던 나와는 다르게 아빠는 번역기의 힘과 나의 통역의 조력이 필요했다. 그럼에도 꿋꿋하게 가고 싶다던 크로아티아와 미국의 유명한 관광지들, 두브로브니크라든가 등등을 지도까지 보여 주며 '아름다운 나라', '꼭 가 보고 싶다' 등등의 말로 기름칠도 잘한다. 나는 무슨 말을 붙여 봐야 하나 감도 못

잡고 있었는데, 확실히 나보다는 그나마 더 외향적인 편이라 그럴까. 어쩌면 내가 심각하게 낯을 가리는 것일 수도.

그러나 사람들이 많아지면서 지금까지는 전혀 개의치 않았던 새로운 문제가 또 발생했다. 바로 알베르게에 숙박할 수 있는 인원은 제한되어 있다는 것. 특히나 로그로뇨~부르고스 구간은 몰려드는 여행자들에 비해 숙소의 절대적 수가 적기로 악명이 높은 구간이다. 마을들이 꽹장히 띄엄띄엄 있기 때문이다.

공립 알베르게는 예약 자체를 받지를 않고, 때문에 그 많던 사립 알베르게는 심하면 이틀 전에 모든 침대가 예약되어 버렸다고 했다. 대부분의 알베르게는 이틀 전까지의 예약만 받는다. 그 이상은 어지간해선 예약을 잘 받아 주려 하지 않는다. 아마도 주인 입장에서는 4일 뒤에 올지도 오지 않을지도 모르는 불확실한 예약자보다 당일에 당장 눈앞에 나타날 여행자가 더 낫기 때문일까?

그러니 알베르게에서 만난 여행자들은 너도나도 입을 모아 숙소 예약하기가 꽹장히 힘들다며 그나마 남은 곳이 있는지 함께 찾아주곤 했다. 예약이 가능하지 않아도 그냥 자신의 체력과 속력을 믿고 공립 알베르게를 향해 새벽부터 출발하는 사람, 반대로 이틀로도 모자라 어떻게든 4일 치 예약까지 해 보려 무한 통화를 하는 사람, 아예 과감하게 로그로뇨~부르고스 구간을 패스하려는 사람 등 대응책도 가지각색이었다.

나와 아빠도 비슷한 문제에 직면했다. 숙소 경쟁이 워낙에 치열하니 숙소가 남아 있는 곳이 거리와 무관하게 그날의 종착지가 되었다. 매일 그날의 루트가 고무줄처럼 달라졌다. 그래도 벨로라도까지는 어찌어찌 침대 두 개를 찾아가며 꾸역꾸역 들어왔으나 그다음이 문제였다.

벨로라도에서 부르고스까지는 약 50㎞의 거리다. 문제는 딱 중간에 위치한 산 후안 데 오르테가(San Juan de Ortega) 마을의 숙소를 예약하지 못했다. 몇 번을 검색해 보아도 이미 이틀의 침대가 모조리 예약되어 버렸다고 했다. 그렇다고 냅다 부르고스로 걸어갈 수도 없다. 아무 다친 곳도 없고, 아무런 짐도 없다고 하더라도 하루에 50㎞를 가는 것은 사실상 불가능한데, 지금은 둘 다 발목이 좋지도 않고 무거운 배낭을 짊어지고 있다. 그 길마저도 평지도 아니고 해발 1,150m의 고개를 넘어야 하는 길이다.

결국 이번에는 선택의 여지가 없었다. 벨로라도에서 부르고스까지 버스를 타야만 했다. 물론 유쾌한 선택은 아니었다. 하지만 전혀 예상치 못한 상황의 변동 역시도 얼마든지 일어날 수 있는 여행의 일부다. 미적거리기보다는 빠르게 새 계획을 짜는 것이 옳다는 생각이다.

다음 날 아침에 부르고스행 버스를 타려고 정류장에 나왔는데 웬걸, 우리와 비슷한 처지의 여행자들이 한두 명이 아니었던 모양이다. 그 큰 버스의 짐칸이 수십 개의 배낭들로 꽉꽉 들어차 버려서, 짐칸에 공간이 없어서 많은 사람이 배낭을 그대로 앞에 들고 의자에 앉아야 했다. 좌석마저도 삽시간에 만석이 되었다. 사람으로 북적여서 뒤뚱거리는 버스가 묘하게 마음에 안심을 더해 주었다.

팜플로나에서 부르고스까지

ISTJ 아빠

99

지명	구간거리	계획		남은거리	진행거리	해발고도
Pamplona				707.6	67.4	460
Cizur Menor	5			702.6	72.4	463
Zariquiegui	6			696.6	78.4	629
Alto del Perdón	2.4			694.2	80.8	746
Uterga	3.4			690.8	84.2	489
Puente la Reina/Gares	7.2	5일	24	683.6	91.4	352

(단위 : 거리 km, 고도 m)

새벽부터 비가 내린다. 비옷을 꺼내 입고 배낭에 방수 커버를 씌우며 고단할 것 같은 오늘 여정에 대해 마음의 채비를 하고 길을 나선다. 이곳의 비는 우리나라에서 흔한 빗줄기와는 다르게 부슬비처럼 내린다. 이른 아침이고 비가 오는 터라 구도심 골목이 더욱 어둡게 느껴진다.

팜플로나(Pamplona)는 인구가 20만이 넘는 큰 도시이므로 숙소의 위치에 따라 카미노 표시(노란색 화살표 등)를 찾기가 어려울 수 있다. 팜플로나 대성당 부근에서 출발했거나 카미노 경로 주위에서 출발했다면 도로 곳곳에 카미노 경로 표시가 잘되어 있어서 별 어려움 없이 갈 수 있다. 그 외의 경우는 카미노 경로를 찾기 위해 도시 외곽으로 나가야 하는데, 가장 큰 목적지는 나바라대학이며 시내에서 L01 버스를 타면 나바라대학을 지나간다.

카미노는 도시 외곽에 위치한 나바라대학을 지나 팜플로나의 베드타운

격인 시수르메노르(Cizur Menor) 마을로 가는 큰 도로 옆길이며 시수르메노르 마을까지 도로 옆으로 계속 걷는다. L01 버스가 나바라대학과 시수르메노르 마을을 모두 경유하므로 도심을 걷는 것과 큰 도로 옆을 걷는 것이 불편하다면 L01 버스를 이용하는 것도 방법이다.

시수르메노르 마을 중심을 지나 내리막길을 가다가 오른쪽에 작은 공원이 보이면 공원 안쪽으로 길을 들어서야 한다. 이곳에서 카미노 표시를 놓치면 자칫 엉뚱한 방향으로 가게 되므로 주의해야 한다.

팜플로나에서 카미노는 외곽의 나바라대학교 앞을 지난다.

공원을 가로질러 주택가를 지나면 비탈 아래로 초록으로 가득한 들판과 노란 유채밭이 광활하게 펼쳐지고, 그 너머 멀리 긴 산등성이가 보이는데 비구름을 가득 이고 있다. 그 산등성이 어딘가에 '용서의 언덕'으로 알려진 해발 746m의 페르돈 고개(Alto del Perdón)가 위치하고, 오늘 여정은 그곳을 넘어야 한다. 초록과 노란색으로 가득한 들판 언덕 너머 페르돈 고개까지는 가까이 보이지만, 시수르메노르 마을에서 약 8.5km가 넘는 먼 거리이다.

초록과 노란색으로 가득한 들판의 비포장 길을 오랫동안 걷고 긴 언덕을 오르다 보면 사리키에기(Zariquiegui) 마을에 이른다. 시수르메노르 마을에서 사리키에기 마을까지 약 6km를 걷는 동안에는 마을이 없어, 사리키에기 마을 성당 주변과 옆의 바르에는 늦은 아침 식사를 하고 페르돈 고개를 오를 채비를 하느라 분주한 모습이다.

시수르 메노르-사리키에기 구간

사리키에기 마을에서 페르돈 고개까지는 약 2.4km 거리이고 고도는 약 120m쯤 올라가는 완만하면서도 긴 오름이다. 비가 내린 뒤라서 곳곳에 질퍽거리는 길이 나타나 많이 불편하다. 또한, 팜플로나를 지나면서부터 걷는 여행자들이 눈에 띄게 많아지고 힘겹게 오르는 자전거 여행자들도 많아졌다.

비구름이 산 능선을 오락가락하면서 페르돈 고개 모습도 가끔 보이고, 긴 능선에 설치된 풍력발전기들의 모습도 보인다. 풍력발전기 날개 돌아가는 소리가 점점 크게 들리면서 능선에 가까워지고, 이어서 페르돈 고개를 상징하는 조형물이 나타난다.

페르돈(Perdón)은 스페인어로 용서를 뜻한다고 한다. 페르돈 고개에는 상징 조형물 외에도 여러 구조물이 자리하고 있어 쉬면서 둘러볼 곳들이

있다. 하지만, 내려갈 푸엔테 라 레이나(Puente la Reina) 방향은 훤하게
맑은 날씨인데 올라왔던 팜플로나 쪽과 정상부는 비바람이 몰아쳐 주변을
차분하게 둘러볼 수가 없는 상황이라 잠시 머무르다 아쉬움을 남기고 우
테르가(Uterga) 방향으로 내려선다.

정상부에서 우테르가 마을로 내려서는 비탈길은 작은 돌들이 가득해
걷기가 매우 불편한 가파른 내리막길이 계속된다. 이어서 질퍽거리는 진
창길을 한동안 걷고 나야 비로소 넓은 비포장 길에 이르고 이내 우테르가
마을에 다다른다.

페르돈 고개 조형물 / 고개에서 우테르가(Uterga) 방향

사리키에기 마을에서 페르돈 고개를 오르고, 걷기 불편한 급경사 내리
막 비탈길과 질퍽한 길을 걷는 약 6km 동안은 마을이 없기에 우테르가
마을의 바르에는 휴식을 취하는 사람들로 북적이는 모습이다.

우테르가 마을을 벗어나 초록과 노란색이 넓게 펼쳐진 들판 사이
로 약 2.7km쯤 걷다 보면 포도주로 유명한 무루사발(Muruzabal) 마
을에 이른다. 마을 초입부에 있는 건물 벽면에 그려진 '부엔 카미노
(Buen Camino)' 벽화가 눈에 띈다. 무루사발 마을을 벗어나면 오바노스

(Obanos) 마을이 가까이 보인다. 들판을 따라 약 1.5km쯤 걷다 보면 오바노스 마을로 들어선다.

오바노스 마을의 산 후안 바티스타(San Juan Bautista) 성당과 그 옆의 아치를 지나 걷다 보면, 작은 도시인 푸엔테 라 레이나(Puente la Reina) 시내 끝자락이 언덕 아래로 보이고 푸엔테 라 레이나로 가는 긴 내리막을 걷는다. 이어서 큰 도로를 건넌 후 들판의 좁은 길을 따라 조금 걸으면 도시 초입에 이른다.

허리 수레가 이채롭다. / 오바노스 마을의 산 후안 바티스타 성당

오늘 숙소는 도시 입구 큰길에 위치한 알베르게인데 호텔을 겸하고 있다. 알베르게의 6인실은 1층에 4인실은 2층에 있으며, 이용했던 2층은 리모델링을 해서 쾌적하고 깨끗한 모습이다. 저녁과 아침 식사는 일반적인 비용으로 호텔 식당에서 할 수 있다.

6일 차 : 푸엔테 라 레이나 → 아예기

지명	구간거리	계획		남은거리	진행거리	해발고도
Puente la Reina				683.6	91.4	352
Cirauqui	7.8	.	.	675.8	99.2	479
Lorca	5.5	.	.	670.3	104.7	463
Villatuerta	4.5	.	.	665.8	109.2	428
Estella/Lizarra	4.1			661.7	113.3	431
Ayegul	2	6일	23.9	659.7	115.3	486

(단위 : 거리 km, 고도 m)

  '여왕의 다리'를 뜻하는 푸엔테 라 레이나(Puente la Reina)는 작은 도시이지만, 11세기에 순례자들을 위해 아르가강에 석조 다리를 만들었을 만큼 과거나 지금이나 순례길의 중요한 길목이다. 아르가 강까지 일직선으로 뻗은 마요르(Mayor) 거리의 중세풍 건물 사이를 한동안 걸으면 아르가강에 이르고, 아치교 석조 다리인 '여왕의 다리'를 건넌다.

  '여왕의 다리'를 건너면 아르가강 옆 도로를 따라 걷다가 큰 도로를 건너게 되고, 들판으로 난 비포장 길을 한동안 걷는다. 비포장 길은 이내 계곡 숲속으로 들어서게 되고, 비탈길 오름을 한참 오르다 보면 큰 도로 옆 고갯마루에 올라서게 된다. 큰 도로 옆으로 난 비포장 길을 자동차 소음과 함께 걷다 보면 마네루(Maneru) 마을에 이른다.

푸엔테 라 레이나(Puente la Reina) 마요르 거리와 다리

  마네루 마을을 벗어나면 멀리 들판 너머 언덕 위로 시라우키(Cirauqui) 마을이 보이는데, 낮은 구릉에 펼쳐진 포도밭과 초록이 가득한 언덕이 어우러져 한 폭의 멋진 풍경화 같다. 걷기 편한 흙길을 가벼운 발걸음으로 한동안 걷다 보니 아름다운 풍경화 속으로 들어서듯 12~3세기에 지어진 성당이 자리한 중세 마을인 시라우키 마을에 이른다. 언덕에 자리한 마을 안으로 들어서니 늦은 아침을 해결하는 여행자들로 북적이는

모습이고, 세월의 흔적이 역력한 골목 사이로 걷다 보면 오래된 성당을 지나게 되면서 이내 마을을 벗어나게 된다.

시라우키 마을을 벗어나면 급경사 비탈 돌길로 내려서고 큰 도로를 횡단한다. 이 비탈진 돌길이 로마 시대에 만들어졌다고 하며 길옆 배수로도 그 시대에 축조되었다고 한다. 비탈진 돌길 끝자락에서 오래된 석조 다리를 건너면 고속도로를 횡단하는 현대의 다리를 지난다.

시라우키 마을 출구 / 로마 시대에 만들어진 돌길과 석조 다리

카미노는 고속도로를 따라 도로 옆으로 걷다가 도로에서 조금 벗어났다가 이내 도로에 가까워졌다가 도로 아래를 걷다가를 계속하게 된다. 거대한 수로 아래를 걷기도 해 다소 어수선한 경로가 이어지지만, 카미노 표시는 제자리를 지키고 있다. 이어 큰 개울을 건너는 석조 다리를 건너게 되고 고속도로 아래 통로를 지난 다음 완만한 오름을 오르면 로카(Lorca) 마을에 이른다.

로카 마을을 벗어나 도로를 따라 걷다가 한적한 들판을 걷고 도로 아래 통로를 지나다 보면 큰 마을인 비야투에르타(Villatuerta)에 이른다. 마을 가운데를 흐르는 개천 위 석조 다리를 건너는데, 13세기에 지어진 로마네스크 양식의 다리라고 한다. 비야투에르타 마을 서쪽 끝에서 들판으로 난 흙길을 한동안 걷다가 큰 도로를 횡단하게 되고, 작은 언덕을 내려서서 에가(Ega)강을 건너면 세월의 흔적이 물씬 묻어난 채로 방치된 교회 앞을 지난다. 들판을 지나고 이어 에가강을 따라가다 보면 에스테야(Estella) 입구에 이른다.

작은 도시인 에스테야 입구의 에가강 변에는 방치된 듯 보이는 오래된 성당이 세월의 흔적을 간직한 채 자리하고 있다. 조금 더 가면 에스테야의 중심으로 들어가는 삼거리에 아치형 석조 다리인 카르셀 다리(Puente de la Cárcel)가 있다.

시라우키(Cirauqui)-비야투에르타(Villatuerta) 구간

에스테야 입구에 방치된 듯 보이는 성당 / 에스테야 입구의 카르셀 다리.

에스테야는 산초 레미레즈(Sancho Ramirez) 왕에 의해 11세기에 형성된 도시로 12세기에 지어진 나바라 왕궁과 나바라 왕들이 선서를 했다는 산 페드로 데 라 루아 성당(Iglesia de San Pedro de la Rúa)을 비롯해 여러 성당과 수도원 등이 있다. 중세에는 '북쪽의 톨레도(Toledo)'라고 불렸다고 하며, 중세부터 순례자들에게는 주요한 거점 도시이다.

에스테야 중심으로 들어가는 카르셀 다리가 있는 갈림길에서 다리를 건너지 않고 약 2km를 더 가면 아예기(Ayegui) 마을이 나오는데, 오늘 숙소가 그곳이다. 카미노 표시가 길바닥에 설치된 골목길을 한동안 걷다가 번잡한 큰 도로를 따라 계속 걷는다.

아예기의 숙소는 마을 스포츠센터 일부분을 공립 알베르게로 운영하는 곳이다. 2층 침대 9개가 들어 있는 다인실이 여러 개 있는 곳이고, 편의 시설도 잘 갖추어져 있다. 도보 400m 거리에 대형 마트도 있다.

"

지명	구간거리	계획		남은거리	진행거리	해발고도
Ayegul				659.7	115.3	486
Azqueta	5.7			654	121.0	576
Villamayor de Monjardin	1.7			652.3	122.7	673
Los Arcos	11.8	7일	19.2	640.5	134.5	447

(단위 : 거리 km, 고도 m)

아예기 마을 알베르게에서 나와 마을을 관통하는 큰 도로를 따라 걷는다. 마을이 끝나는 지점에서 도로를 벗어나 왼쪽으로 들어서면 넓은 포도밭이 펼쳐지고 그 너머로 수도원 건물과 마주하고 있는 이라체 양조장(Bodegas Irache)이 보인다.

이라체 양조장 입구에는 양조장 측에서 카미노를 걷는 여행자들에게 매일 약 100리터 이상의 포도주를 무료로 베푸는 시음 꼭지가 있다. 아주 오랫동안 목마른 순례자들에게 한 잔의 포도주를 제공해 주는 것은 고마운 일이다. 양조장 입구 벽면에 설치된 2개의 꼭지 중 하나는 포도주이고 다른 하나는 물이다.

양조장을 나와 조금 걷다 보면 이라체(Irache) 마을 입구에 이르고, 이정표에는 2개의 카미노를 알리는 갈림길이 표시되어 있다. 오른쪽은 아스케타(Azqueta)를 거쳐 로스 아르코스(Los Arcos)까지 17.9km이고, 왼쪽은 루킨(Luquin)을 거쳐 로스 아르코스까지 16.8km로 안내하고 있다. 오른쪽으로 방향을 잡아 이라체 마을 외곽으로 한동안 걷다가 큰 도로를 건넌다. 큰 도로 오른편의 이라체 마을을 지나 마을이 끝나는 지점에서 숲길로 들어선다.

이라체 양조장 / 이라체 마을 입구 카미노 갈림길

넓은 밀밭과 울창한 숲길 사이로 난 오솔길을 한동안 걷다 보면 작은 계곡 너머로 아스케타 마을이 보인다. 아스케타 마을은 계곡 건너로 가까운 거리처럼 보이지만, 실제로 걸으면 계곡을 따라 내려서다가 다시 올라서야 해서 거리가 꽤 멀다. 아스케타 마을에는 에스테야(Estella)에서 출발한 여행자들이 약 8km를 걸어와 아침을 해결하느라 분주한 모습을 보인다.

아스케타 마을을 벗어나면 도로 오른쪽 언덕 아래로 내려서다가 포도밭이 광활하게 펼쳐지는 비탈진 언덕을 한동안 오른다. 아름답게 펼쳐지는 주변의 조망을 즐기고, 중세에 만들어졌다고 알려진 샘터를 지나다 보면 언덕 위에 자리한 마을인 비야마요르 데 몬하르딘(Villamayor de Monjardin)에 이른다. 마을 버스정류장 옆 바르도 많은 사람이 이용하고 있다.

비야마요르 데 몬하르딘 마을에서 로스 아르코스 마을까지는 약 12km쯤 되는데, 이 구간은 중간에 마을이 없어 비야마요르 데 몬하르딘 마을에서 물과 간식을 챙겨 가야 한다. 마을을 벗어나면 언덕 아래로 넓게 이어지는 포도밭, 밀밭, 건초용 풀밭, 유채밭 등이 펼쳐진다. 비탈진 긴 언덕의 좁은 길을 내려서면 버드나무가 무성한 비포장도로를 만나고, 한적한 비포장 길을 한동안 걷다 보면 쉼터와 수도 시설이 나온다. 몇몇은 벌컥벌컥 마시고 물병에 가득 채워 가는 모습도 보이는데, 사람에 따라 물갈이의 어려움을 겪을 수 있으므로 유의해야 한다.

비야마요르 데 몬하르딘 마을에서 조망 / 물갈이에 주의해야 한다.

쉼터에서 로스 아르코스 마을까지는 완만한 구릉성 지형이 광활하게 펼쳐진다. 드넓은 밀밭, 감자밭, 건초용 밭 등은 초록으로 가득하고 새싹이 움트고 있는 넓은 포도밭과 흐드러지게 펼쳐진 노란색 유채밭이 함께 어우러져 지루할 틈을 주지 않는 아름다운 풍경이다. 걷고 있는 사람들 외에는 아무런 인기척도 없는 오롯이 나만의 시간이어서 머리를 비우고 가슴을 가득 채워 가는 사색의 시간이다. 윈도우 화면처럼 초록의 언덕이 펼쳐진 이곳이 초록이 아닌 계절이었다면 황량하기 그지없는 풍경이었을 것이고 외로움이 가슴을 흠뻑 채웠을 듯하다.

비야마요르 데 몬하르딘에서 오늘 목적지인 로스 아르코스까지의 긴 거리는 마을이 없는 구간이지만, 아름다운 풍경으로 마음을 가득 채우며 갈 수 있고 덤으로 도중에 푸드 트럭도 있다. 간이 시설이라 연중 상주하는 것은 아닌 듯하다.

비야마요르 데 몬하르딘-로스 아르코스 구간. 푸드 트럭도 보인다.

로스 아르코스 마을이 가까워질수록 어디선가 자동차들이 달리는 굉음이 점점 커진다. 아름다운 풍경은 그대로인데 비워지던 머리가 점점 채워지기 시작하는 느낌이다. 한적한 시골인데 궁금해서 지도를 살펴보니 마을 인근에 자동차 경주장이 있었다. 시골에 자동차 경주장이 있어야만 할 나름의 이유가 있긴 하겠지만 카미노와는 전혀 어울리지 않는 느낌이다.

넓은 비포장도로를 한동안 걷다 보면 로스 아르코스 마을에 이른다. 15~16세기에 로스 아르코스는 나바라 왕국과 카스티야 왕국의 경계에 위치해 어느 곳에도 세금을 내지 않았다고 하며 인근에서는 가장 큰 마을이다. 산타마리아 성당의 종탑은 카미노에서 가장 높다고 하며 성당 앞 광장에는 많은 여행자가 자리를 차지하고, 성당 뒤편의 코소 광장(Plaza del Coso) 쪽에는 현지인들이 많이 자리하고 있어 대조를 이룬 모습이다.

로스 아르코스 가는 길 / 로스 아르코스 산타 마리아 성당 앞 광장

8일 차 : 로스 아르코스 → 로그로뇨

99

지명	구간거리	계획		남은거리	진행거리	해발고도
Los Arcos				640.5	134.5	447
Torres del Rio	7.8			632.7	142.3	471
Viana	10.5			622.2	152.8	474
Logroño	9.5	8일	27.8	612.7	162.3	389

(단위 : 거리 km, 고도 m)

로스 아르코스(Los Arcos)의 알베르게를 나와 산타 마리아 성당에 붙어 있는 카스테야문을 지나면 오드혼강 다리를 건너게 되고 점차 마을을 벗어나게 된다. 공동묘지를 지나면서부터 좁은 비포장 길을 걷게 되는데 양옆으로 밀밭, 포도밭 등이 구릉 위로 끝없이 펼쳐진다.

앞이 훤한 구릉이어선지 건너편 산 솔(San sol) 마을이 손에 잡힐 듯 가깝게 보이는데도 걸어야 할 거리가 7km 남짓이나 된다. 밀밭, 포도밭들이 펼쳐지는 구릉을 계속 걷다 보면 아스팔트 포장도로를 만나게 되고, 도로 위로 걸어 산 솔 마을로 들어선다.

한적한 산 솔 마을을 벗어나면 좁은 계곡을 사이에 두고 마주한 도보 0.8km 거리의 토레스 델 리오(Torres del Rio) 마을이 보인다. 가파른 비탈길을 내려서고 큰 도로 아래를 지나 다리를 건너면 마을 입구에 이르는데, 토레스 델 리오에서 비아나(Viana)까지 약 11km는 마을이 없는 구간이라 이곳에서 식수와 간식을 챙겨야 한다.

로스 아르코스 아침 / 산솔 마을 가는 길

토레스 델 리오 마을을 벗어나 공동묘지를 지나면서 광활한 초록의 구릉을 지난다. 약간의 비탈을 내려서고 다시 올라서 걷다 보면 포장도로를 만나 그 옆으로 걷게 된다. 도로를 횡단해 한동안 걷다 보면 돌탑들과 오래된 교회(Ermita del Poyo) 앞을 지난다. 16세기에 지어진 고딕 양식의 교회로 알려져 있다.

좁은 돌길의 긴 내리막을 지나 포장도로를 건너고 다시 긴 오름을 오르면 한동안 구릉을 걷는다. 이후 포장도로를 만나 도로를 건너면 조망이 훤한 긴 언덕 아래로 멀리 비아나 마을과 더 멀리 큰 도시인 로그로뇨(Logroño)가 아스라하게 보인다.

길고 긴 비탈 언덕을 한동안 내려서서 계곡을 따라 걷다 보면 간이매점이 있는데, 연중 운영되는 것 같지 않아 보인다. 계곡을 벗어나 점점 넓어지는 들판을 계속 걷게 되고 높지 않은 언덕을 오르다 내려가면서 포장도로를 건넌다.

언덕 아래로 멀리 로그로뇨가 보인다. / 마을이 없는 구간의 간이매점

이후부터 포장도로 옆을 조금 떨어져 걷다가 도로 옆으로 걷거나 도로 갓길로도 걷는다. 비아나 마을까지 약 3km에 달하는 직선에 가끼운 포장도로에는 빠른 속도로 달리는 차들이 제법 많아, 갓길을 걸어야 하는 구간에서는 여행자들은 무척 주의해야 하는 곳이다. 더구나 비아나 마을이 약간의 내리막에 위치해 시각적으로는 매우 가깝게 느껴지나 좀처럼 거리가 좁혀지지 않아 피곤함을 가중시키는 구간이다.

이곳에서 도로 갓길을 걷다가 다가오는 차를 피하다가 삐끗해 발목에 부담을 주는 통증이 밀려오면서 다리 근육통까지 동반하는 불상사가 생기고 말았다.

도로에서는 안전이 우선 / 비아나 가는 길

비아나 마을 입구에 들어서서 보니 성당이 위치한 마을 중심부가 높은 언덕 위에 있다. 카미노는 언덕을 올라 중심부를 지나가야 하는데, 발목 통증으로 9.5km 거리의 로그로뇨는 언감생심이고 언덕 위 중심부까지 가는 것도 문제였다.

마을 입구 바르에서 쉬며 이후 여정에 대한 이런저런 생각을 해본다. [통증을 참고 로그로뇨까지 걷는다], [비아나에서 숙박한다], [로그로뇨까지 버스를 이용한다] 중 이번 여정이 오늘내일 걷고 끝나는 상황이 아닌데다, 비아나에서 로그로뇨 사이는 공장지대를 걷고 도시 외곽 마을과 시내를 걷는 만큼 과감하게 패스하고 버스를 이용하기로 했다.

로그로뇨로 가는 버스 시간은 휴일이라 마을 사람마다 대답이 제각각인데, 학생의 도움으로 로그로뇨로 올 수 있었다. 로그로뇨는 스페인의 여러 자치주 가운데 면적이 가장 작고 포도주 생산지로 널리 알려진 라 리오하(La Rioja)주의 주도로 인구가 15만 명이 넘는 도시이다.

9일 차 : 로그로뇨 → 나바레테

지명	구간거리	계획		남은거리	진행거리	해발고도
Logroño				612.7	162.3	389
Navarrete	12.7	9일	12.7	600	175.0	510

(단위 : 거리 km, 고도 m)

밤새 발목과 근육통 처방 관련 총동원령이 내려진 탓인지 발목 통증이 한결 나아진 느낌이다. 무리해서는 안 되겠다고 판단해 계획을 바꿔 오늘은 나바레테(Navarrete)까지 12.7km만 걷기로 한다.

어제까지 등에 붙어 있던 무거운 배낭도 짐 이동 서비스(Luggage Transfer, 흔히 '동키'라고도 한다)를 이용해 본다. 이 서비스는 짐 이동 서비스 회사에서 숙소에 비치해 둔 작은 봉투에 다음 목적지의 숙소 이름과 주소를 기재하고 비용을 넣어, 봉투를 배낭에 묶은 다음 숙소 리셉션에서 지정한 장소에 두고 가면 다음 숙소까지 배달되는 편리한 시스템이다. 서비스 회사가 여러 곳이고 각각 비용이 다르므로 선택하면 된다.

숙소에서 아침까지 해결하고 식수와 간식만 챙겨 느지막하게 출발해 쉬엄쉬엄 걸을 예정이다. 오전의 로그로뇨 중심부는 현지인들뿐만 아니라 여행자들까지 뒤섞여 북적이는 모습이다.

짐 이동 서비스 신청 봉투 / 로그로뇨 시내

카미노 표시를 따라 시가지를 걷다 보니 도시 외곽에 이르고, 도시를 벗어나 들판 길로 접어드는 외곽 사거리에 기아자동차 대리점이 눈에 띈다. 이곳 사거리에서 동편과 서편으로 약간 떨어진 곳에 각각 대형 마트가 있다. 로그로뇨에서 나바레테까지 12.7km는 마을이 없어 로그로뇨에서 식수와 간식을 챙겨야 한다. 나바레테까지 가는 중간에 있는 그라헤라 공원(Parque de la Grajera)에서 해결할 수도 있을 듯하다.

기아자동차 대리점이 위치한 사거리 앞 작은 공원을 지나 큰 도로 아래 통로를 지나면 바로 넓은 들판이 펼쳐지고, 들판 사이로 난 도로에는 많은 사람이 보인다. 로그로뇨 외곽에서 약 3km쯤 되는 곳에 그라헤라 공원이 있어 그곳까지 걷거나 자전거를 타는 많은 현지인들과 카미노 여행자들이 뒤섞인 모습이다. 도로 곳곳에 앉아 쉴 수 있는 곳도 있어 발목 보호 핑계로 여러 번 쉬어 간다.

공원의 저수지 둑을 지나 저수지 오른쪽 숲길을 한동안 걷다 보면 기념품을 파는 간이매점이 있다. 매점을 지나 광활한 구릉에 펼쳐진 포도밭 사이로 난 비포장 비탈길을 한동안 오르다 뒤돌아보면 그라헤라 공원 전경과 그 뒤로 로그로뇨 시내가 조망된다. 비탈진 언덕길을 계속 오르면 로그로뇨에서 나바레테 방향으로 가는 고속도로 고개 옆에 이른다.

그라헤라 공원 위쪽 언덕을 걷는 여행자들 / 뒤돌아본 로그로뇨 시내 방향

　　멀리 언덕 아래 나바레테 마을 방향을 바라보면서 달리는 차량 소음과 함께 고속도로 옆으로 난 긴 내리막길을 걷는다. 도로공사로 예전 카미노가 약간 변경된 듯 도로 아래 통로를 지나간다. 나바레테 마을이 완만한 내리막 끝자락에 위치해 가까운 것 같지만 상당한 거리를 걸어야 해서 지루한 느낌이 든다. 아스팔트길을 따라가다가 비포장 길을 걷고 고속도로 위를 건너면 나바레테 마을이 가까워진다. 이어서 순례자 병원 터(Hospital de San Juan de Acre), 순례자 조형물이 있는 양조장 등을 지나 약간의 언덕을 오르면 나바레테 마을 북동쪽 입구에 이른다.

나바레테 마을 방향 / 주변은 광활한 포도밭

　　나바레테 마을에서 숙소는 마을 북동쪽 입구에 자리한 알베르게이다. 2인실부터 다인실까지 여러 방이 있고 시설도 무난하다. 다만, 알베르게가 마을 외곽에 있어 식사를 위해 마을 중심부까지 다녀와야 할 수도 있다.

10일 차 : 나바레테 →
나헤라

99

지명	구간거리	계획		남은거리	진행거리	해발고도
Navarrete				600	175.0	510
(Ventosa)	(7)					634
Najera	16.9	10일	16.9	583.1	191.9	498

(단위 : 거리 km, 고도 m)

늦은 밤부터 비가 내리더니 이른 아침에도 비가 계속 내린다. 발목이 완전하지 않아 배낭을 이동 서비스에 맡기고 가벼운 차림으로 시작한다. 이곳의 비는 가랑비에 옷 젖는다는 느낌의 부슬비가 내린다. 오늘은 진창 길을 꽤나 걷겠다는 생각에 채비를 단단히 하고 숙소를 나선다.

나바레테(Navarrete)에서 나헤라(Najera)까지 약 17km는 마을이 없는 구간이다. 나바레테 마을을 벗어나 큰 도로를 따라 걷다가 들판 사이로 난 비포장 길로 들어선다. 예상대로 진창길이 계속 이어지는데, 진창길에 신발은 무거워지고 발목은 조금씩 불편해짐을 느낀다. 광활하게 펼쳐진 포도밭 사이의 진창길을 한참이나 걷다 보니 아스팔트 도로를 건너면서 양조장에 이르고 조금 더 가면 고속도로 옆으로 난 비포장도로를 만나 고속도로 옆으로 계속 걷는다.

비가 와 광활한 포도밭 주변은 진창길이다. /
카미노 갈림길에서 벤토사 마을로 가는 사람들

고속도로 옆길은 비포장도로에다가 비가 그쳐 걷기가 한결 편안해졌는데 고속도로 소음이 상당하다. 한동안 걷다 보면 벤토사(Ventosa) 마을로 가는 갈림길이 나온다. 카미노는 곧장 가지만 왼쪽으로 가면 벤토사 마을을 지나서 나중에 만나게 된다.

갈림길에서 아침 요기를 할 겸 해서 벤토사 마을로 향하는데, 갈림길에서 열에 아홉은 벤토사 마을로 향하는 모습이다. 간단하게 요기를 하고 마을을 벗어나니 다시 진창길이 계속된다. 양조장을 지나고 한동안 진창길을 더 걸으면 기존 카미노를 만나는 갈림길에 이른다.

갈림길에서 오른쪽 방향은 고속도로에서 벤토사 마을로 들어가는 포장도로가 있는 곳인데, 그곳에 정차한 대형 버스에서 간편한 차림을 한 많은 사람이 이쪽으로 걸어오는 모습이다. 카미노를 여행하는 방법이 오롯이 걷는 것만이 아니라 자신의 체력이나 시간 등 여러 여건에 따라 다양한 방법으로 시도하는 한 장면으로 보인다.

진창길이 계속되고 가파른 오름이 이어지는데 길에 노출된 크고 작은 돌들도 많아 걷기가 불편하다. 자전거 '끌바'를 하는 사람들과 버스 여행 자들까지 있어 힘들게 오르는 상황이다.

벤토사-산 안톤 고개 구간 / 산 안톤 고개에서 나헤라 방향

산 안톤 고개(Alto de San Antón) 마루에 이르면 넓은 포도밭이 펼쳐 지고, 언덕 아래로는 나헤라 방향의 조망이 훤하게 열리는 장소이지만 날 씨 때문에 조망이 아쉽다. 비탈길을 내려서고 큰 도로 아래 통로를 지나 도로 옆으로 난 길을 계속 걷는다.

큰 도로와 점점 멀어지면서 광활하게 포도밭이 펼쳐지는 구릉의 진창 길을 계속 걷다 보면 다시 포장도로를 만난다. 산 안톤 고개에서 약 4km 쯤 되는 거리이다. 도로를 건너 레미콘 공장 옆으로 난 진창길을 지나서 얄데(Yalde)강을 건너고 이내 큰 도로 아래를 지나 들판을 걷는다. 들판 왼쪽에는 공장으로 보이는 건물들이 이어지고 정면에는 붉은 바위산 아래 자리한 나헤라 마을의 외곽이 보인다.

규모가 큰 마을인 나헤라의 중심부를 지나 나헤리야(Najerilla)강을 건 너면 곳곳에 구멍이 뚫린 붉은 바위산 아래에 산타 마리아 라 레알 수도원 을 비롯한 세월의 흔적이 물씬 묻어나는 나헤라의 오래된 마을이 있다. 숙소도 이곳이다.

나헤라는 아랍어인 나사라(바위 사이의 마을)에서 유래되었다고 한다. 이슬람의 지배를 받던 나헤라는 10세기경에 나바라왕 오르도뇨 2세가 정복한 뒤 나바라 왕국의 수도가 되었다가 11세기경에 카스티야 왕국에 속하게 되었다.

비가 온 광활한 포도밭 일대는 진창길이다. /
나헤라 구도심으로 건너는 다리

한편, 내일과 모레 숙소는 예약이 가능했으나, 그다음 작은 마을인 산후안 데 오르테가의 숙소가 예약이 되지 않는다. 주변의 여러 마을들까지 수소문했지만 모두 예약이 끝났다고 한다. 방법은 서둘러 출발하고 빨리 걸어 공립 알베르게에 일찍 도착해야만 해서 염려가 된다.

11일 차 : 나헤라 → 산 토 도밍고 데 라 칼사다

,,

지명	구간거리	계획		남은거리	진행거리	해발고도
Najera				583.1	191.9	498
Azofra	5.7			577.4	197.6	546
Ciruena	9.3			568.1	206.9	736
Santo Domingo de la Calzada	6	11일	21	562.1	212.9	645

(단위 : 거리 km, 고도 m)

오늘은 무거운 배낭을 메고 길을 걸어 보려 마음을 단단히 먹고 알베르게를 나선다. 나헤라 구도심의 이른 아침은 카미노를 걷는 사람들로 좁은 골목마다 인기척이 무성하다. 어제 아침 나바레테에서 보았던 여행자들보다 그 숫자가 더 많아진 느낌이다.

수도원을 지나 마을 외곽으로 나가는 언덕의 주택가를 벗어나면 갈림길에서 오른쪽 넓은 비포장도로를 따라 비탈진 오름을 한동안 걷는다. 붉은 바위산과 소나무 숲을 지나 고갯마루를 넘으면 붉은 토양의 넓은 구릉에 펼쳐지는 포도밭과 초록의 물결이 가득하다. 구릉의 들판 사이로 난 길을 따라 아조프라(Azofra) 마을까지 약 5km쯤 계속 걷는다.

중세 아랍인들의 마을이었다고 전해지는 아조프라 마을에는 나헤라를 떠나 이곳에서 아침을 해결하려는 여행자들로 북적인다. 아조프라 마을의 서북쪽 출구 큰 도로를 따라 걷다가 마을 끝에서 왼쪽으로 난 좁은 길로 카미노가 이어진다.

들판 사이로 난 비포장 좁은 길을 한동안 약간의 경사로 오르다 보면 언덕 아래 고속도로 방향으로 비탈길을 내려간다. 비가 온 뒤의 내리막 황톳길은 걷기가 불편한 상태이다. 언덕을 내려와 고속도로 옆으로 난 황톳길은 더더욱 심한 진창 수렁길이다. 길옆 밀밭은 진창길을 피해 보려는 사람들의 흔적이 넓게 나 있는 모습이다.

고속도로 옆으로 난 진창길을 한동안 걷다가 고속도로 갈림길인 포장도로를 건너면서부터 비포장 길은 여건이 조금 더 좋아진다. 광활한 들판에 가득한 초록과 곳곳의 노란 유채밭 그리고 포도밭 사이를 계속 걷다 보면 경사가 꽤 있는 긴 오름이 나온다. 오름의 끝이 가까운 듯한데 오름의 시간은 한동안 계속된다. 오름을 오르다가 뒤돌아본 한적하고 아름다운 풍경이 오래도록 기억에 남는다.

긴 오름을 오르면 구릉 위 넓은 평원이 펼쳐지면서 이동 간이매점이 보이고 조금 더 가면 쉼터도 있다. 쉼터를 지나 한동안 걷다 보면 골프장 및 휴양 시설이 위치한 마을을 지난다. 이곳은 시루에나(Ciruena) 마을이 아니고, 주택가를 벗어나 조금 더 가야 시루에나 마을의 북쪽 끝에 이른다. 휴양 시설이 있던 주택가와 시루에나 마을의 오래된 건물들이 매우 대조적이다.

아조프라-시루에나 구간

시루에나 가는 길 / 시루에나 마을 앞 조형물

긴 오름을 오르면 구릉 위 넓은 평원이 펼쳐지면서 이동 간이매점이 보이고 조금 더 가면 쉼터도 있다. 쉼터를 지나 한동안 걷다 보면 골프장 및 휴양 시설이 위치한 마을을 지난다. 이곳은 시루에나(Ciruena) 마을이 아니고,

주택가를 벗어나 조금 더 가야 시루에나 마을의 북쪽 끝에 이른다. 휴양 시설이 있던 주택가와 시루에나 마을의 오래된 건물들이 매우 대조적이다.

시루에나 마을 북쪽을 벗어나 도로를 건너면 순례자 형상물이 세워진 회전교차로 옆을 지나게 되고, 카미노는 교차로 왼쪽 들판으로 이어진다. 거대한 구릉성 지형의 들판은 초록으로 가득한 밀밭과 노란 유채밭이 끝없이 펼쳐지고, 교차로에서부터 약 2.3km쯤 황톳길의 완만한 긴 오름을 오른다.

고갯마루에 이르면 초록과 노란 들판이 계속되고, 언덕 아래로 멀리 산토 도밍고 데 라 칼사다(Santo Domingo de la Calzada) 마을 모습이 들어온다. 산토 도밍고 데 라 칼사다 대성당까지는 가까운 듯하지만 고갯마루에서 완만하면서 긴 내리막 들판 사이의 길을 약 3.5km쯤 걸어야 한다. 완만한 내리막을 한동안 걷다 보면 마을 입구의 공장지대를 지난다. 카미노는 큰 도로를 건너 오래된 좁은 골목길로 이어진다.

산토 도밍고 데 라 칼사다는 카미노의 성인으로 알려진 산토 도밍고(Santo Domingo)의 이름을 그대로 쓰고 있다. 산토 도밍고 데 라 칼사다에는 12세기 로마네스크 양식으로 건축된 산토 도밍고 데 라 칼사다 대성당을 비롯해 성당 옆의 종탑 등 오래된 건축물이 많아 순례길에서 아름다운 마을 중 하나로 알려져 있다.

시루에나-산토 도밍고 데 라 칼사다 구간 구릉길

산토 도밍고 데 라 칼사다 가는 길 / 대성당 옆 종탑

한편, 대성당 부근의 알베르게에서 휴식을 취하고 있는데, 옆 침대의 외국인들 대화에서 내가 알아들을 수 있는 몇 단어나 문장으로 추측해 보니, 산 후안 데 오르테가(San Juan de Ortega) 마을 주변의 숙소는 2일 전에 이미 동이 났다고 한다. 그래서 예약을 받지 않는 공립 알베르게를 이용하기 위해 낭일 일찍 출발할 예정이거나 계획을 수정하는 사람들이 여럿 있다고 한다. 엊그제부터 고민하던 모레 도착 예정인 산 후안 데 오르테가 마을 주변의 숙소가 미정인 상태여서 고민이 큰 상황이다.

며칠 전 비아나(Viana) 도착 직전에 삐끗했던 발목 때문에 로그로뇨→나바레테, 나바레테→나헤라 2개 구간은 짧은 거리를 배낭 없이 걸었다. 조금 괜찮아진 듯싶어서 오늘은 나헤라에서 21km 거리인 이곳까지 배낭을 메고 걸었더니 그 여파가 다시 나타나고 있다. 내일은 이곳에서 벨로라도(Belorado)까지 약 23km를 걸을 예정인데 염려가 된다. 설상가상으로 숙소에 대해 느슨하게 생각했던 아쉬움과 발목이 불편해지는 상황 등 이런저런 생각으로 대략 난감함이 가득한 밤이다.

,,

지명	구간거리	계획		남은거리	진행거리	해발고도
Santo Domingo de la Calzada				562.1	212.9	645
Granon	6.9			555.2	219.8	729
Redecilla del Camino	4			551.2	223.8	742
Viloria de Rioja	3.8			547.4	227.6	801
Belorado	8	12일	22.7	539.4	235.6	775

(단위 : 거리 km, 고도 m)

오늘 벨로라도를 지나 다음날 목적지인 산 후안 데 오르테가(San Juan de Ortega) 마을 부근에서 숙소 확보 문제, 불편함이 가시지 않고 있는 발목 등과 관련해 이런저런 생각으로 늦게 잠이 들고 이른 아침에 일어났다. 다른 날보다 조금 더 천천히 걷기 위해 이른 시각에 나서면서 무거운 배낭을 이동 서비스에 맡기고 가벼운 차림으로 출발한다.

산토 도밍고 데 라 칼사다 대성당 앞 광장을 지나 아직 가로등이 켜 있는 좁은 골목길을 따라 걷는다. 골목길을 한동안 걷다 보면 마을의 서쪽 출구인 큰 도로에 이르고, 조금 더 가면 오하(Oja)강을 건너는 산토 도밍고 다리를 지난다.

산토 도밍고 다리를 건넌 다음, 마을에서 고속도로로 연결되는 도로의 오른쪽으로 난 좁은 길로 들어서 걷다가, 그 도로를 횡단해 도로의 왼쪽을 따라 계속 걷는다. 광활하게 펼쳐진 구릉성 들판의 고속도로 바로 옆으로 난 길을 따라 자동차 소음과 함께 라 리오하(Ra Rioja)주의 마지막 마을인 그라뇽(Granon)까지 걷는다.

산토 도밍고 데 라 칼사다의 이른 아침 /
라 리오하주 마지막 마을인 그라뇽 가는 길

비옥한 황토와 광활한 포도밭이 펼쳐지는 라 리오하(Ra Rioja)주의 마지막 마을인 그라뇽은 오래된 마을인 듯 한적하다. 카미노의 출구인 마을 남서쪽 외곽에는 언덕 아래로 펼쳐지는 광활한 초록의 구릉과 그 사이를 걷는 여행자들까지 조망할 수 있는 전망대가 있다.

전망대에서부터 초록으로 가득한 구릉 사이를 약 1.8km쯤 걷다 보면 구릉 언덕 위에 라 리오하(Ra Rioja)주와 카스티야 이 레온(Castilla y Leon)주의 경계를 알리는 안내판이 자리하고 있다. 이곳에서 언덕 아래로 멀리 레데시야 델 카미노(Redecilla del Camino) 마을이 조망된다.

그라뇽 마을 전망대에서 바라본 시원한 조망 /
라 리오하주 카스티야 이 레온주 경계 안내판

완만한 내리막 흙길을 약 1.8km쯤 걷다 보면 카스티야 이 레온주의 첫 마을인 레데시야 델 카미노에 이른다. 마을을 벗어나 교통량이 많은 N-120 도로를 따라 난 길을 약 1.6km쯤 더 걸으면 카스틸델가도(Castildelgado) 마을이다.

작은 마을인 카스틸델가도로 들어섰다가 이내 마을을 벗어나 다시 도로를 따라 조금 더 가면 빌로리아 데 리오하(Viloria de Rioja) 마을로 들어가는 교차로에 이른다. 교차로에서 산토 도밍고 데 라 칼사다 성인이 태어난 곳으로 알려진 마을인 빌로리아 데 리오하까지는 약 1km쯤이고 구릉 위쪽을 걷기에 주변 조망이 좋다. 빌로리아 데 리오하 마을의 카미노 출구 쪽에 산토 도밍고 데 라 칼사다 성인이 태어난 곳과 성당이 있다.

빌로리아 데 리오하 마을 / 빌로리아 데 리오하 마을에서 조망

빌로리아 데 리오하 마을을 벗어나면 운동기구가 설치된 작은 교차로를 지나고 언덕 아래로 긴 내리막을 걷는다. 초록으로 가득한 언덕을 좁은 포장도로 위로 약 1.3km쯤 내려서면 고속도로와 만나는 교차로에 이른다. 교차로에서 교통량이 많은 N-120 도로 옆으로 자동차 소음과 함께 약 2km쯤 걸으면 비야마요르 델 리오(Villamayor del Rio) 마을에 이른다.

한적한 비야마요르 델 리오 마을을 벗어나 N-120 도로 왼쪽을 따라 자동차 소음과 함께 약 3.5km쯤 걷다 보면 벨로라도(Belorado) 마을 외곽에 이르고, 큰 도로에서는 교통량이 많고 대형트럭도 많으므로 건널 때 주의해야 한다. 도로를 건너 비포장 내리막길을 한동안 걷다 보면 벨로라도 마을 중심에 이른다. 벨로라도는 카스티야 이 레온주로 들어선 이후 가장 큰 마을로 중세의 여러 왕국이 서로 갖고자 하는 요충지였다고 한다.

오늘 벨로라도 마을의 숙소는 알베르게의 다인실이다. 알베르게는 만실인 듯 보이고, 인근에서는 큰 마을인데도 마을의 골목과 음식점, 광장 등에는 여행자들로 매우 북적이는 모습이다. 이곳의 많은 여행자가 다음 목적지로 여기는 매우 작은 마을인 산 후안 데 오르테가(San Juan de Ortega) 또는 아헤스(Ajes)에서 모두 숙박하려니 숙소가 동나 버린 상황인 것 같다.

벨로라도 가는 길 / 벨로라도 한 알베르게 앞 대기줄

카미노를 걷다 보면 여정이 대략 비슷한 경우가 많고 정서적 공감이 높아 눈인사라도 나눈 익숙한 외국인들이 많아지게 된다. 우리말 무한사랑에 흠뻑 취한 나는 짧은 단어와 눈인사로 그들과 익숙해지고 서로 손을 들어 반가움을 전하는 사람들도 여럿 생겼다.

비야마요르 델 리오 마을로 가는 고속도로 옆을 걷다가 불편한 자세로 천천히 걷고 있는 영국인 아버지와 아들을 만나 같이 걷게 되었다. 그들과는 피레네산맥을 넘으면서 처음 인사를 나눈 사이였고, 이후 카미노에서 여러 번 마주친 사람들이다. 영어라고는 뒤죽박죽 단어 나열 수준인 나를 최대한 배려해 주면서 이야기를 이어가려는 사람들이었다. 그들 중 아버지가 정강이 쪽 부상이 호전되지 않는 상태인데, 이번 여행을 중단할 수 없어서 대안으로 큰 고개가 없는 부르고스(Burgos) 레온(Leon) 구간 약 200km를 자전거 렌탈로 여행하는 방법을 찾았다고 한다. 발목이 완전하지 않은 나에게도 괜찮은 방법일 수 있다며 자전거 렌탈을 권장한다.

보여 준 자료에는 부르고스 시내에서 레온까지 자전거와 헬멧 등을 5일간 편도로 렌탈하는 데 비용이 135유로로 표기되어 있다. 필요하면 자신들이 전화해 주겠다고 한다. 문득 지금 상황에서 최선의 방법일 수도 있겠다는 생각이 든다. 오늘 숙소를 물어보니 우연인지 같은 곳이어서 숙소에 가서 결정하겠다고 했다.

벨로라도에서 부르고스까지는 카미노로 약 50km 거리이고, 중간 마을인 산 후안 데 오르테가 주변에서 숙소가 정해지지 않은 상태이다. 결국 선착순인 공립 알베르게를 이용해야 하는데, 보폭 큰 외국인들이 무척 많다는 이야기를 여러 곳에서 들었다. 지금 상황에서 선택할 수 있는 방법은 2가지이다. 하나는 발목이 불편하지 않다면 새벽에 출발하고 서둘러 걸어 선착순으로 입실하는 산 후안 데 오르테가 또는 주변 공립 알베르게를 이용하면 된다. 다른 하나는 발목이 불편한 상태에서 서둘러 걸어 일찍 도착하는 것은 현실적으로 불가능하고 화를 더 키워 여행이 끝날 수도 있으므로 부르고스까지 버스로 이동하는 방법이다.

나는 내일 아침 발목 상태를 보고 꼭두새벽에 나서든지 아니면 버스로 이동하겠다고 하며, 혹시 모레 자전거 렌탈이 가능한지 알아봐 달라고 했다. 지금 예약하면 현재 재고로는 모레 렌탈이 가능하다는 답을 듣고 일찍 잠자리에 든다.

13일 차 : 벨로라도 → 부르고스

"

　오늘은 산 후안 데 오르테가 부근의 숙소 확보 실패와 발목 불편으로 벨로라도(Belorado)에서 부르고스(Burgos)까지 50km를 버스로 이동한다.

지명	구간거리	계획		남은거리	진행거리	해발고도
Belorado				539.4	235.6	775
Villafranca Montes de Oca	11.7			527.7	247.3	949
Aito de la Pedraja	3.5			524.2	250.8	1150
San Juan de Ortega	8.5	13일	23.7	515.7	259.3	1005
Atapuerca	6.3			715.1	265.6	470
Burgos	20.4	14일	26.7	707.6	286	460

(단위 : 거리 km, 고도 m)

　밤사이에 발목과 근육통 상태가 좋아지면 꼭두새벽에 출발해 서둘러 걸어 산 후안 데 오르테가(San Juan de Ortega) 또는 아헤스 (Ajes)의 공립 알베르게를 이용할 수 있겠다는 계획은 수포로 돌아갔다. 짐 이동 서비스 봉투에 넣어둔 5유로도 빼냈다.

　밖으로 나오니 골목과 광장에는 문을 연 바르에서 아침을 해결하려는 여행자들이 많이 보인다. 어제 봐 둔 버스정류장으로 가 보니 배낭을 짊어진 여행자들이 상당히 많고 시간이 지나자 대형 버스를 가득 채울 만큼의 여행자들이 모여든다. 이곳에서 어림잡아 40명쯤 되는 여행자들이 버스를 이용해 부르고스로 바로 이동하는 상황이고 그 숫자가 생각보다 많아 놀랐다.

버스는 예정된 8시 45분보다 늦게 도착했고 여행자들이 많아 짐칸에 배낭을 다 넣을 수 없어 버스 안으로 가져가는 모습이다. 운전기사는 여행자가 늘 이렇게 많다는 것을 잘 아는 듯, 짐칸을 채우고 버스비 계산까지 하는 데 시간이 지체되는데도 익숙하게 처리하고 출발한다.

벨로라도에서 부르고스 가는 버스는 여행자들로 가득했다.

여행자들루 거의 만석을 이룬 채 벨로라도를 떠난 버스는 N-120 도로에 접한 작은 마을 간이 정류장 몇 곳을 지나 약 12km쯤 되는 비야프랑카 몬테 데 오카(Villafranca Montes de Oca) 마을에 도착해 여행자 몇 사람을 내려 주고, 태우고, 출발한다. 버스는 부르고스까지 산 후안 데 오르테가, 아헤스 등의 카미노상의 마을은 지나지 않고 N-120 도로를 타고 달린다. 부르고스 버스터미널은 아를란손(Arlanzón)강 남쪽에 있으며 부르고스 대성당과 마주하듯 가깝게 위치하고 있다.

부르고스는 카스티야 이 레온(Castilla y Leon) 지방의 부르고스주의 주도이고, 11세기에는 카스티야 왕국의 수도였을 만큼 중세부터 여러 산업이 발달했던 큰 도시이다. 세비야 대성당, 톨레도 대성당과 함께 스페인의 3대 성당으로 알려진 부르고스 대성당(Catedral de Burgos)을 비롯한 아름다운 건축물들과 역사의 흔적이 담긴 오래된 거리 등은 부르고스를 찾는 여행자들에게 만족감을 줄 것 같다. 또한, 카미노 경로상의 주요 거점으로 이곳에서 산티아고의 길(Camino de Santiago) 여행을 시작하는 사람들이 많다고 한다.

부르고스 버스터미널에서 부르고스 대성당을 지나 라 파스(La Paz) 거리에 위치한 자전거 렌탈 가게로 향한다. 자전거 렌탈 가게 상호는 'Velobur'로 자전거(Bike) 전문점이면서 여러 스포츠용품을 취급하는 곳이고 규모가 상당히 큰 편이다. 다행히 내일 렌탈할 수 있는 자전거 2대가 있다고 한다. 지하층에서 정비 중인 자전거를 직접 확인하고 비용은 내일 지불하기로 한 다음 가게를 나와 숙소로 향한다.

내일부터 4일간 계획에 없던 자전거 여행이 시작되는데 마음의 준비가 필요할 것 같다. 처음 자전거 렌탈 이야기가 나왔을 때는 별생각 없이 받아들였는데, 막상 렌탈을 하고 보니 아무런 준비도 안 된 상태여서 이런저런 생각으로 걱정이 많다. 좁은 비포장 카미노를 걷는 사람들 사이로 하루에 50km씩 4일간이나 버틸 체력이 될까? 걸으면서 본 자전거 여행자들은 적절한 복장과 장비를 갖추고도 힘겹게 이동하던데, 걷는 복장과 신발인 채로 자전거를 타는 것이 괜찮을까? 알베르게 중에는 자전거를 보관할 수 있는 곳과 없는 곳도 있다고 하는데… 등등.

숙소에 들어오자마자 우선 자전거를 보관할 수 있는 곳으로 내일부터 3박 할 숙소를 찾아본다. 당장 내일인 1일째 카스트로헤리스(Castrojeriz) 마을의 사립 알베르게는 운 좋게 극적으로 막차를 탔다. 3일째 베르시아노스 델 레알 카미노(Bercianos del Real Camino) 마을의 알베르게도 사립이어서 예약이 되었다. 다만, 2일째 숙박 예정지인 카리온 데 로스 콘데스(Carrión de los Condes) 마을의 사설 알베르게는 만실인지 예약이 어렵고, 공립 알베르게는 선착순이기 때문에 예약이 안 된다. 2일째에는 무조건 새벽에 출발해서라도 공립 알베르게에 선착순으로 도착하는 수밖에 없는 일정이다. 1~3일째 숙소 예약을 마치고 나니 염려의 절반은 덜어낸 느낌이다. 비포장 길이지만 하루에 50km 거리는 해가 지기 전까지 가면 된다는 마음으로 천천히 가면 될 것 같다.

부르고스 시내 / 자전거 대여 가게

Chapter 3

부르고스에서 레온까지

INFP 아들

게임이나 드라마 등지에서 심심찮게 등장하곤 하는 카스티야 연합왕국은 독특한 국기와 국장을 갖고 있다. 그리고 노란색 요새를 그린 카스티야의 붉은 깃발이 좌상단과 우하단에, 그리고 보라색 사자가 포효하는 레온의 흰 깃발이 우상단과 좌하단에 있는 데서도 알 수 있듯이 중세 스페인 역사에서 서로 쌍벽을 이루는 고풍스러운 도시가 바로 부르고스와 레온이다.

중세의 이베리아반도는 남부의 안달루시아의 세비야와 코르도바를 중심으로 한 이슬람권 세력과 북부의 아스투리아스를 중심으로 하는 기독교권 세력이 남북으로 첨예하게 대립하는 곳, 암살과 혼인, 동맹과 배신, 전쟁과 휴전이 사방에서 난무하는 그야말로 혼돈의 도가니인 곳이었다. 필자가 가장 좋아하는 3대 게임제작사 중 하나인 Paradox Interactive 작 「Crusader Kings 3」을 플레이해 보면 십자군 시대의 예루살렘보다도 난장판인 곳이 바로 중세의 이베리아반도이다. 하지만 바로 그 때문에 계책 트리를 타고 무한 암실을 띄우는 재미가 일품인 곳이기도 하다. 그리고 그 한복판에 레온을 거점으로 하는 레온 왕국과 부르고스를 거점으로 하는 카스티야 왕국이 있었다.

카스티야 왕국이 역사의 전면에 등장한 것은 11세기 중반의 일이었는데, 물론 그 자체로도 의미 있는 역사적 사건이었겠지만, 페르난도 1세가 카스티야-레온-갈리시아를 세 명의 아들에게 분할 상속해 주었다가 발생한 형제간의 골육상쟁은 너무나도 유명하다. 카스티야의 강건왕 산초 2

세, 레온의 용감한 알폰소 6세, 그리고 갈리시아의 가르시아 2세, 흔히 팜므파탈로 묘사되는 사모라의 우라카, 토로의 엘비라 5남매의 다툼과 모략과 배신과 암살은 게임과 드라마에서 수도 없이 묘사된 바 있다.

특히나 산초 2세의 더 없는 벗이자 전설적인 엘 시드는 모르는 사람이 없을 정도다. 부르고스는 바로 그 엘 시드의 고향이라고 한다. 발렌시아와 카스티야 곳곳에 그의 전설과 무용담이 넘쳐난다지만, 부르고스만큼 많은 것을 보기는 어렵지 않을까. 엘 시드의 팬이라면 넘치는 흥분을 주체할 수 없을 것이다.

산초 왕은 '강건왕'이라는 그의 별명답게 기회를 포착하자마자 남매들을 무력으로 제압하려 했고, 알폰소와 가르시아와 엘비라를 모두 무너뜨리고 쫓아내 부왕 페르난도의 유산을 모두 자신의 수중에 넣는 데까지 거의 성공했다. 그러나 마지막까지 격렬하게 저항했던 사모라의 우라카를 공격하던 와중에 산초는 의문사를 당했다. 수많은 전설과 야담과 게임과 드라마는 항복하겠다는 거짓말로 자신을 찾아온 암살자에게 그대로 칼을 맞는 극적인 암살을 묘사하고 있지만, 진실은 여전히 명확하지 않다고 한다. 그러나 그가 정말 갑작스럽게 죽었다는 것만은 사실이었으므로, 마지막까지 살아남은 자가 강한 자라는 역사적 진리에 따라 알폰소 6세가 산초의 영토를 모두 상속받아 카스티야-레온-갈리시아를 자신의 지배하에 두며 위세를 떨쳤다.

이 지역들은 통합-상속-분열의 역사를 몇 바퀴나 거친 끝에 13세기 무렵 페르난도 3세에 의해 마침내 하나의 연합왕국으로 확고하게 통합되었고, 그때부터 우리에게 익숙한 국기를 사용하게 되었다. 그리고 하나로 힘을 모은 바로 이 카스티야-레온 연합 왕국이, 1492년에 이웃한 아라곤 왕국과 함께 마지막 남은 이슬람 세력을 이베리아반도에서 축출하는 역사적인 레콘키스타를 완수해 내고 통일된 에스파냐 왕국의 틀을 닦아 내었다. 그런 만큼 부르고스와 레온은 스페인의 역사에 있어서 빼놓을 수 없는 곳 이다.

아무리 일정이 바쁘더라도 잠시나마 짬을 내어 부르고스 대성당과 레 온 대성당은 반드시 방문해 보도록 하자. 부르고스 대성당은 종교적 유적 이 즐비한 스페인에서도 첫손에 꼽히는 세계유산이다. 고딕 양식의 첨탑 과 파사드가 위압감 넘치면서도 동시에 아름다울 정도로 기하학적 균형을 이루고 있다. 레온 대성당의 스테인드글라스는 감탄을 절로 자아내는 세 계적인 걸작 중의 걸작이다.

나는 부르고스 대성당보다 5월의 하늘이 더 아름답다고 느꼈다.

부르고스~레온 : 자아,
밟아 볼까?

부쩍 늘어난 자전거 여행자들

　적지 않은 여행자가 '자전거 순례'를 하곤 한다. 문자 그대로 생장부터, 또는 각자가 선택한 출발지부터 산티아고까지, 또는 각자가 선택한 목적지까지 자전거를 타고 완주하는 것이다. 물론 심한 산길, 계단(!), 돌길 등은 자전거가 도저히 갈 수가 없는 곳이므로 이들을 위한 우회로가 따로 지정되어 있다. 주로 근처의 지방도를 이용하는 편. 자전거를 이용하려는 이들도 당연히 크레덴시알을 발급받아야 한다.

자전거 여행의 장점이라면 단연코 짐의 무게가 적다는 것이다. 아주 단순한 한마디처럼 들리겠지만, 절대로, 절대로 무시할 수 없는 장점이다. 가득 채운 중형 배낭만 하더라도 상당한 무게를 자랑하는데, 약 40일의 일정을 책임질 막대한 의류, 소모품, 외투, 침낭(!), 온갖 잡동사니 등등이 끼어들면 이 무거운 배낭이야말로 부상의 가장 큰 원인이라고 해도 과언이 아닐 지경이다. 실제로 배낭을 지정된 목적지까지 배달시켜 주는 서비스를 이용하여 보내 버리기만 해도 여행이 어마어마하게 수월해지는 것이 사실이다.

자전거 여행을 한다면 안전모, 소위 쫄쫄이라 불리는 자전거 전용 전신 슈트 정도가 다이며, 그마저도 도착한 알베르게에서 빨아 말리고 그대로 다시 다음날 입으면 끝이기에 짐의 양 자체가 엄청나게 줄어든다. 남은 것들도 뒤에 매달고 가면 그만이다.

도보에 비해 하루에 훨씬 많은 거리를 내달릴 수 있다는 것도 절대 무시할 수 없는 큰 장점. 사람에 따라 체력의 차이는 있겠지만 적당히 여유를 부리며 하루에 40㎞씩만 달려도 전체 일정이 절반으로 뚝 줄어들며, 길이 좋거나 무쇠 다리를 가진 경우 수십 ㎞씩 내달리는데 빠른 경우 10여 일 만에 완주하는 무시무시한 사람들도 있다. 휴가를 낼 수 있는 일정이 빡빡한 사람들, 특히 젊은 층에게 인기가 많다.

그러나 손바닥에는 손등이 있고, 빛이 내리쬐면 그림자가 지듯이 자전거 여행도 여러 단점이 있다. 가장 대표적인 것이 비용 문제다. 당연한 말이겠지만 내 발로 걷는 것은 무료이지만 자전거를 빌리는 것은 공짜가 아니다. 보통 '하루에 얼마'라는 식으로 임대료가 책정되며, 물론 연체료와 보증금도 산정된다. 그리고 그 금액이 적지 않다. 부상, 기상 악화, 그냥 마음에 들어서, 일행과 일정을 맞추고자 등등의 이유가 생긴다면 마음껏 일정을 조절할 수 있는 도보 여행과는 달리 시간제한이 걸린 셈이다.

또한 숙소 선택이 굉장히 제한된다는 것도 문제다. 자전거를 아무 곳에나 버려둘 수는 없으므로 반드시 자전거 보관이 가능한 알베르게를 찾아야 하는데, 그 수가 생각보다 많지 않다. 또 그런 곳은 자전거 여행자들이 몰려서 예약이 금방 차 버리는 경우가 빈번하고, 다른 여러 가지 이유로, 예컨대 위생 상태가 준수해 평점이 좋아서, 음식이 맛있어서, 주변의 마트와 가까워서 등등으로 도보 여행자들도 몰릴 수가 있다.

마지막으로 상당히 개인적일 수 있는 단점으로 몸에 완전히 달라붙는 슈트 복장 특유의 민망함이다. 모두가 수영복을 입는 여름철 바닷가에서조차 딱 들러붙는 삼각/사각 수영복을 입는 것에 대해 민망해하는 남자들이 많은 만큼, 생각보다 부담스러울 수 있는 부분. 아무리 신경 쓰는 사람이 없다지만 슈트를 입은 채로 이리저리 돌아다니거나 바르나 레스토랑에 들어가 주문과 식사를 하는 것이 부담스럽다면 재고해 볼 수 있다. 또한 역사적 관광지를 둘러보기 위해서는 일상복으로 갈아입어야 한다는 제한도 걸려 있다. 부르고스, 레온, 폰페라다 등 유명한 관광지가 있는 곳들에서 매우 아쉽게 다가오는 점이기도 하다.

부상의 문제는 장단점이 섞여 있다. 일단 자전거가 대부분의 체중과 짐들의 하중을 지지해 주고, 페달을 밟는 것만 신경을 쓰면 되므로 발목 관절 부상이나 발바닥 물집 생성 확률이 쭉 낮아진다. 굳이 서두를 필요가 없다면 더더욱 다칠 일이 줄어든다.

하지만 자전거 여행에는 언제나 낙상의 위험이 뒤따르며, 특히나 경사가 가파른 내리막길의 경우 굉장히 조심해야 한다. 또한 자전거 여행자를 위한 우회로는 대부분 주변의 아스팔트길, 즉 일반 차량들이 쌩쌩 달리는 지방도와 국도이다. 그럴 일은 거의 없겠지만 자칫 교통사고라도 일어나면 끔찍한 결과를 마주할 수가 있다.

　자전거 여행은 '그런 게 있다'는 걸 어렴풋이 알고만 있었지, 여행을 떠나기 전에도, 그리고 심지어 실제로 첫발을 내디뎌 나헤라를 넘을 때까지만 해도 아예 생각조차 하지 않고 있었다. 자전거 여행을 고려해 보라고 우리에게 말을 건네 준 것은 길을 함께 걸었던 한 영국인 부자(父子)였다.

　그 영국인 부자 중에서 나이가 많았던 아버지 쪽이 정강이에 문제가 생겼다고 한다. 둘 다 절뚝거리고 있던 우리와는 다르게 그쪽 아들은 아주 기운이 넘쳐 보였다! 어쨌든 나이 든 아버지를 놔두고 갈 수도 없고, 시간과 비용은 정해져 있는데 이대로 산티아고까지 하루에 겨우 몇 ㎞만을 천천히 지나갈 수도 없었으므로 이들은 부르고스까지 버스로 패스한 후 튼튼한 자전거를 임대하겠다고, 우리의 상황도 비슷한 것 같으니 괜찮은 자전거 업체를 알아봐 주겠다고 도움의 손길을 먼저 내밀어 주었다.

그때가 마침 벨로라도에서 옴짝달싹 못 하고 있었을 때였다. 서로의 다리도 좋지 않은데 숙소도 잡지 못하고 어찌해야 하나 마음만 졸이고 있었는데, 구하면 열리나 보다. 나는 대번에 새로운 루트를 머릿속에 그리기 시작했던 반면, 아빠는 다소 회의적이었다. 계획에 없었기 때문에, 그리고 다른 가게와의 임대료 차이는 어떨지, 어디에 어떻게 반납해야 하는지, 만약 사정이 생겨 반납 기한을 넘기면 연체료는 어떻게 처리해야 하는지, 도로 사정은 어떠한지 등등을 사전에 점검해 보고 싶었나 보다.

아빠는 항상 어떤 '실질적인 근거 자료'를 중시했다. 그게 명확한 수치와 도표라면 더욱 좋고. 본인은 깐깐하지만, 논리적이고 실질적인 자료가 동반된다면 아주 쉽게 설득할 수 있는 사람이며 반대로 실질적인 자료를 들고 남들에게 가르치는 것도 잘한다. 아빠의 직업이 수학 교사였다는 것도 이유가 있었나? 많은 사람이 아빠에게 종종 의지하며 조언을 구하는 이유이기도 하겠다. 하지만 나는 반대다. '내가 하고 싶은지'가 일단 기준이 된다. 주제에 고집도 엄청나서 설득도 잘 안 먹힌다. 대신 뜻이 일치하면 열과 성을 다해 추진해 준다.

자전거 문제도 그러했다. 악명 높은 메세타 구간을 빠르게 지나칠 수 있다고? 계속된 걷는 것에 지쳐 있기도 했던 모양인지 일단 한번 자전거에 꽂힌 나는 앞의 길이 어떻게 생겼는지 지도 한 번을 보지도 않고서는 거의 고집을 부리다시피 자전거 노래를 불렀다. 우리가 자전거를 임대한 날은 총 5일이니 부르고스에서 레온까지 5일 이내에 내달려 자전거를 반납하면 되는 것 아닌가. 앞서 말했듯 반드시 자전거 보관소가 있는 숙소를 찾아야 하므로 적절한 숙소를 찾아내 하루에 약 45㎞ 정도를 배정하면 끝인 문제다. 결국 다른 대안이 없던 아빠도 마침내 승낙했다.

부르고스~레온 : 인내의 길

"

　적어도 내가 직접 물어보았던 여행자들은, 가장 좋았던 구간은 제각각 다른 곳을 들지만, 가장 지루하고(?) 그래서 힘들었던 구간은 이견의 여지 없이 부르고스~레온 구간을 꼽곤 했다.

　지도를 펼쳐 보면 곧바로 고개를 끄덕일 수밖에 없다. 끝없이 펼쳐진 메세타 고원. 당장 부르고스를 출발해 가장 처음으로 도착하는 마을 타르다호스(Tardajos)가 무려 10.8㎞ 떨어져 있는데, 그 사이에 정말 아무것도 없다. 이 구간에서 그나마 10㎞ 간격이면 양호한 편이고, 마을들이 하나같이 그 이상으로 띄엄띄엄 자리하고 있다.

처음에는 메세타의 탁 트인 평지에 속이 뻥 뚫리는 것 같지만 그것도 하루일 뿐, 이틀, 사흘, 거의 1주일에 이르도록 똑같은 경관을 보면서, 주변에 아무것도 없고, 쉴 곳도 없는 흙길을 계속 걷기만 해야 한다. 극단적인 솔로족이라면 모르겠으나, 한 히키코모리 성향인 나마저도 입이 근질거리고 '대체 언제 끝남?'이라는 말이 절로 튀어나올 정도였다. 자전거가 아니라 도보였으면 더했겠지.

또한 이 구역에는 '울창한 숲'이 없다. 이건 생각보다 굉장히 큰 문제인데, 스페인의 햇볕이 따갑다는 말은 지겹도록 많이 들어봤겠지만, 대신 습도가 높은 게 아니라서 그늘에 들어가기만 하면 '이렇게 시원했어?'라며 놀랄 정도가 된다. 그런데 부르고스-레온 구간은 나바라 쪽에서 보았던 숲은커녕 좀 큼지막한 나무조차도 극히 드물다. 오로지 태양, 하늘, 들판, 길, 그리고 나. 이 다섯 외에는 아무것도 없으니 그 강렬한 햇빛을 온몸으로 받아내야 한다. 중간에 틈틈이 쉼터와 바르 등이 있으면 괜찮겠으나 한번 발을 내디디면 죽이 되든 밥이 되든 10㎞ 넘게 걸어야 뭐라도 나오는 구간이 가득하다.

5월만 하더라도 정말 숨이 턱턱 막힐 정도로 건조함이 심한데 한여름의 여행자라면 정말 수분 보충과 자외선 차단에 각별한 주의를 기울여야 한다. 바르나 자판기를 발견하면 반드시 물과 이온 음료를 여럿 사 두도록 하자. 체질상 땀을 많이 흘리는 사람이라면 이렇게까지 사야 하나 싶을 정도로 예상을 훨씬 뛰어넘는 양의 물이 필요하다. 선크림도 아낌없이 듬뿍 바르고 모자라면 현지에서 구매하도록 하자.

말 그대로 그늘이 없다. 쉴 곳도 없다. 끝도 없다.

최소 5일 이상 계속 봐야 할 컴퓨터 배경 화면

그러나 바로 위의 이유를 들어 이 구간을 가장 매력적이라고 평가하는 사람들도 있다. 피레네를 넘는 것은 짧지만 힘든 하루짜리의 고통에 불과하나, 메세타를 걷는 것은 정말 인내심과의 싸움이라고. 주변에 아무것도 없다지만, 달리 말하면 자신만의 사색에 잠기는 것을 방해할 그 어떤 장애물도 없다는 말이 된다. 날이 갈수록 상업화가 심해지는 산티아고 길에서, 거의 유일하다 싶을 정도로 자연 그대로의 정적과 평화가 남아 있는 곳이기도 하다.

이렇게 오랜 시간 동안 그 어떤 소음과 방해도 없이 오롯하게 내게 집중할 수 있는 시간은 비단 산티아고 길뿐만 아니라 일생을 통틀어도 마주하기 어렵다. '피할 수 없다면 즐겨라.'라는 말이 이보다 어울리는 곳도 찾기 힘들 것 같다. 어차피 산티아고 길을 걷겠다고 결심한 순간부터 편안함과 안락함은 내버린 것이다. 그렇다면 황량한 메세타를 걸으며 이번 기회에 자신을 한번 돌아보는 것은 어떨까.

어쩌면 이 구간이야말로 산티아고 길을 가장 잘 보여 주는 구간이 아닐까?

거점들이 굉장히 띄엄띄엄 떨어져 있는 것에서 알 수 있다시피 이곳은 개발의 손길이 많이 닿지 않은 지역이기도 하다. 건물도, 도로도, 낡고 오래된 것들을 손쉽게 발견할 수 있다. 바르나 알베르게도 아주 화사하고 현대적으로 잘 정돈된 것보다는 오래전의 모습을 간직한 곳들이 많다.

특히나 자전거 여행 두 번째 날 묵었던 카리온 데 로스 콘데스(Carrión de lod Condes) 마을의 한 알베르게는 안내 등의 일에 수녀분들이 나온 것을 보아 수녀회에서 운영하는 것 같았다. 나는 특별히 종교를 갖고 있지는 않지만, 종교적 이유로 이 길을 걷는 사람들에게는 이런 곳에서 묵는 것이 나름의 의미가 있을 것 같다는 생각이 들었다. 지금에야 워낙에 유명해지고 가지각색의 목적의 여행자들이 몰려들었지만, 원래는 종교적인 목적의 순례자들이 걷는 길이었으니 말이다. 편안하고 아늑한 곳은 아닐지 몰라도 오랫동안 이 길을 걸어왔던 여행자들의 행적을 조금이나마 느껴볼 수 있지 않을까.

부르고스~레온 : 너도 한국인이야? 야, 나도!

99

이 길에는 정말 한국인이 많다. 적어도 산티아고 길로만 따지자면 중국과 일본과 동남아시아 국가의 여행자들을 모두 합쳐도 한국인 여행자들보다 그 수가 적을 것 같다. 정말 가는 곳마다 장소와 시간대를 불문하고 최소한 한 명은 무조건 발견할 수 있으며, 알베르게에 들어갔더니 두 자릿수 단위로 한국인이 모여 있었다는 것은 이야깃거리도 되지 못한다. 메세타의 악명에도 불구하고 부르고스 이후 구간부터 한국인이 눈에 띄게 많아졌기에 언급하지 않을 수가 없게 되었다.

개인적인 셈법 결과 가장 많은 유형은, 중장년 이상의 남성 1인 여행자였다. 다음이 중년의 부부. 아마도 남편의 꼬드김(?)에 자의 반 타의 반으로 따라오신 것 같기도 했다. 다음이 또래의 친구들과 함께 온 여성 2~3인조. 모녀 2인조는 생각보다는 자주 발견되기는 하는데 부녀 조합은 매우 드물게 보인다. 그래도 모자 조합보다는 많다. 물론 이 순위는 서양권 사람들에게도 비슷하게 적용되는 것 같다. 그러나 아무리 서양이건 동양이건 간에 아버지와 아들이라는 두 남자가 친해지기는 쉽지 않은 탓일까, 아버지와 아들의 조합은 굉장히 찾기 힘든 편이다.

애초에 취미를 공유하는 것조차 어려울 수 있는 사이다. 공유는커녕 연락이라도 자주 하면 다행이려나. 아버지가 젊었을 때는 본인의 직업과 사회생활 때문에, 그리고 아들의 학창 시절에는 학교와 학원 뺑뺑이, 입시와 입대라는 굵직한 문제들에 무언가를 함께한다는 시간적 여유부터 막혀 버리기 일쑤다. 여기에 사춘기의 반항 기질을 조미료로 뿌려 주고 날이 갈수록 따라잡기는커녕 이해하기 힘들어지는 또래 문화를 소스로 곁들여 주면 그 풍미는 더욱 괴악해진다.

막상 서로 조금 여유가 생겨도, 그동안 보이지 않게 쌓인 거리감과 어색함은 서로의 마음을 터놓는 것을 꺼리게 만들기 십상이고 도리어 그럴수록 더욱 둘의 사이는 멀어져 가기 쉽다. 그런데 여행이라면, 그것도 이런 1달이 넘는 장기 여행이라면 더더욱 서로에게 어색하고 부담스러울 수도 있겠다. 그래서인지 우리는 어쩌면 의외의, 어쩌면 당연한 주목을 받았다. 특히나 많은 아저씨 여행자들이, 이제는 슬프게도 나조차도 아저씨라고 불리고 있지만, 묘한 부러움을 내보이곤 했었다.

아마도 짐작건대 그분들도 본인들의 아들과 무언가를 함께하며 추억을 만들고픈 마음이 많았을 것 같다. 여러 매체에서 곧잘 묘사되듯이, 여행은 갓 결혼한 신혼부부도 이혼시킬 수 있지만 반대로 서로 멀어져 가던 두 사람을 더없이 끈끈하게 이어 주기도 한다. 함께 구르며 고생하고, 서로를 위해 양보하고, 다른 점을 찾아가며 일정을 토론하는 시간은 더없이 효과적인 접착제가 될 수 있다.

사람은 무언가를 함께하면서, 그 과정에서 서로 비슷한 감정을 느끼고 공유하면서 친밀감을 얻는다고 생각한다. 씨를 뿌려야 수확을 할 수 있는 것처럼 아무리 부모와 자식 사이라고는 해도 아무것도 안 하는데 갑자기 하늘에서 정이라는 게 뚝 떨어질 수가 없는 일이다. 아무리 한국인이 바글거린다 해도 어쨌든 상당한 비용과 그것보다도 마련하기 어려운 오랜 시간을 들여 함께 스페인까지 오는 것은 정말 여행과 새로운 세상에 대한 관심 없이는 어려운 일이거늘, 이런 여정을 함께할 수 있다면 그 추억은 오래도록 둘의 마음에 깊이 새겨질 것이었다. 아들들에 대한 아버지들의 마음과 아쉬움 때문이었을까, '나도 아들놈 데리고 어디라도 가 봐야겠어요.'라며 불타오르던 분도 계셨다.

그와 별개로, 정말 한국인이 많아졌다는 걸 실감할 수밖에 없는 것이, 부르고스 이후 구간부터 한국어가 적힌 메뉴판이나 광고판이 등징했기 때문이었다. 우리가 부르고스를 떠난 첫 번째 날 묵었던 알베르게는 카스트로헤리스(Castrojeriz)라는 아주 작은 마을에 있었는데, 유달리 평점도 좋고 한국어 코멘트도 많았다. 아니나 다를까, 저녁 식사로 비빔밥을 판매한다고.

앞서 말했듯, 나는 아침으로는 초코빵과 카페 콘 레체를, 아빠는 보카디요를 거의 매일 먹었다. 여행자들의 점심의 인기 메뉴는 바로 '메뉴 델 디아(Menú del día)', 직역하자면 '오늘의 메뉴'라고 하겠다. 매우 저렴한 가격에 빵, 메인 요리 1~2개, 약간의 디저트와 음료가 제공되는 소위 말하는 올인원 세트이다. 메인 요리는 보통 샐러드 1접시와 고기 요리 1접시로 구성된다.

나는 한국에서는 입맛 까다롭다고 엄마와 아빠에게 짜증 아닌 짜증을 많이 받곤 했는데, 의외로 걱정했던 것보다 훨씬 수월하게 새 입맛에 적응했다. 시장이 최고의 반찬이라고, 계속 엄청난 열량을 소모하니 그전까지는 별 관심조차 없던 참치샐러드와 소고기가 그렇게 당길 수가 없었다. 감자튀김과 콜라도 엄청나게 집어삼켰다. 하지만 한식에 대한 욕구가 바닥을 쳤던 나와는 다르게 아빠는 기름진 메뉴 일색에 질려 가던 모양이었다.

그런데 비빔밥을 판다고? 아빠는 굉장히 기대를 품었다. 물론 한국에서 흔히 보이는 맵고 달고 짜기까지 한 마법의 고추장은 없었지만, 이곳이 스페인의 외진 곳에서도 외진 작은 마을이라는 걸 생각한다면 대량의 고추장을 공수하는 비용이 무지막지했을 것이다. 그럼에도 쌀만큼은 최대한 좋은 것을 구한 티가 팍팍 났으며, 거의 아홉 가지에 달하는 야채도 꼼꼼히 얹어 주었다. 외국에 나가면 의외로 보기 힘든 채소가 콩나물인데, 듬뿍 얹어진 콩나물이 인상적이었다. 나야 그냥 주는 대로 먹은 한 끼지만, 아빠는 그것만으로도 굉장히 만족한 표정이었다. 한국인은 밥심이라나.

레온과 가까운 엘 부르고 라네로(El Burgo Ranero)라는 마을의 바르는 아예 한글로 '신라면/햇반'이라고 당당하게 적어 놓은 메뉴판을 내걸고 있었다. 심지어 유럽권에서는 거의 사용하지 않는 젓가락도 제공한단다. 정말 얼마나 한국인들이 많이 왔으면 영어 하나 없는 스페인어 메뉴판에 한글이 떡하니 박혀 있을까 싶었다. 하긴, 여기까지 이르면 아빠처럼 뭔가 매콤한 것이 슬슬 당길 때가 된 사람들이 많았겠지.

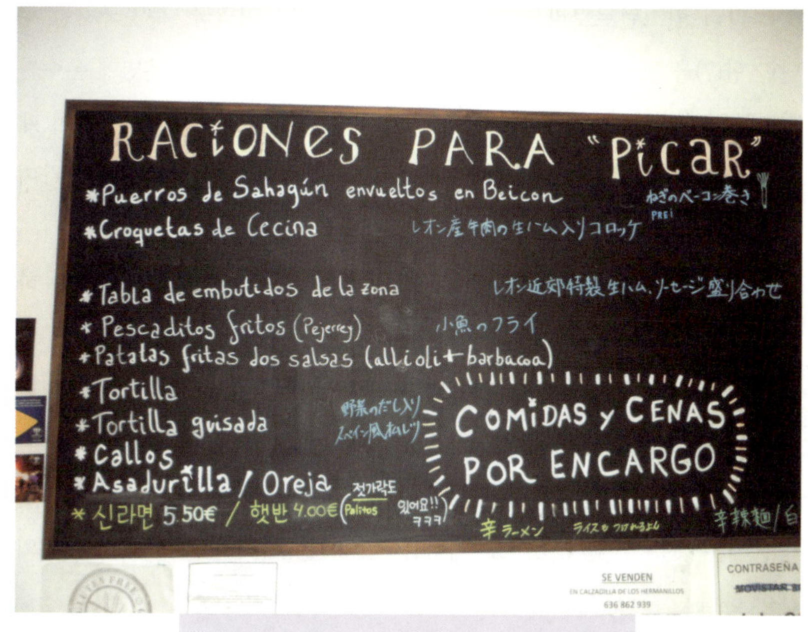

끝자락의 ㅋ 자 3개가 가장 눈에 띈다.

그러나 이에 관하여 주의의 말을 덧붙이는 것이 좋을 것 같다. 산티아고 길이 아무리 상업화되었어도, 주요 거점이 되는 대도시들이 아니면 한식당을 찾기 어렵고 김치는 더더욱 찾기 힘들다. 있다고 하더라도 매운맛이 중화된 것들이 많다. 그 때문에 입맛을 위해서 출발할 때부터 김치, 라면, 된장 등을 쟁겨 가는 여행자들이 적지 않다.

하지만 애초에 식당에서 먼저 메뉴로 제공한 것을 주문하여 먹는 것이라면 모르겠으나, 수많은 여행자가 한꺼번에 몰리는 알베르게의 좁은 공용 부엌에서 냄새가 심한 김치나 라면, 된장 등을 함부로 꺼냈다가는 즉각 민폐 여행자로 찍히기 마련이다. 국제 망신이다. 항상 먹던 사람들은 알아차리기가 어렵지만 상기한 음식들은 특유의 향이 굉장히 강한 음식이고 외국인 중에서는 그 특유의 향에 굉장히 예민하게 반응하는 사람들이 많다.

차라리 인스턴트로라도 먹고 싶다면 누룽지나 미역국, 북엇국처럼 무난한 향(?)을 고르는 것이 좋고, 정말 라면을 먹고 싶다면 보온병에 온수를 담아두었다가 탁 트인 길옆의 휴식처를 발견하면 거기서 온수를 부어 데워 먹는 것이 좋다. 잠시 앉아 갈 수 있는 간이 의자와 간이 테이블은 카미노 곳곳에서 손쉽게 발견할 수 있다.

알베르게는 수많은 여행자가 부엌, 화장실, 욕실, 침실을 모두 공유하는 곳이다. 비단 음식 문제뿐만이 아니라 설거지, 빨래 등에 있어서도 항상 순서를 지키고 소음 문제에 있어서도 다른 여행자들을 최대한 배려하도록 하자. 여행자들은 새벽에 일찍 일어나 길을 떠나기 때문에 저녁과 밤의 소음에 매우 민감하다. 인터넷으로 다른 국가 국민들을 조롱하고 손가락질하는 것은 쉬우나 스스로 매너를 지키기는 어려운 법이니 정말 주의해야 한다.

Chapter 3

부르고스에서 레온까지

ISTJ 아빠

"

지명	구간거리	계획		남은거리	진행거리	해발고도
Burgos				489	286.0	863
Tardajos	10.8			478.2	296.8	823
Hornillos del Camino	9.8			468.4	306.6	825
Hontanas	10.5			457.9	317.1	869
Castrojeriz	9.2	14일	40.3	448.7	326.3	806

(단위 : 거리 km, 고도 m)

오늘 여정이 처음 계획에 없던 비포장 길을 자전거로 달리는 첫날이고 41km를 달려야 해서 자전거에 배낭을 싣고 가는 것은 무리라는 생각이 든다. 짐 이동 서비스를 이용하려는데 오늘 숙소가 도보 2구간 거리여서 봉투에 10유로를 넣고 숙소에서 지정한 곳에 놓아두었다.

자전거 렌탈 가게가 문을 여는 시간이 오전 10시이므로 숙소에서 천천히 나선다. 10시에 자전거 렌탈 가게에 도착하니 주인은 준비된 자전거를 살펴보라고 하면서 자전거는 오늘부터 5일 이내에 레온(Leon)의 지정된 가게에 반납해야 한다며 명함을 준다.

자전거는 어제 보았던 것으로 출고된 지 얼마 안 되어 보인다. 자전거에는 짐 가방 2개와 펑크 수리 키트가 부착되어 있고, 두툼한 안장과 자물쇠 그리고 헬멧도 준비되어 있다. 가져간 짧은 스패츠를 바지 아래 단에 단단히 묶고 헬멧과 장갑을 착용하고 보니 다소 어색한 행색이다. 전문 복장은 아니지만 자전거를 타고 여행하는 데 큰 문제는 없겠다고 위안해 본다.

부르고스 시내를 어제오늘 이동하면서 살펴보니 시내 주요 도로 곳곳에 자전거 전용로가 설치되어 있다. 시내를 동서로 관통하는 아를란손(Arlanzón) 강변도로에 설치된 자전거 도로를 따라 이동하면 쉽게 외곽의 카미노로 이어질 수 있다. 가게를 나와 아를란손 강의 산 파블로 다리(Puente de San Pablo)를 건너 강 남쪽 도로(N-120)를 따라가다 보면, 강 북쪽으로 나 있던 카미노가 강을 건너 남쪽 노도와 만나게 된다.

카미노 표시를 따라 한동안 가다 보면 큰길에서 좁은 길로 들어서게 되고 도시의 외곽 마을에 이른다. 조금 더 가면 외곽 마을이 끝나면서 한적한 비포장도로가 계속된다. 넓은 들판 사이로 난 한적한 비포장 길을 한동안 가다 보면 포장도로가 나오면서 작은 교차로와 공원(Molino Ramón)에 이르고, 다시 비포장 길을 지난다. 이후, 부르고스 외곽의 여러 고속도로가 만나는 복잡한 교차로를 도로 위로 아래로 몇 차례 지나다 보면 N-120 도로를 다시 만나게 되고, 도로 왼쪽으로 난 좁은 길로 타르다호스(Tardajos) 마을까지 간다.

　부르고스에서 이곳까지는 비포장 길도 넓어서 걷는 사람들을 피해 주행할 수 있었으나, N-120 도로 왼쪽으로 난 좁은 길은 한 두 사람이 걸을 수 있는 곳이라서 자전거 주행은 제한이 컸다. 좁은 길에서는 주행을 할 수가 없어 평지에서도 자전거 끌고 가는 소위 '끌바'를 해야 했는데, 서로를 위해 이런 좁은 구간에서는 옆 도로를 이용하는 것도 좋을 것 같다.

　타르다호스 마을을 벗어나면 들판 건넛산 아래에 자리한 라베 데 라스 칼사다스(Rabé de las Calzadas) 마을이 보인다. 두 마을 사이는 약 1.8km 거리이고 우르벨강(Rio Urbel) 다리를 건넌다. 13세기에 만들어진 산타 마리나 성당이 있는 라베 데 라스 칼사다스 마을 외곽을 벗어나면 비포장 길이 이어지고, 완만하게 길고 긴 언덕을 한참 올라야 한다. 갑작스러운 비포장 길 자전거 여행으로 온몸의 근육들이 아우성치고 심장의 박동이 커지는데, 완만하지만 길고 긴 언덕을 '끌바' 없이 오르려는 것은 욕심이고 바람일 뿐이었다.

　긴 언덕을 오르기 직전 오른쪽에는 쉼터가 있고, 조금 더 가 언덕을 다 오르면 초록으로 가득한 광활한 고원지대가 펼쳐진다. 지금처럼 초록이 가득한 시기가 아니면 황량하기 그지없는 소위 '메세타' 지역의 전형이 아닐까 싶다.

부르고스 시내 자전거 길 / 라베 데 라스 칼사다스 마을에서 오른 광활한 고원지대

흙먼지를 날리는 고원지대 비포장 길을 약 2km 넘게 간 끝자락의 언덕 아래로 멀리 마을이 보이는데, 부르고스에서 출발해 걷는 여행자들이 많이 숙박하는 마을인 오르니요스 델 카미노(Hornillos del Camino)이다. 오르니요스 델 카미노 마을은 분지 지역에 있어 언덕마루에서 보면 가까운 거리에 있는 것 같지만, 도보 거리로 약 2.5km 이상인 곳이다. 처음에는 급경사 내리막이 시작되다가 점점 완만해지는데, 비포장 급경사 길에서 자전거는 자칫 미끄러지기 쉬우므로 속도를 조절해야 하고, 도보 여행자들과 함께 이동하므로 더더욱 주의해야 한다.

오르니요스 델 카미노 마을의 산 로만 성당은 16세기 고딕 양식의 건축물이고 그 앞 광장에는 수탉 조각이 있는 탑이 자리하고 있어 이채롭다. 그곳 광장 주변에는 알베르게와 바르 등이 자리하고 있어 여행자들로 북적이고 자전거 여행자들도 많이 쉬어 가는 모습이다.

오르니요스 델 카미노 마을로 가는 긴 내리막 / 오르니요스 델 카미노 성당 앞 광장

오르니요스 델 카미노 마을을 벗어나면 다시 완만하면서 길고 긴 언덕을 올라야 한다. 이곳에서 다음 마을인 온타나스(Hontanas)까지 10.5km는 중간에 마을이 없는 전형적인 '메세타' 지역이라 이곳에서 식수와 간식을 챙겨야 한다. 사전에 자전거 여행 준비가 안 된 근육과 체력을 가진 필자 같은 경우는 허벅지가 터질 것 같고 숨이 꼴깍 넘어가 버릴 것 같은 느낌이지만, 완만한 경사이기에 페달을 꾸역꾸역 밟게 되는 정말 힘든 구간이다.

긴 언덕을 오르면 광활한 고원지대가 펼쳐진다. 끝없이 초록으로 가득한 들판 사이의 비포장 길을 한동안 가다 보면 작은 언덕을 내려서다가 다시 언덕을 오르게 된다. 이곳이 산 볼(San Bol)이고 왼쪽으로 마을이 없는데도 외롭게 알베르게가 한 곳 자리하고 있다. 작은 언덕을 오르고 포장도로를 건너 드넓은 평원을 계속 가다 보면 언덕 아래로 온타나스(Hontanas) 마을이 보인다.

오르니요스 델 카미노-온타나스 구간

언덕 아래에 자리한 온타나스 마을을 벗어나면 포장도로 옆 오른쪽으로 카미노 표시가 있고 도보 여행자들이 걷는 길이 보인다. 앞서가는 자전거 여행자가 카미노 표시를 따라 좁은 길로 들어서는 것을 보고 별생각 없이 따라 들어섰는데, 길은 점점 더 좁아져 2명이 걷기가 어려울 듯하고 바닥에 돌출된 돌들이 많아 자전거를 타고 가기에는 매우 힘든 상황이다. 타이어에 손상이 가기 딱 좋은 여건이다. 급기야 앞선 여행자도 나도 좁은 내리막길에서 소위 '끌바'를 해야 했다. 그나마 다행인 것은 그 시간에 걷는 여행자가 없었다는 점이다.

온타나스 마을 출구에서부터 약 3km쯤 되는 좁고 힘든 그 길을 벗어나니 포장도로로 연결이 되는데, 마을 쪽에서 자전거 여행자들이 포장도로로 내려오고 있다. 조금 전 마을 출구 갈림길에서 카미노 표시는 도보 여행자가 가는 길이고, 자전거 여행자는 포장도로로 가야 했다.

포장도로를 한동안 더 가다 보면 급커브 길에 허물어진 채 놓여 있는 오래된 건축물들이 나타난다. 이 유적은 14세기에 건축되었던 산 안톤 수도원(Monasterio de San Antón)으로 유럽 사람들을 힘들게 했던 '산 안톤의 불'이라는 병을 치료해 주어 명성이 자자했으나 지금은 세월의 흔적만을 남기고 있다.

온타나스 마을 입구 / 산 안톤 수도원 유적

산 안톤 수도원을 지나면 넓은 들판 사이로 곧게 뻗은 포장도로가 이어진다. 그 끝에 뾰족한 산이 보이고 산 위에는 카스트로헤리스(Castrojeriz)성이 자리하고 있다. 산 아래에는 산을 휘감아 길게 펼쳐진 카스트로헤리스 마을이 보인다. 카스트로헤리스 마을로 가는 이 좁은 포장도로는 사람, 자전거, 자동차가 함께 지나는 도로여서 안전에 유의해야 할 구간이다.

오늘 숙소는 카스트로헤리스 마을 입구에 위치한 오리온 알베르게(Orion Albergue)이다. 자전거 보관 장소가 건물 안에 있는 알베르게는 여주인이 한국인으로 친절하면서 반갑게 맞이해 주었다. 저녁 식사는 오랜만에 맛보는 비빔밥이어서 한 그릇을 뚝딱 해치웠다. 준비되지 않았던 비포장 길 자전거 타기로 온몸의 근육들과 관절들의 아우성을 달래며 일찍 침낭 속으로 들어간다.

카스트로헤리스 마을 가는 길 / 한국인 여주인이 반겨 준 알베르게

15일 차(자전거 2일) : 카스트로헤리스 → 카리온 데 로스 콘데스

99

지명	구간거리	계획		남은거리	진행거리	해발고도
Castrojeriz				448.7	326.3	806
Itero de la Vega	11.1	·	·	437.6	337.4	770
Boadilla del Camino	8.2	·	·	429.4	345.6	782
Fromista	5.7	·	·	423.7	351.3	781
Revenga de Campos	6.9	·	·	416.8	358.2	785
Carrión de los Condes	12	15일	43.9	404.8	370.2	836

(단위 : 거리 km, 고도 m)

갑작스러운 비포장 길 자전거 여행으로 온몸의 근육들과 관절들이 아우성치는 밤을 보내고, 아침 일찍 일어나 침낭과 배낭 등 짐을 챙겨 문밖으로 나와 최대한 조용하게 짐을 정리한다.

오늘은 카스트로헤리스 마을에서 카리온 데 로스 콘데스(Carrión de los Condes)까지 가는 날인데, 도착 마을인 카리온 데 로스 콘데스에서 숙소가 정해지지 않았다. 카리온 데 로스 콘데스 마을에는 4개의 공립 알베르게가 있는데, 선착순 입실이므로 일찍 출발해야 하는 날이다. 짐 이동 서비스 도보 2구간분인 10유로를 봉투에 넣고, 4곳의 공립 알베르게 가운데 1곳을 적어 리셉션에 맡긴 후 어느 때보다 일찍 출발한다. 아침 공기가 제법 쌀쌀하다. 첫 번째 마을인 이테로 데 라 베가(Itero de la Vega)까지 약 11km는 중간에 마을이 없는 구간이므로 이곳에서 식수와 간식을 준비해야 한다.

카스트로헤리스 마을 동쪽 입구에 위치한 알베르게에서 마을 중심부를 지나 마을 서쪽에 있는 카미노 출구로 향한다. 마을 서쪽 출구 쪽에 이르면 넓은 들판 건너편에 거대한 장벽처럼 높이 140m 이상의 우뚝 솟아 있는 고원지대가 버티고 있다. 해발고도가 940m인 고원지대 정상부인 모스텔라레스 언덕(Alto de Mostelares)까지는 경사가 상당히 가파르고 긴 오름을 올라야 한다. 광활한 평원과 낮고 완만한 구릉만 있던 풍경에서 거대한 장벽 모습이 나타나니 급조된 자전거 여행자로서 다소 당황스럽다.

어느 자료에는 이 가파른 언덕 구간에서 자전거 여행자는 카스트리요 모타 데 후디오스(Castrillo Mota de Judíos) 마을로 우회하는 것도 좋은 방법이라고 알리고 있어 잠시 고민을 하게 된다. 실제, 마을 외곽의 카미노 갈림길에서 오른쪽 포장도로로 달리는 자전거 여행자가 여럿 있었다.

갈림길에서 들판 사이로 난 비포장 길을 약 1.7km쯤 달리면 고원지대 언덕이 시작된다. 가파른 비탈길을 오르다 얼마 가지 못하고 끌바를 시작한다. 조금만 고생하면 곧 언덕 위로 갈 수 있겠다는 희망이 산산조각 나는 데는 그리 오래 걸리지 않았다. 포장도로로 우회하지 않고 만용(?)을 부린 자신에게 육두문자를 쏟아내고, 들판에서 내가 추월했던 도보 여행자들이 오히려 나를 지나쳐 가고도 한동안 끌바는 계속되었다. 끌바를 하는 서양 자전거 여행자들도 여럿 있어 위안으로 삼으며 꾸역꾸역 오르다 보니, 해발 940m로 고원지대 정상인 모스텔라레스 언덕에 올랐다. 다리는 풀리고 목은 물을 애타게 찾고 숨은 거칠게 내쉬고 있다.

카스트로헤리스-모스텔라레스 언덕 구간 긴 오름

언덕마루에는 쉼터와 석탑이 자리하고 있고, 온통 초록인 드넓은 고원지대 평원이 펼쳐진다. 들판 사이로 난 비포장 길에는 도보 여행자들과 자전거 여행자들이 지평선 위로 아스라하게 넘어가는 모습 또한 장관이다. 초록이 지고 나면 이 광활한 평원은 어떤 모습일까….

올라온 방향을 바라보면 가파른 언덕 아래의 들판 너머로 카스트로헤리스 마을 뒷산을 비롯한 주변 풍경이 아침 햇살과 함께 장엄하게 펼쳐지는 아름다운 모습이다. 가파른 언덕을 반 이상 자전거 끌바로 오르면서 이 길을 택한 자신에게 육두문자를 쏟아냈던 내게 충분한 보상이 되고 스스로 칭찬해 주는 시간이다.

고원지대를 약 500m쯤 지나면 가파른 내리막과 함께 언덕 아래로 광활하게 펼쳐지는 들판이 조망된다. 이곳에서 내리막과 함께 들판 사이로 난 비포장 길을 3.5km쯤 가면 작은 언덕에 쉼터와 간이매점이 있다. 가파른 내리막길에서 자전거는 미끄럼과 도보 여행자들을 조심해야 하고, 들판 사이로 난 비포장 길은 어깨와 팔 그리고 엉덩이에는 고통의 시간이다.

쉼터를 지나면 포장된 지 오래된 좁은 도로가 나오고 한동안 가다가 왼쪽 비포장 길로 간다. 조금 더 가면 피스웨르가(Pisuerga)강에 이르고 피테로 다리(Puente Fitero)를 지난다.

피테로 다리를 건너 카미노 표시를 따라 오른쪽으로 들어서면 버드나무 숲길을 지나 이테로 데 라 베가(Itero de la Vega) 마을에 이른다. 카스트로헤리스 마을에서 이테로 데 라 베가 마을까지 약 11km 구간에는 마을이 없고, 다음 마을인 보아디야 델 카미노(Boadilla del Camino) 마을까지도 8km나 되어 이곳에서 아침을 해결하는 여행자들이 많아 보인다.

이테로 데 라 베가 마을을 벗어나 넓은 들판 사이로 8km 이상 가다 보면, 중세에는 여러 개의 성당과 병원이 있을 만큼 번창했고 16세기의 성당과 심판의 기둥으로 불리는 원주탑이 유명한 마을인 보아디야 델 카미노 마을에 이른다.

카스트로헤리스-보아디야 델 카미노 구간

보아디야 델 카미노 마을을 벗어나 넓은 들판을 약 1.5km쯤 가면 카스티야 수로(Canal de Castilla)에 이른다. 카스티야 수로는 카리온강과 피수에르가강의 물을 스페인 북부의 광활한 평원인 티에라 데 캄포스에 이용할 목적으로 19세기 초에 완성했다. 수로의 폭이 넓고 깊어 보이고 작은 보트도 다닐 수 있어 보인다. 수로를 따라 3km 이상을 가다 보면 수문 장치 시설과 작은 보트가 정박된 곳을 지나고 도로를 따라 조금 더 가면 프로미스타 마을이다.

프로미스타(Fromista)는 곡식을 뜻하는 라틴어에서 유래되었다고 하며, 거대한 평원에 자리한 인근에서는 상당히 큰 마을이다. 마을에는 11세기 로마네스크 양식의 산 마르틴 성당, 15세기 고딕 양식의 산 페드로 성당, 16세기 산타 마리아 델 카스티요 성당이 남아있을 만큼 중세부터 주요 거점 지역이었다.

프로미스타에서 오늘 숙박지인 카리온 데 로스 콘데스(Carrión de los Condes) 마을까지 약 19km는 P-980 도로를 따라 카미노가 나 있다. 프로미스타 마을 서쪽 출구 회전교차로에서 A-67 고속도로 위로 횡단하여 또 하나의 회전교차로를 지난다. 두 번째 교차로에 이르면 초록의 가득한 드넓은 들판 사이로 2km쯤 곧게 뻗은 도로가 있고, 그 옆으로 나란히 놓인 카미노 끝자락에는 포블라시온 데 캄포스(Población de Campos) 마을이 있다. 마을이 손에 잡힐 듯 가까워 보이는데, 여행자는 2km의 직선 도로 옆을 지루하게 걸어야 한다.

포블라시온 데 캄포스 마을을 지나 레벤가 데 캄포스(Revenga de Campos), 비야르멘테로 데 캄포스(Villarmentero de Campos), 비야르카사르 데 시르가(Villalcázar de Sirga) 마을들을 차례로 지나면 목적지인 카리온 데 로스 콘데스 마을이다. 이 마을들을 거치는 약 16km 동안은 두어 곳의 낮은 구릉을 포함한 거대한 평원 위의 포장된 직선도로 옆으로 난 전용 카미노를 지난다. 카미노는 대체로 오르내림이 심하지 않아 힘은 덜 들지만, 한낮의 햇빛을 피하기 어려운 메세타 지역인 데다가 마을이 손에 잡힐 듯 가까워 보이는데도 한동안 가야 하고 도로만 따라가는 단조로운 주변 풍경으로 다소 지루한 느낌을 준다.

이 구간에서도 조금 넓은 길에서는 도보 여행자들과 함께 가거나 양해를 구하며 비켜 갈 수 있지만, 좁은 길에서는 서로의 불편함을 줄이기 위해 중간중간 포장도로를 이용할 수밖에 없는 상황이다. 실제, 10여 일 도보 여행을 해 오면서 일부 자전거 여행자들의 다소 위협(?)적인 주행으로 심기가 불편했던 적이 여러 번 있었던 터라, 조금 넓은 길에서는 도보 여행자들을 조심스레 비켜 가거나 양해를 구하고, 좁은 길에서는 그들을 멈추게 하는 불편을 주고 싶지 않았다. 그렇다고 자전거를 끌고 함께 걸어갈 수도 없다. 딜레마였다.

카스티야 수로(Canal de Castilla) /
카리온 데 로스 콘데스까지 약 19km는 도로를 따라간다.

지나가는 마을들 가운데 비야르카사르 델 시르가 마을은 중세 스페인에서 템플기사단(Knight Templar)의 본거지였다고 하며, 13세기에 그들이 세운 산타 마리아 라 블랑카 성당(Iglesia de Santa María La Blanca)

이 마을 중앙에 자리하고 있다.

목적지인 카리온 데 로스 콘데스 마을은 중세에 10개 넘는 크고 작은 성당 건축물과 병원이 있을 정도로 번성했던 마을로 '순례길의 심장'이라 불리며 팔렌시아 지역에서 가장 중요한 마을이었다고 한다. 지금은 파라도르로(Parador)로 변신한 중세의 산 소일로 왕립 수도원(Real Monasterio de San Zoilo)에서는 카리온 데 로스 콘데스를 찾아오는 순례자에게 음식과 포도주 등을 줄 정도로 번성했다고 한다.

비야르카사르 델 시르가 입구 / 카리온 데 로스 콘데스 마을이 보인다.

카리온 데 로스 콘데스 마을에 도착하자마자 오늘 숙소로 예정하고 배낭 이동 서비스를 신청해 둔 알베르게로 향한다. 공립 알베르게여서 선착순 입실이므로 조금이라도 일찍 도착해야 하는데, 다행히도 10여 개의 배낭만 줄지어 놓여 있는 모습이다. 건물 한쪽에 마련된 자전거 주차대가 있어서 자물쇠를 채워 두고 리셉션으로 간다. 다소 까칠한 봉사자(수녀회에서 운영하는 것으로 보인다)의 안내를 받아 방으로 가니 흔히 어느 병원의 9인실 느낌이 나는 방이지만, 널찍하고 단층 침대로 쾌적한 상태이다.

,,

지명	구간거리	계획		남은거리	진행거리	해발고도
Carrión de los Condes				404.8	370.2	836
Calzadillas de la Cueza	17			387.8	387.2	854
Ledigos	6.4			381.4	393.6	870
Sahagun	16.2			365.2	409.8	832
Bercianos del Real Camino	10	16일	49.6	355.2	419.8	856

(단위 : 거리 km, 고도 m)

밤새 아우성치던 근육들을 파스 등으로 달래 주었건만 별 소용이 없다. 오늘은 베르시아노스 델 레알 카미노까지 50km를 달려야 하고, 칼사디야 데 라 쿠에사(Calzadillas de la Cueza) 마을까지 17km는 중간에 마을이 없는 들판 구간이라 걱정이 한가득이다. 다행히 숙소가 예약되어 있어 힘들면 쉬엄쉬엄 가도 되는 희망은 있다.

카리온 데 로스 콘데스 마을의 중심을 나와 마요르 다리를 건너면 지금은 파라도르인 옛 산 소일로 수도원을 지난다. 회전교차로, 주유소, 회전교차로를 차례로 지나면 프랑스 길에서 마을이 없는 가장 긴 구간인 17km 메세타 지역에 들어선다.

광활한 평원의 들판 사이로 난 새로 포장한 도로를 4.5km쯤 가다 보면 교차로에 이르고, 이곳에서부터 칼사디야 데 라 쿠에사 마을까지 약 11km가 넘는 비포장 길이 시작된다. 흙먼지가 풀풀 날리면서 가도 가도 끝이 없는 울퉁불퉁 비포장 길이 계속되는데, 지금은 초록이 가득해 그나마 다행이지만 초록이 지나간 후에는 황량한 들판을 17km나 지나야 하는 외롭고 고달픈 자신과의 싸움이 시작되는 구간일 것이다. 질퍽거리거나 바람이라도 부는 날에는 몸과 마음이 더 움츠러질 것 같다.

아침이라 여행자들도 많은 데다, 나란히 걷거나 일부는 포장도로 위를 걷기도 한다. 자전거는 어쩔 수 없이 포장도로를 달려야만 하고 오가는 자농차노 확인해야 해서 신경이 많이 쓰인디. 약 4km쯤 달리면 조금 넓은 비포장 길로 들어선다. 이곳에서도 도보 여행자들은 2명 이상이 나란히 걷는 경우가 많고, 도로 위를 왼쪽으로 오른쪽으로 가운데로 제각각 걷기 때문에 자전거 여행자는 이리저리 비켜 가야 해서 여간 불편하다. 울퉁불퉁 비포장 길에다 비켜 가는 신경 쓰임까지 피로도가 엄청나게 높아진다.

카리온 데 로스 콘데스 마을에서 광활한 평야 지대인 메세타 지역의 마을이 없는 17km 구간을 힘겹게 지나면 칼사디야 데 라 쿠에사(Calzadillas de la Cueza) 마을에 이른다. 작은 마을에는 많은 여행자가 지치고 고달팠던 몸과 마음을 달래고 재충전하는 모습이다.

마을이 없는 17km의 메세타 구간이지만 푸드 트럭이 있다.

마을이 없는 17km의 메세타 구간 종점은 칼사디야 데 라 쿠에사 마을이다.

마을을 벗어나면 큰 도로를 만나고 도로 왼쪽으로 난 좁은 길로 가야 한다. 마침 택시에서 내린 한 여행자를 제외하고는 도보 여행자가 많지 않을 시간인 것으로 보여 좁은 길로 들어서 본다. 레디고스(Ledigos)까지 약 6km 구간에는 도보 여행자가 몇 되지 않아 다행이었다.

레디고스 마을에서 테라디요스 데 로스 템플라리오스(Terradillos de

los Templarios) 마을까지는 카미노가 2개로 나뉜다. 구릉을 지나가는 길도 있는데, N-120 도로 왼쪽으로 난 좁은 길로 들어서니 도보 여행자가 몇 없고, 약간의 오름이 있는 울퉁불퉁 좁은 비포장 길이지만 주행하는 데 어려움이 없다.

테라디요스 데 로스 템플라리오스 마을을 벗어나 들판을 나서면 포장 도로를 만나고 이내 오른쪽 좁은 길로 언덕을 내려선다. 약간의 경사가 있는 언덕을 오르고 다시 내려서면 모라티노스(Moratinos) 마을에 이른다.

모라티노스 마을에서도 2개의 카미노가 있는데 얼마 지나지 않아 만난다. 구릉을 지나 산 니콜라스 델 레알 카미노(San Nicolás del Real Camino) 마을로 들어갔다가 나오는 방법도 있는데, 도보 여행자가 더 적을 것 같은 N-120 도로 옆으로 난 길로 들어서 가 보니 좋은 선택이었다.

칼사디야 데 라 쿠에사-레디고스 구간 / N-120 도로 옆으로 난 카미노

N-120 도로 왼쪽으로 난 길을 한동안 가다 보면 발데라두에이강의 다리를 만나고, 도로를 횡단해 강둑 위로 가면 푸엔테 성모 소성당이다. 단조로운 들판 길을 약 2km쯤 가면 사아군 외곽 공장지대를 지나 사아군 기차역 반대편에 이른다. 도시의 중심을 지나 서쪽에 이르면 산 베니토 아

치(Arco de San Benito)가 자리하고 있다.

사아군은 산티아고 순례길의 부르고스(Burgos)와 레온(Leon) 사이 광활한 메세타 지역에서는 가장 큰 도시이다. 11세기에는 스페인 클뤼니 수도원 도시로 14세기에는 대학이 있을 정도로 번성한 도시였다. 현재 남아 있는 산 베니토 아치와 주변의 종탑, 아치 등은 중세의 산 베니토 왕립 수도원의 규모를 짐작하게 해 주는 유적이다.

산 베니토 아치 앞에서 서쪽으로 나가면 칸토 다리(Puente Canto)를 건너고 큰 도로를 따라 계속 가다가 N-120 도로 옆으로 난 좁은 길로 들어선다. 약 2.6km쯤 단조롭게 계속 가다 보면 칼사다 델 코토 마을 입구의 큰 교차로에 이른다. 마을로 들어가지 않고 카미노 표시를 보며 고속도로 옆의 포장도로로 들어서서 도로 옆으로 난 카미노를 약 2.7km쯤 더 가면 철도 아래로 지나게 된다. 철도를 지나 도로 옆으로 난 카미노를 약 3km쯤 계속 가면 베르시아노스 델 레알 카미노(Bercianos del Real Camino) 마을에 이른다.

사아군에 위치한 산 베니토 아치 / 사아군을 지나도 도로 옆으로 계속 간다.

17일 차(자전거 4일) : 베르시아노스 델 레알 카미노 → 레온

지명	구간거리	계획		남은거리	진행거리	해발고도
Bercianos del Real Camino				355.2	419.8	856
Reliegos	20.6	·	·	334.6	440.4	822
Mansilla de las Mulas	6.2	·	·	328.4	446.6	799
Puente Villarente	6.3	·	·	322.1	452.9	805
Puente Castro	9.7	·	·	312.4	462.6	825
Leon	2.1	17일	44.9	310.3	464.7	844

(단위 : 거리 km, 고도 m)

베르시아노스 델 레알 카미노(Bercianos del Real Camino) 마을의 외곽에 위치한 알베르게는 동향이고 평원이라 일출이 훤하게 보인다. 멋진 일출을 뒤로하고 출발한다.

마을을 벗어나 포장도로 옆으로 난 카미노를 약 7.5km쯤 가면 엘 부르고 라네로(El Burgo Ranero) 마을에 이른다. 초록으로 가득한 드넓은 평원을 곧게 뻗은 도로 옆으로 지루하게 간다. 아침 시간이라 도보 여행자들이 많아 카미노와 도로를 오가는 상황이라 불편함이 많다.

엘 부르고 라네로 마을의 한 바르 메뉴에는 라면과 햇반이 있는데, 입담 좋은 여주인의 권유에 라면과 햇반으로 아침을 해결하니 힘이 솟는 꿀맛이다. 이곳 엘 부르고 라네로에서 다음 마을인 렐리에고스(Reliegos)까지는 중간에 마을이 없는 13km 구간이다. 이곳에서 식수와 간식을 준비해야 한다.

반대로 걷는 여행자를 가끔 만난다. /
햇반, 라면이 있던 엘 부르고 라네로 한 바르

엘 부르고 라네로 마을에서 광활한 들판 사이로 난 직선도로 옆으로 난 카미노를 6.5km쯤 가다 보면 왼쪽으로 간이 비행장이 보인다. 그곳에서 1.5km쯤 더 가면 왼쪽으로 1km 떨어진 곳에 있는 비야마르코 (Villamarco) 마을로 들어가는 갈림길이 나온다. 식수나 간식 구입 등이 필요한 경우에는 들릴 수 있는 대안이다. 갈림길에서 약 5km를 더 가면 렐리에고스 마을에 이른다.

한적한 마을인 렐리에고스를 벗어나 드넓은 들판 사이 포장도로 옆으로 난 약 6km의 카미노를 지난다. 고속도로 위로 두 번 횡단하면 넓은 평원에 포도밭과 여러 종류의 과수원이 산재한 만시야 데 라스 물라스 (Mansilla de las Mulas) 마을 입구에 이른다. 마을은 활기차 보였고 포소 광장(Plaza del Pozo)에는 농산물을 직거래하는 작은 장터도 열리고 있는 모습이다.

마을을 벗어나 산 니콜라스 광장을 지나고 에슬라(Esla)강의 다리를 건넌다.

렐리에고스 마을 부근 / 만시야 데 라스 물라스의 포소 광장

N-601 도로 옆으로 난 카미노를 계속 가면 비야모로스 데 만시야 (Villamoros de Mansilla) 마을에 이르고, 카미노 표시가 두 군데로 나뉜다. 도로에서 왼쪽으로 나가는 카미노 표시가 하나 더 있으나, 대부분 여

행자들은 도로를 따라 푸엔테 비야렌테(Puente Villarente) 마을 방향으로 가는 모습이다.

계속해서 약 1km쯤 더 가다 보면 푸엔테 비야렌테 마을 직전에 포르마(Porma)강을 건너는 산티아고 순례길에서 가장 아름다운 다리 중 하나로 알려진 석조 다리가 있다. 하지만, 카미노를 따라가야 하는데 걷는 여행자들이 많아 포장도로를 달리다가 다리 직전에 진입 표시를 놓쳐 아름다운 석조 다리를 지나치고 말았다.

푸엔테 비야렌테 마을이 끝나면 카미노는 도로에서 오른쪽으로 꺾어지면서 도로와 멀리 떨어져 나란히 간다. 들판과 낮은 구릉의 비포장 길이 계속되고, A-60 고속도로 아래를 지나 언덕을 오르면 아르카우에하(Arcahueja) 마을에 이른다.

만시야 데 라스 물라스-푸엔테 비야렌테 구간 / 아르카우에하 마을 입구

아르카우에하 마을에서 도보 여행자가 많지 않으면 비포장 카미노를 가면 되지만, 도보 여행자가 많은 경우에는 N-601 도로를 따라가는 방법도 있다. 두 길은 레온(Leon) 시내 외곽에 위치한 푸엔테 카스트로(Puente Castro) 마을 입구의 복잡한 교차로 전에서 만나고, 푸엔테 카스

트로 마을을 지나 레온으로 진입하면 된다. 푸엔테 카스트로 마을 서쪽의 토리오(Torio)강을 건너면 레온 시내인데, 강을 건너기 전 작은 광장에서 봉사자들이 레온 시내로 들어가는 방법 등을 안내하고 있는 모습이다.

레온의 역사는 기원전 로마 시대부터이고 오르도뉴 2세가 910년에 레온 왕국을 세우면서 레온의 시대가 열리고 오비에도 시대가 막을 내렸다. 10세기에 레온에서 산티아고로 가는 순례길이 만들어지고, 12세기 알폰소 7세 때에는 순례길의 중심이 되었다. 스페인의 중심이 남쪽으로 옮겨지면서 옛 영광을 찾을 수 없는 모습이지만, 지금도 스페인 북쪽의 중심 도시이고 순례길의 거점 도시로 역할을 하고 있다.

레온 시내에 들어서니 일부 자전거 도로를 제외하고는 교통량과 사람들이 많아 자전거 이동에 어려움이 따른다. 자전거를 반납할 장소까지 가는 데 시간이 상당히 걸렸다. 가게 주인은 특별히 살펴보지도 않고 쿨하게 그대로 두고 가라 한다.

짐만 챙겨 나오니 준비되지 않아 급조된 자전거 여행을 무탈하게 마쳤다는 안도감에 긴장이 풀렸는지 가게 앞에서 한동안 앉아 있었다. 예약된 인근의 숙소로 들어가 씻는 둥 마는 둥… 그냥 뻗었다.

푸엔테 카스트로에서 레온으로 가는 길의 봉사자 / 레온 시내 자전거 길

레온에서 사리아까지

INFP 아들

레온~아스토르가 : 이 곳은 마스크 추천 구역 입니다

"

레온부터는 산티아고 길이 본격적으로 북적이게 된다. 부르고스에서 이어지는 지루하고 고된 메세타 구간을 버스를 타고 모두 패스하는 사람의 수가 어마어마한 데다, 레온에서 여정을 시작하는 사람들의 숫자는 아마도 여기까지 온 사람들만큼이나 많고, 아무 바르에 들어가 느긋하게 커피를 마시며 잠깐의 여유를 즐기기는 조금 힘들어진다. 알베르게들도 모두 위생과 설비와 환경에 있어 앞선 구간과 확연하게 차이가 난다.

아름답기 그지없는 레온 시내를 떠나는 순간 사람에 따라서는 굉장한 실망감을 맛볼 수 있다. 바로 레온부터 아스토르가에 이르는 약 50㎞ 구간은 한 지방도의 바로 옆을 그대로 따라가는 길이기 때문이다. 문자 그대로 차들이 주행하는 도로의 바로 옆을 일직선으로 나란히 걷는다. 이 구간만은 길이 단조롭고, 그럼에도 인근에 공장과 물류 센터가 밀집한 탓에 정신이 사나울 정도로 사꾸 차가 소음을 내며 지나다녀서 도리어 더 빠르게 지루해지는 악순환이 이루어지는 것 같다. 아빠는 소음이 산티아고 길에 몰입하는 걸 방해한다고 불평했다.

그러나 나는 거의 항상 이어폰을 끼고 음악을 들으며 걷는 성향이라 더 큰 문제는 소음보다는 매연이라고 개인적으로 생각했는데, 지금껏 나바라의 울창한 숲, 라 리오하의 풍성한 포도밭, 카스티야의 적막한 들판은 자연의 향기가 가득한 곳들이었으나, 이곳은 도로변이라 차들이 지나가면서 풍기는 매캐한 냄새가 어떻게든 느껴질 수밖에 없다. 바람이 거세게 부는 날에 풍향까지 좋지 않으면 그대로 매연이 코로 직행할 수도 있다. 서둘러 지나가는 것이 상책이겠으나, 부득이하다면 레온-아스토르가 구간은 마스크를 착용하는 것을 고려해 보면 좋겠다.

또한 여러 공장이 근처에 위치한 만큼 큰 트럭들이 오가는 도로이기도 하므로 항상 안전에 각별히 주의해야 한다. 다소 위험한 이 도로변 주행(?)은 아스토르가에서 산길로 나아가면서 자연스럽게 하지 않게 되니, 아스토르가까지만 잘 인내해 보도록 하자.

길을 그대로 따라가는 것은 물론 이렇게 따로 신호등이 없는 도로를 횡단해야 하는 구간도 곳곳에 많다. 조심, 또 조심하자.

그러나 이 길에서는 언제나 즐거움과 아름다움을 발견할 수 있다. 레온을 떠난 날 묵었던 산 마르틴 델 카미노(San Martín del Camino)의 알베르게는 특별 이벤트가 있었는데, 바로 이곳에 묵는 여행자들이 홀의 기다란 식탁에 모여 함께 저녁을 먹는 것이었다. 여주인이 직접 거대한 팬에 저녁 메뉴를 요리해 대접해 주는데 실력이 좋다. 나와 아빠의 맞은편에는 네덜란드에서 온 노부부가 자리했다. 생장에서 이쯤까지 오게 되면 그동안 겪었던 여러 일들이 있으니 자연스럽게 이야기가 이어지기 마련이다. 그날 처음 만나게 되었다지만, 비슷한 경험, 익숙한 지명을 다른 사람의 입에서 듣는다는 건 뭔가 신기하고, 그러면서도 묘하게 기분 좋기만 했다.

나는 아스토르가에서도 비슷한 경험을 했다. 아스토르가는 이 근방에서 가장 큰 거점이다. 아스토르가 대성당과 주교궁은 여정에 있어서 빼놓을 수 없는 명품 관광지이기도 하므로 여유가 된다면 반드시 방문해 보는 것을 추천한다. 아스토르가의 공립 알베르게는 어마어마한 크기를 자랑해서 늦게 도착한 여행자까지도 어지간하면 모두 숙박할 수 있다. 다른 여행자들도 대부분 이곳에서 쉬어가는 모양.

아스토르가 중앙의 큰 광장에 간다면 수많은 사람이 쏟아져 나와 삼삼오오 모여 저녁 식사를 하고 있다. 노천에서의 시끌벅적한 식사, 그리고 함께 만난 여행자들과의 시원한 맥주 한잔과 거침없는 대화를 좋아한다면 묵는 알베르게에서 적극적으로 친목질(?)을 시도해 보면 좋다. 나는 이곳에서 일본인 여성 한 명과 대만인 여성 한 명과 저녁을 먹었다.

슬프게도 세 명 모두 서로의 언어는 할 줄 몰랐다. 그나마 내가 '나루토'와 '오소마츠 상'으로 다져진 애니메이션 일본어를 선보일 수 있을 거라 생각했으나, 그런 '애니 용어'는 일상생활에서 쓰기 어려운 단어들뿐이었다. 파편적인 단어만 나열할 수 있을 뿐, 문장을 만들지 못하니 답도 없다. 결국 동아시아인 세 명이서 스페인에서 만나 어설픈 영어로 대화를 이어간다는 눈물겨운 결론에 이르고 말았다.

그래도 꿋꿋하게 몸짓 발짓과 번역기를 동원하여 말을 붙여 보자. 다양한 국가에서 사람들이 모여들기 때문에 영어를 잘하지 못해도 상관없다. 어차피 영어가 모국어가 아닌 사람들이 많으니 그쪽도 서툰 건 마찬가지인 경우가 많다. 특히 스페인의 영어 울렁증은 유명한 밈이기도 하고.

이렇게 손쉽게 말을 받아주는 여행자들을 찾을 수 있는 여행 자체가 극히 드물다. 다들 갈 길 알아서 가고 약간 사무적인 조언을 공유하는 정도에서 멈추기 쉬운 다른 여행과는 다르게, 모두가 같은 길을 걸으며 고생한다는 어떤 연대감이 모든 여행자에게 크든 작든 남아 있기 때문이다. 전혀 낯선 사람에게서 어떤 동질적인 유대감을 발견한다는 그 사실은 보기보다, 그리고 생각보다 꽤나 마음을 풀어 주는 마법 같은 효과가 있다. 나

날이 파편화되고 날카로워지는 사람과 사람 사이의 갈등에 지쳐 있다면 그 효과가 더더욱 클 수도 있겠다. 그리고 이 또한 산티아고 길의 가장 큰 매력이 아닐까 생각한다. 적어도 NF 성향이자 물병자리의 휴머니즘적 연대를 갈구하는 성향인 내 생각에는 그렇다. 낯선 사람이 반갑게 보내 주는 인사를 기쁘게 받아 보자. 그리고 역으로 인사를 반갑게 건네 보도록 하자. 단순히 걷기만 하는 길은 아니니까.

참고로, 언제나 서로의 건강 컨디션에 따라 서로의 일정을 토의, 조정하며 여정을 진행해 왔던 우리답게, 그때그때의 사정에 맞추어 변경한 건 단순히 '언제 간식을 먹느냐' 하는 문제만은 아니었다. 필요하고 서로 합의가 된다면 '그날 어디까지 갈 것인가' 하는 문제도 얼마든지 조정하고 변경할 수 있다.

전날 묵었던 산 마르틴 델 카미노에서 아스토르가까지는 다소 단조로운 구간인데, 그날 유독 날씨가 건조하고 더웠다. 한참을 걷다가 어느덧 아스토르가 교외에 이르렀을 때는 오후의 땡볕이 무시무시했었다. 아스토르가의 공립 알베르게는 굉장히 규모가 큰 편이라서 침대가 넉넉해 서두를 필요는 없었지만, 아빠는 굳이 아스토르가까지 약 4㎞ 정도를 더 가느니 그냥 산 후스토 데 라 베가(San Justo de la Vega) 마을에서 숙박하겠나고 했다. 약간의 도의와 일정 조정 후에 협상이 타결됐다. 혼자가 아닌 둘의 여행이라면 너무나 다를 수밖에 없는 서로의 컨디션을 계속 살펴 주어야 하니까.

5월의 산티아고 길은 정말 아름답다. 아스토르가 이전까지는 끝없는 평원과 작은 나무들만을 겪어 왔다면 그 이후부터는 산과 골짜기와 숲이 다시금 등장하기 시작하는데, 아스토르가에서 몰리나세카(Molinaseca) 사이의 소위 '철의 십자가' 구간은 특히나 5월에 아름답다. 사방을 가득 메우고 있는 노란색과 진분홍색의 관목과 들꽃들 덕분이다. 때마침 떠오르는 햇빛을 머금은 꽃잎의 색깔은 그날 중에서도 오로지 그때밖에 보이지 않는다. 산골짜기의 안개와 햇빛이 만나 만들어 내는 장엄한 빛과 그림자의 이중주도 감탄이 끊이질 않는다. 날씨까지 맑다면 스페인 특유의 짙푸른 하늘색마저도 입을 벌리고 바라볼 수밖에 없게 만든다.

산과 언덕이 모두 들꽃으로 물들어 있다.

눈앞에 펼쳐진 장관을 담아내지 못하는 허접한 촬영 실력에 땅을 친다.

　길의 양옆에서 들꽃들이 끊임없이 살랑살랑 유혹을 걸어온다. 포토스 팟이 너무 많아서 길을 제대로 걸을 수가 없을 정도이다. 깊게 숨을 들이켜면 말 그대로 꽃향기가 풍겨 온다. 이곳이 너무 마음에 든다면 일정을 조정하여 천천히 걸어 보는 것도 나쁘지 않을 것 같다. 이렇게 들꽃이 아름다운 길은 잎으로 잘 니오지 않기 때문이다.

　철의 십자가는 그 이름에서도 바로 짐작할 수 있듯이 높은 고개의 꼭대기 즈음에 철 특유의 은색과 갈색을 지닌 거대한 십자가가 설치되어 있는 곳이다. 해발고도가 약 1,500m에 다다른 곳이어서 주변에서 단번에 눈에 띈다. 이곳에는 수많은 작은 돌이 일종의 탑처럼 주변에 쌓인 것을 볼 수 있는데, 바로 남들이 쌓아 둔 돌 위로 여행자들이 간단한 소망을 빌며 조그마한 자신만의 돌을 올려 둔 것들이 차곡차곡 쌓인 것이다. 여기까지 왔다면 주변의 돌을 하나 찾아서 나만의 소망을 빌고 이 순간을 기념해 보도록 하자. 철의 십자가 구간에서 바라보는 아스토르가 방면의 산과 언덕들은 절대 놓칠 수 없는 장관이다.

그러나 부상에 각별히 주의하도록 하자. 이곳은 산중인 데다가 내리막길의 경사가 굉장히 가파르고 그마저도 고운 흙길이 아닌 돌길과 계단으로 이루어진 곳이 많다. 특히 몰리나세카 마을 직전의 수 ㎞ 구간은 악명이 자자하다. 개인적으로는 지금껏 걸어왔던 그 어떤 구간과 비교해도 정말 가파르고 힘들다고 생각한다. 맑은 날에도 심심찮게 넘어져 엉덩방아를 찧는 여행자들이 많고, 넘어지는 정도까지는 아니더라도 굉장히 딱딱한 돌길의 특성상 발바닥과 발목에 가해지는 충격이 평소보다 매우 강하다. 피레네산맥을 넘는 첫날에 이어 이 짧은 구간을 두 번째 고비로 꼽는 사람들도 많다.

정말 운이 없다면 이곳에서는 장대비를 만날 수도 있는데, 그럴 경우 망설이지 말고 일정을 하루 취소하거나 미루며 상황을 지켜보도록 하자. 그 어떤 것도 다치는 것보다 낫다.

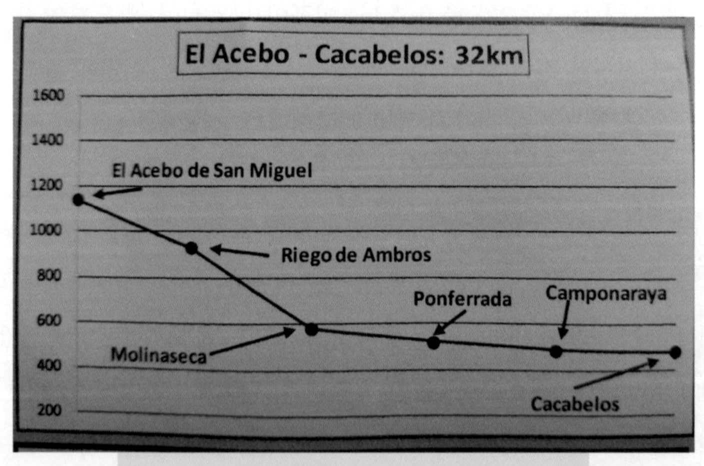

거의 600m를 급경사로 내려가야 한다.

몰리나세카~베가 데 발카르세 : 준비 운동 좀 하셨나요?

"

폰페라다는 이 부근은 물론이고, 앞으로 산티아고에 도착하기 전까지 지날 가장 큰 도시이기도 하다. 앞으로는 험한 세브레이로 고개를 넘어 갈리시아의 깊은 숲을 지나 사리아에 도착할 때까지 상당히 자연 깊숙한 곳으로, 즉 외진 시골 마을들로 들어간다. 큰 식료품 판매점과 각종 편의 시설은 찾기 힘들다. 있다 하더라도 나름 규모가 큰 폰페라다가 훨씬 싸다. 그러니 폰페라다의 마트에서 필요한 에너지 바, 에너지 드링크, 간식거리들을 사 두는 것도 좋고, 또한 당분간 구하기 어려운 의약품, 물티슈나 선크림, 특히 여성 여행자의 경우에는 필요한 여성용품도 사 두도록 하자.

폰페라다의 관광 명소라 하면 단연 카미노 바로 옆에 서 있는 폰페라다 성이다. 중세의 모습이 그대로 남아 있어 지나가는 여행자들의 핸드폰 세례를 수도 없이 받고 있다. 주변에 여행자들을 노리는 바르나 카페, 레스토랑들이 많으니 잠시 한 바퀴를 둘러보며 식사를 하는 것도 나쁘지 않다.

문화 혁신 <호딩> 연구가 완료되었습니다.

폰페라다 이후로 비야프랑카 델 비에르소(Villafranca del Bierzo) 마을이 등장한다. 바로 산티아고 길의 알베르게를 조명했었던 TV 방송으로 유명해진 마을이다. 방송을 위한 몇 가지 각색이 덧붙여지기는 했겠지만, 이 마을의 평온함과 아름다움만은 일절 과장이 없다고 단언할 수 있다. 아마도 그 때문인지 유독 한국인 여행자들이 많이 몰리는 편이고, 바르의 주인들도 보자마자 '꼬레아?'라는 말을 건넬 정도이다.

이제 발길을 재촉해 베가 데 발카르세(Vega de Valcarce) 깊숙이 들어오면, 이전과는 완전히 딴판이 된 배경을 발견할 수 있다. 바로 1주일 전만 하더라도, 아니 며칠 전 아스토르가를 떠날 때만 하더라도 키가 큰 교목들은 드문드문 있고, 주로 무릎이나 허리 높이의 관목과 들풀, 덩굴, 잡초들이 퍼진 배경이 많았다. 하지만 이곳부터는 키도 엄청나게 크지만, 두께도 성인 남성보다도 훨씬 두꺼운 나무들이 주변을 에워싸기 시작한다. 마침 계절도 5월 중순을 지나고 있어서 그런지 이보다 더 진할 수 없을 것 같은 녹음을 뽐내고 있었다. 맑은 하늘에 탁 트인 지평선은 이제 보이지 않고, 날씨가 시시때때로 변하면서 바람마저도 거세지는 산등성이들이 속속들이 고개를 든다. 길도 점점 더 험해지면서 가팔라진다. 이제 세브레이로 고개를 넘어야 할 때다.

베가 데 발카르세~사리아 : Bienvenidos a Galicia!

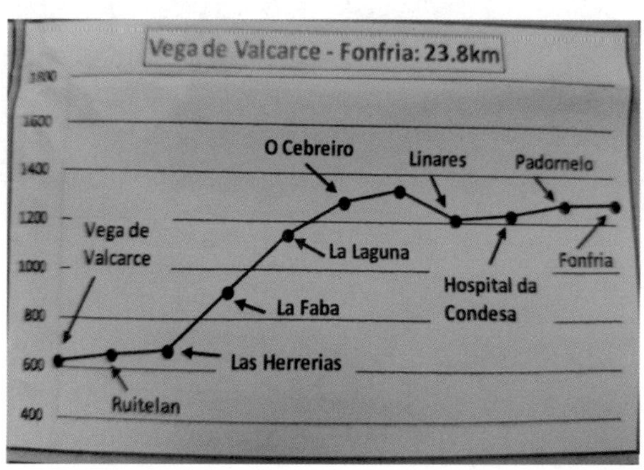

많은 이들이 꼽는 프랑스 길의 두 번째이자 마지막 고비이다. 오 세브
레이로의 해발고도는 1,286m로, 또 아주 높은 것은 아니라서 왜 고비라
고 사람들이 꼽는지 의문이 들 수도 있다. 그러나 세브레이로 구간은 절대
적인 높이도 문제지만, 직전 거점인 베가 데 발카르세의 고도 629m와의
큰 고도차, 즉 급격하게 가팔라지는 오르막길이라는 데 있다. 오르막길을
좋아하는 사람이 얼마나 있을까? 특히나 자전거 여행자라면 정말 고생할
것이다. 아주 튼튼해 보이던 사람들도 결국 급한 오르막길 앞에서는 자전
거에서 내려 옆에 끌고 갈 수밖에 없는 모양이다. 또한 이 구역은 깊은 산
중이라 그런지 날씨마저도 정말 심술궂게 변덕스러운 것도 문제다. 우의
를 배낭 가장 위쪽에 준비해 두고, 등산 스틱을 꽉 쥐고, 등산화를 확 동여
매자.

지그재그 길을 올라가야 한다. 물론 저 뒤에 오르막길이 몇 번이고 더 나온다.

정상 쪽으로 계속해서 올라가다 보면 라 라구나(La Laguna)라는 마을
에 이르게 된다. 시골 근처에 가면 느껴지는 익숙한 가축의 분변 냄새가

사방에서 진동하지만 아무리 돌아봐도 마을 주민과 가축을 다 합쳐도 여행자들이 압도적으로 많아 보인다.

그때 갑자기 뒤에서 덜컹거리는 승용차 여러 대가 마을로 들어오는데, 죄다 택시들이었다. 산어귀에서 아직 정원을 채우지 못한 솔로 여행자와 함께 호객 행위를 한 것이 보였는데 그들이었나 보다. 그리고 3명 정도가 내려서 트렁크에서 배낭을 꺼내 어깨에 짊어지고 정상 쪽으로 간다.

택시가 갑자기 뜬금없게 보일 수 있는데, 폰페라다 이후 구간부터는 카미노 옆에 콜택시 광고판이 떡하니 박혀 있기도 하고, 심지어 알베르게 내부에 연락처와 택시 번호를 적어 둔 광고 전단이 비치되어 있기도 할 정도이다. 이런 곳까지 택시가 올 일이 있나 싶지만 다른 많은 것들이 그렇듯이 수요가 있으니 공급이 있고, 손바닥도 마주치니 소리가 나는 법이다.

정상에 가까워지면 카스티야-레온과 갈리시아주의 경계를 표시해 주는 경계석이 자리하고 있다. 산티아고가 멀지 않았음을 체감할 수 있다. 인기 있는 포토스팟 중 하나.

세브레이로 마을은 산 정상의 마을이지만 의외로 성당과 조그마한 박물관도 하나 있다. 파요사 박물관은 갈리시아 지역의 전통적인 주거 시설이었던 파요사에 관해 설명해 준다. 흡사 바이킹들의 이교도 대군세를 다룬 드라마에서 심심찮게 등장하는 중세의 십들과 비슷하게 빅은 돌로, 지붕은 짚으로 이루어져 있지만 지붕의 모양이 원뿔처럼 특이하다. 집마다 문이 꼭 2개씩 달린 것도 특징. 세브레이로의 알베르게 중 일부는 이런 파요사의 외관을 꾸며 둔 곳도 있다.

다만 산의 정상답게, 아래의 마을들처럼 알베르게가 큼지막하고 많은 게 아니라서 예약이 꼭 필요하고, 이와 별개로 한여름이더라도 바람이 세고 체감온도가 상당이 낮은 편이라 특히 밤 나절 보온에 주의하여야 하며, 봄과 가을에는 단단히 지퍼를 잠가야 한다.

중세 배경의 드라마나 게임에 나올 것 같다.

오 세브레이로 마을을 넘으면 바로 내리막이 아니라 그곳보다도 고도가 살짝 더 높은 포이오 언덕(Alto de Poio)까지 가야 한다. 그 중간에는 아주 거대한 산 로케(San Roque) 순례자 조형물이 있으니 꼭 놓치지 말고 보도록 하자. 포이오 언덕은 사방이 확 트인 전망대를 겸하고 있고, 그곳까지 가는 것은 아주 어려운 길은 아니나 그곳에서 내려오는 것이 조금 힘든 편이다. 오르막길보다도 힘든 것이 경사가 가파른 내리막길인데, 딱 이곳이 거기에 부합한다. 그러나 잠깐의 내리막길만 버텨낸다면 사리아까지의 나머지 구간은 전혀 어렵지 않다.

포이오 언덕 이후로 사리아까지의 약 30㎞ 구간은, 적어도 나는 마음 편히 즐기지 못했다. 왜냐하면 꽤나 아름다운 숲과 작은 강들에도 불구하고 워낙 개발의 손길이 닿기가 힘든 곳들인 때문인지 잊을 만하면 흉한 폐건물, 오래되어 벽이 부서질 것만 같은 건축물들이 고개를 내밀어 깜짝깜짝 놀라게 했기 때문이다. 아예 버려진 것으로 보이는 건물들도 종종 등장하는 편. 그중에서도 가장 많이 낡은 것은 의외로 작은 교회들이었다. 스페인답게(?) 이곳에도 다른 지역처럼 아주 자그마한 성당들이 많은데, 이곳에 누가 찾아올지조차 의심스러울 지경으로, 아무런 보정 공사 없이 당장 중세를 배경으로 하는 드라마 촬영에 써먹어도 위화감이 전혀 없을 정도로 낡은 모습이었다. 조금은 씁쓸했던 구간.

언제부터 저곳에 서 있었을까?

레온에서 사리아까지

ISTJ 아빠

18일차 : 레온 → 산 마르틴 델 카미노

99

지명	구간거리	계획		남은거리	진행거리	해발고도
Leon				310.3	464.7	844
Trobajo del Camino	3.9			306.4	468.6	840
Valverde de la Virgen	8.3			298.1	476.9	892
Villadangos del Paramo	9.1			289	486.0	895
San Martín del Camino	4.5	18일	25.8	284.5	490.5	866

(단위 : 거리 km, 고도 m)

부르고스에서 레온까지 4일간 약 190km의 '준비되지 않은 자전거 여행'을 마치고, 호스텔에서 어제 오후부터 오늘 아침까지 저녁 식사를 하는 시간 외에는 푹 자고 일어났다. 아직은 여파가 있긴 하지만, 산 마르틴 델 카미노(San Martín del Camino)까지 천천히 걸을 생각이다.

레온에서 카미노는 노시의 서쪽을 흐르는 베르네스히(Berncsga) 강을 건너, 케베도 공원(Parque Quevedo) 앞을 지나고 레온의 서쪽에 맞닿아 있는 도시인 트로바호 델 카미노(Trobajo del Camino)로 간다. 카미노 표지를 따라 주택가를 지나 경사가 있는 마을의 외곽으로 가다 보면 언덕의 흙을 파고 만들어진 독특하면서도 오래된 집들이 여럿 보인다. 사람이 거주하고 있는 듯이 입구가 깔끔하게 치장된 곳도 있다. 길은 더 좁아지면서 비포장 길로 들어서고 오래된 공장 터, 멀리 새로 들어서는 공장 등 다소 황량하고 산만한 느낌을 주는 비포장 길을 한동안 지난 후 4차선 도로인 N-120 도로를 만난다. 교통량이 많은 N-120 도로를 따라 자동차 소음, 매연과 함께 라 비르헨 델 카미노(La Virgen del Camino) 마을의 갈림길까지 계속 걷는다. 레온 시내에서 이곳까지는 버스를 이용하는 것도 좋은 방법일 듯하다.

라 비르헨 델 카미노 마을의 성당 앞에서 카미노는 N-120 도로를 횡단해 도로 왼쪽 아래로 들어선다. 오래된 샘터 유적지를 지나 조금 가면 카미노가 2개로 나뉜다. 왼쪽으로 가면 비야르 데 마사리페(Villar de Mazarife)를 거쳐 간다. 직진하면 비야당고스 델 파라모(Villadangos del Paramo)를 거쳐 가는 길이다. 두 루트의 거리는 엇비슷하고 오스피탈 데 오르비고(Hospital de Órbigo)에서 만난다.

오늘 예약한 숙소가 산 마르틴 델 카미노 마을 입구에 있어서 직진 방향인 N-120 도로 옆 아래로 난 길을 걷는다. 비포장 좁은 길을 걷다 보면 커다란 교차로에서 도로를 따라 우회하듯 걷다가 도로 통로를 지난다. 다시 N-120 도로를 만나 도로를 따라 걷다 보면 성당의 오래된 종탑이 우뚝 서 있는 발베르데 데 라 비르헨(Valverde de la Virgen)마을에 이른다. 마을 입구의 바르는 여행자로 붐비고, 우리나라 사람들도 여럿이 이곳에서 휴식을 취하고 있는 모습이다.

발베르데 데 라 비르헨 마을을 벗어나 N-120 도로를 따라 가면 산 미구엘 델 카미노(San Miguel del Camino) 마을에 이른다. 마을을 벗어나면 드넓은 들판이 펼쳐진다. N-120 도로를 따라 자동차 소음과 함께 다소 지루하게 여겨지는 길을 약 4km쯤 걷다 보면, 오른쪽의 N-120 도로 너머로 넓은 공장지대와 마을(Urbanizacion Camino Santiago)이 이어진다. 정면으로 멀리 있는 비야당고스 델 파라모(Villadangos del Paramo) 마을은 가까운 듯 보이지만 거리가 좀처럼 좁혀지지 않는다. 차라도 한 대가 지나가면 흙먼지를 뒤집어쓰는 비포장 길을 한동안 가다가 알베르게와 휴게소가 있는 교차로, 고속도로 진입 교차로 등을 건너 N-120 도로 옆으로 간다.

비르헨 델 카미노 마을 유적 / 발베르데 데 라 비르헨 마을 성당

오래된 좁은 포장도로를 조금 걷다 보면 비야당고스 델 파라모 마을 입구에 이르고, N-120 도로를 건너 한적한 마을 안쪽 길을 한동안 지난다. 마을을 벗어나 낮은 언덕을 내려서면 짧은 숲을 지난다. 숲길이 끝나고 다시 N-120 도로를 건너, 산 마르틴 델 카미노(San Martín del Camino) 마을까지 약 3.5km에 달하는 직선도로의 왼쪽을 따라 수로와 나란히 걷는다. 광활한 들판에서 3.5km의 직선도로는 마을이 눈앞 가까이에 있는데도 거리가 전혀 좁혀지지 않는 묘한 희망고문으로 발걸음을 무척 더디게 하고, 동반한 자동차 소음은 피로도를 급격하게 올리는 구간이다.

오늘과 내일 걷는 레온에서 아스토르가(Astorga)까지 루트는 N-120 도로를 따라 계속 가는 길인데, 인근에 고속도로가 개통되어 교통량이 많이 줄었다고는 하지만, 여전히 차들이 많고 도로 옆 또는 가까이에 보행자 길이 있어 소음과 매연을 피할 수 없다. 때문에 레온 시내를 벗어나는 시가지, 공장지대, 자동차 소음, 많은 차들이 다니는 도로에 접한 길의 안전 등을 고려해 보면 이 구간에서는 버스를 이용하는 것도 좋은 대안이 될 수 있다.

산 마르틴 델 카미노에서 숙소는 마을 입구에 위치한 알베르게이다. 방은 깔끔하고 모든 알베르게가 그렇듯 부직포로 된 침대와 베게 커버를 제공해 주고 있다. 관리인들은 매우 친절했고 저녁 식사는 알베르게 내에서 모두가 모여 함께 하는 방식이다.

N-120 도로 옆길을 따라가는 길이 대부분이라 소음 매연 등으로 버스 이용도 좋을 듯하다.

19일 차 : 산 마르틴 델 카미노 → 산 후스토 데 라 베가

지명	구간거리	계획/실행		남은거리	진행거리	해발고도
San Martín del Camino				284.5	490.5	866
Puente de Orbigo	6.8	·	·	277.7	497.3	823
Hospital de Orbigo	1.1	·	·	276.6	498.4	822
San justo de la Vega	12.3	19일	20.2	264.3	510.7	849
Astroga	3.8	·	·	260.5	514.5	873

(단위 : 거리 km, 고도 m)

일찍 출발하려는 옆 침대의 부스럭거림에 잠이 깨, 다른 날보다 이른 시각에 산 마르틴 델 카미노(San Martín del Camino) 마을 입구에 위치한 숙소를 나선다. 오늘도 어제처럼 종일 N-120 도로를 따라갈 예정이다.

아직 가로등이 켜져 있는 마을 중심을 지나 마을 외곽의 수로를 건너면, 오른쪽으로 우회한 듯하다가 다시 N-120 도로 옆으로 난 비포장 길을 걷는다. 드넓은 들판 사이의 직선도로 오른쪽 옆으로 난 길을 자동차 소음과 함께 약 6km쯤 가면 도로 건너편에 자동차공장이 보이고, 갈림길에서 오른쪽인 푸엔테 데 오르비고(Puente de Orbigo) 마을 방향으로 걷는다.

오른쪽 길로 들어서면 앞쪽에 붉은 벽돌로 높이 쌓아 올린 원형 건물이 우뚝 덩그러니 서 있는데, 오래된 유적은 아닌 듯하며 안내판은 찾지 못했다.

푸엔테 데 오르비고 마을에 들어서면, 오르비고(Orbigo)강을 사이로 서로 마주하고 있는 오스피탈 데 오르비고 마을 사이에 오래된 석조 다리 푸엔테 데 오르비고 파소 온로소(Puente de Órbigo Paso Honroso)가 놓여 있다. 길이가 약 300m쯤 되고 아치 교각이 20개가 넘는 아름답고 오래된 이 석조 다리는 '명예로운 걸음의 다리'를 뜻하고, 중세의 기사인 돈 수에로 데 퀴노네스가 사랑의 약속을 지키기 위해 결투를 치른 이야기에서 다리의 이름이 유래되었다고 한다.

아름다은 석조 다리를 건너면 오스피탈 오르비고(Hospital de Orbigo) 마을에 이르고, 마을을 벗어나면 카미노가 2개이다. 갈림길에서 오른쪽으로 가면 비야레스 데 오르비고(Villares de Orbigo), 산티바녜스 데 발데이글레시아스(Santibanez de Valdeiglesias) 마을 등을 거쳐 가는 길이다. 들판으로 직진하면 N-120 도로를 따라 계속 가는 길인데, 10 ㎞ 이상 마을이 없으므로 이곳에서 식수와 간식을 챙겨야 한다. 두 길은 산 후스토 데 라 베가(San Justo de la Vega)에서 만난다.

두 오르비고 마을을 잇는 다리 / 도로 옆을 계속 걷는다.

오스피탈 오르비고 마을 출구 갈림길에서 대부분의 여행자가 N-120 도로를 따라가는 코스인 들판으로 직진하는 모습이다. 들판을 조금 걷다 보면 이내 N-120 도로를 만나고 도로 오른쪽 옆으로 난 좁은 길을 걷는다. 한동안 걷다가 회전교차로를 지나는 갈림길을 지날 즈음 빗방울이 내려 비옷을 입고 걷는다. 부슬부슬 내리는 비에 일부 여행자는 방수가 되는 상의를 입고 배낭 커버만 씌워 걷는 모습이 많다. 도로 오른쪽을 따라가다 보면 다시 회전교차로를 만나고, 노도를 횡난한 다음 도로 왼쪽을 따라 걷게 되며 낮은 구릉이 계속된다.

카미노는 N-120 도로를 따라 왼쪽 오른쪽으로 옮겨 가면서 계속 걷는다. 한동안 걷다가 N-120 도로의 산 후스토 데 라 베가 마을 진입 표지판 부근에서 도로와 점점 멀어진다.

한동안 비포장 길을 걷다 보면 멀리 길 끝 부근에 돌 십자가(Crucero de Santo Toribio)가 보인다. 돌 십자가가 있는 언덕에서는 언덕 아래 산 후스토 데 라 베가 마을은 물론 들판 건너 아스토르가(Astorga) 시내와 대성당까지 훤히 조망된다.

가파른 언덕을 내려서면 마을 입구에서 N-120 도로를 다시 만나고, 물 마시는 순례자 조형물이 있는 쉼터에 이른다.

N-120 도로를 따라가는 길 / 마을 입구의 순례자 조형물

이곳 쉼터에서 오늘 여정을 어디까지로 할 것인지에 대해 잠시 고민을 한다. 오늘은 아스토르가까지 24km, 내일은 라바날 델 카미노(Rabanal del Camino)까지 20km를 걸을 생각이다. 다만, 오늘 후반부인 이곳에서 아스토르가 사이 약 3.8km는 오늘과 내일 어느 곳에 일정을 넣어도 되는 유동적인 구간으로 생각했다. 그리고 아스토르가에는 대형 공립 알베르게를 비롯해 숙소의 선택 폭이 넓어 예약을 하지 않고 출발했다.

잠시 고민 끝에, 산 후스토 데 라 베가 마을을 지나는 동안 적절한 숙소가 있으면 이곳에서 숙박하면서 오늘 걷는 거리를 줄이는 것이 좋겠다고 결론을 내렸다. 더욱이 팜플로나, 로그로뇨, 부르고스, 레온 등 도시를 지나면서 느낀 바로, 도시 진입이나 출구 지역은 대체로 공장지대이거나 교통량이 많은 도로를 따라가는 경우가 많아 도보 여행자에게는 피하고 싶은 구간이라고 여겨진다. 아스토르가도 투에르토(Tuerto)강을 건너면 공장지대를 지나 바로 시내로 이어지는 구간이다.

산 후스토 데 라 베가 마을 도로변의 한 호스텔이 깨끗하고 괜찮은 조건이어서 이곳에서 숙박하고 내일 좀 더 걷기로 한다.

20일 차 : 산 후스토 데 라 베가 → 라바날 델 카 미노

99

지명	구간거리	계획		남은거리	진행거리	해발고도
San justo de la Vega				264.3	510.7	849
Astroga	3.8			260.5	514.5	873
Murias de Rechivaldo	4.7			255.8	519.2	881
El Ganso	8.7			247.1	527.9	1016
Rabanal del Camino	6.9	20일	24.1	240.2	534.8	1152

(단위 : 거리 km, 고도 m)

어제 오늘로 미룬 아스토르가(Astorga)까지 3.8km가 추가되어 당초 걷는 거리가 늘어났다. 천천히 걸을 요량으로 매우 이른 아침에 길을 나선다. 가로등이 있는 마을을 벗어나면 다소 어두움이 깔린 강을 건너고, 빠른 걸음으로 공장지대를 지나 아스토르가 시가지로 들어선다.

아스토르가는 기원전 로마 시대에 건설된 도시로 로마 성벽, 대성당, 주교궁 등 오래된 유석이 많다. 오래진에는 스페인 남부 안달루시아 지역에 오는 카미노인 '은의 길(Via de la Plata)'이 이곳에서 합류되기도 했지만 지금은 이곳을 지나지 않는다. 아스트로가 주교궁(Palacio Episcopal de Astorga)은 유명한 건축가인 가우디의 작품으로 알려져 있고 홍보하고 있으나, 실제는 가우디가 교구 측과 갈등으로 일부만 초기 건축만 하다가 중단하고 대부분은 나중에 현지 건축가가 완성했다고 한다.

아스토르가 시내를 벗어나면 카미노는 포장도로를 따라 걷는다. 드넓게 펼쳐진 들판 너머로 산맥이 길게 우뚝 솟아 있는 모습이다. 내일 폰세바돈(Foncebadon)으로 올라 저 산맥의 고개(1,504m)를 넘어야 한다. 드넓은 이 지역은 황토 토양과 기후가 좋은 곳으로 중세 '은의 길'을 따라 걸어온 스페인 남부 이슬람 후손들이 살았기 때문에 마라가테리아 지역이라 부른다.

포장도로를 따라 한동안 가다 보면 발데비에하스(Valdeviejas) 마을 입구 교차로에 이른다. 교차로 한쪽에 작은 교회인 에르미타 델 산토 크리스토(Ermita del Santo Cristo)가 자리하고, 카미노는 정면의 고가도로 위로 걷는다.

아스트로가 대성당 / 발데비에하스 마을 입구 작은 교회

고가도로를 지나 포장도로 오른쪽 왼쪽으로 한동안 걸으면 무리아스 데 레치발도(Murias de Rechivaldo) 마을에 이른다.

무리아스 데 레치발도 마을을 벗어나 들판에 곧게 뻗은 비포장 길을 약 2.3k쯤 걷고, 포장도로를 만나 오른쪽으로 난 길을 약 2km쯤 더 걸으면 산타 카탈리나 데 소모사(Santa Catalina de Somoza) 마을에 이른다. 산타 카타리나 데 소모사 마을은 구릉의 넓은 사면에 위치해 있는데, 해발고도가 980m쯤이다. 마을 입구의 한 바르 앞에는 태극기가 걸려 있어 이채롭다.

산타 카타리나 데 소모사 가는 길 /
산타 카타리나 데 소모사 한 바르에 걸린 태극기

산타 카타리나 데 소모사 마을 서쪽으로 나가면 구릉의 사면에 곧게 뻗은 포장도로 옆으로 난 한적한 비포장 길을 걷는다. 다음 마을인 엘 간소(El Ganso)까지는 약 4.5km이다. 오늘 목적지인 라바날 델 카미노(Rabanal del Camino) 마을의 해발고도가 약 1,150m쯤이므로 다음 마을인 엘 간소를 지나서도 계속 고도를 서서히 높여 가야 한다.

카미노는 엘 간소 마을을 벗어나 포장도로를 따라 구릉성 야산으로 난 지루하게 느껴질 수 있는 비포장 길을 약 5.5km쯤 서서히 오르면 오른쪽으로 군 비행 시설이 보인다. 낮은 경사가 있는 길을 약 1.5km쯤 더 오르면 목적지인 라바날 델 카미노 마을이다.

라바날 델 카미노 마을 서쪽에는 12세기에 지어진 소박한 성모승천성당이 자리하고 있다. 한적하고 작은 마을에는 지도상의 숙소만 해도 9개나 된다. 내일 폰세바돈(Foncebadon)을 넘을, 또는 오늘 폰세바돈까지 가는 여행자들로 북적이는 모습이다.

오늘 숙소는 마을 남쪽 도로변에 위치한 알베르게로, 20개의 2층 침대

가 한 공간에 가득 들어차 40명을 수용할 수 있는 넓은 방을 비롯해 규모
가 큰 곳이다. 알베르게에서는 식사를 주문할 수 있는데, 우리나라 사람들
이 좋아할 라면과 김치, 밥 등도 주문받고 있다. 다른 숙소에 머무는 우리
나라 여행자들도 이곳에 와서 저녁을 먹고 가는 모습이다.

도로 옆으로 걷는 라바날 델 카미노 가는 길 /

라바날 델 카미노 마을의 한 알베르게 메뉴판

21일 차 : 라바날 델 카미노 → 몰리나세카

99

지명	구간거리	계획		남은거리	진행거리	해발고도
Rabanal del Camino				240.2	534.8	1152
Foncebadon	5.6			234.6	540.4	1431
Cruz de Ferro	2.2			232.4	542.6	1495
El Acebo	9.3			223.1	551.9	1139
Molinaseca	8.1	21일	25.2	215	560.0	585

(단위 : 거리 km, 고도 m)

오늘은 해발 1,152m인 라바날 델 카미노에서 출발해 폰세바돈 (Foncebadon)을 지나 해발 1,495m인 철 십자가(Cruz de Ferro)를 넘어야 해서 고도를 약 340m 올려야 한다. 이후에 해발 585m인 몰리나세카(Molinaseca)까지 고도를 다시 910m나 내려야 하는 업•다운이 매우 심하고 거리도 25km가 넘는 힘든 구간이다.

마음을 단단히 하고 어둠이 가시지 않는 이른 아침에 길을 나서 어둠 속에 나 홀로 걷는다. 산등성이로 난 포장도로 오름을 한동안 걷다 보니 마을에서 나오는 비포장 길과 만나는 교차로에 이르렀는데도 인기척이 없다.

교차로에서 포장도로 왼쪽 아래로 난 좁은 길을 한동안 걷다가 도로를 건너 도로 오른쪽 위로 난 길을 걷는다. 완만하게 경사가 진 길을 조금 더 가면 쉼터가 있다. 주변은 훤해지고 쉼터에서 휴식을 취하고 있으니 아래쪽에서 인기척이 들린다. 카미노는 쉼터를 지나 포장도로 오른쪽 언덕 위로 난 좁은 길을 따라 완만한 오름이 계속된다. 길 주변에는 키 작은 나무들이 아름다운 색깔의 꽃들로 자태를 한껏 뽐내고 있다. 키 큰 나무들 대부분은 연둣빛 털들이 나무에 기생하는지 나무에서 나오는지 알지 못하지만, 나뭇가지 끝까지 가득한 모습이 이채롭다. 고도가 더 높아지면서 납작 엎드린 키 작은 나무들만 이 계절의 화려함을 보여 주면서 자리하고 있다.

산등성이를 한동안 걷다 보니 폰세바돈 마을이 보인다. 해발 1,430m에 위치한 폰세바돈은 10세기에 레온 왕국의 라미로 2세가 종교회의를 했고, 11세기경에 가우셀모가 순례자 병원을 세웠다고 전해지는 산티아고 순례길의 주요 거점이었다. 중세 이후 순례자가 줄어들면서 허물어져 가는 산골 마을이었다가 산티아고의 길을 찾는 사람들이 많아지면서 활기를 되찾고 있다. 폰세바돈에서 엘 아세보까지는 11.5km이고, 여러 깃발이 휘날리는 독특한 모습의 마하린 산장을 제외하면 마을이 없다.

폰세바돈 마을에서 경사가 조금 있는 비포장 길을 오르다 보면 포장도로를 만난다. 도로를 건너 도로 오른쪽으로 난 좁은 길을 한동안 걸으면 해발 1,495m에 위치한 철 십자가(Cruz de Ferro) 모습이 눈에 들어온다. 긴 언덕을 오르면서 뒤를 돌아다보면 폰세바돈 마을을 포함해 긴 언덕 아래로 펼쳐지는 주변의 풍경은 장관이다. 폰세바돈 마을에서 해발 1,495m에 위치한 철 십자가까지 약 2.2km이다. 철 십자가는 가우셀모가 이곳에 십자가를 세우면서 중세 순례자들이 고향에서 가져온 돌을 봉헌하기 시작했다.

라바날 델 카미노 ― 폰세바돈 구간 / 철 십자가(Cruz de Ferro)

철 십자가부터 몰리나세카(Molinaseca)까지는 긴 내리막길을 14.4km 나 걸어야 한다. 고도를 910m 내리는 구간으로 전체적으로 보면 완만한 내리막으로 보이지만, 몇몇 곳에서는 급경사 내리막도 있다. 내리막길에서는 무릎이나 발목 부상에 주의해야 하고 발가락이 신발 앞쪽으로 밀려 불편해지는 상황도 유의해야 한다.

고갯마루에서 포장도로 옆으로 난 좁은 길을 따라 완만한 경사로를 약 2km쯤 내려서면 높고 굵직한 산등성이를 가진 산군들의 조망이 열리고 만하린(Manjarin)에 이른다. 만하린 마을은 폐허가 된 집터들과 몇몇 오래된 건물만 있는 마을 아닌 마을로, 몇몇 국기 등 여러 깃발이 휘날리는 만하린 산장(Refuge Manjarin)이 독특한 모습으로 자리하고 있어 눈길을 끈다.

폰세바돈 고개(1504m) / 만하린 마을

만하린 산장을 지나 포장도로 왼쪽으로 들어서고, 도로 언덕 아래로 난 좁은 길을 구불구불 걷는다. 길 양편으로 키 작은 나무와 풀들이 만들어 준 아름다운 꽃들의 향연이 계속되고, 걷는 길 왼쪽으로는 깊은 골짜기가 보이며 그 너머로 굵직한 산군들이 자리하고 있어 조망이 아름답다. 앞쪽

산등성이 마루에 방송 중계탑이 보이는데 중계탑 옆으로 넘어가야 해서
포장도로를 횡단해 도로 오른쪽 언덕 위로 난 길을 올라야 한다.

중계탑 입구를 지나면 완만한 내리막이 한동안 이어지다가 경사가 심
해지고 다시 완만하다가 급경사 내리막을 걷는데, 산 아래 엘 아세보(El
Acebo) 마을과 멀리 폰페라다(Ponferrada)까지 보인다. 가파른 언덕을
걷는 동안 훤하게 열린 조망이 좋으나 자갈이나 돌출된 돌 등 거친 길이
많고 내리막길이어서 부상에 유의해야 한다.

아름다운 조망을 보며 긴 내리막을 걷는 철 십자가-엘 아세보 구간

포장도로를 횡단해 다시 가파른 내리막길을 계속 걷다 보면 엘 아세보
마을 뒤 언덕 위에 이르고, 이곳에서는 마을을 한눈에 조망할 수 있고, 급
경사를 내려서면 엘 아세보 마을이다.

여행자들로 북적이는 엘 아세보 마을을 지나 출구에 이르면 포장도로
를 건너 노란 화살표를 따라 오른쪽 비포장 좁은 길로 들어선다. 평지를
걷듯이 완만한 오름을 한동안 가다가 이내 급경사인 긴 내리막이 이어진
다. 이어 완만한 경사를 더 걸으면 포장도로를 만난다. 도로 왼쪽 언덕 아
래로 난 길을 한동안 가면 중세부터 켈트인들이 살았다고 알려진 리에고

데 암브로스(Riego de Ambros) 마을에 이른다. 엘 아세보, 리에고 데 암브로스 등 지나가는 마을마다 택시 광고가 여러 곳에 부착되어 있는 모습이다.

리에고 데 암브로스에서 몰리나세카(Molinaseca)까지 4.7km는 고도를 330m나 내리는 급경사와 완만한 경사가 혼재된 긴 내리막이다. 마을을 벗어나자마자 돌출된 거친 바위 위로 난 내리막길을 한동안 걷는다. 20km 이상의 긴 거리를 걸어온 후이므로 더욱 조심해서 걸어야 한다.

계속해서 완만한 산길을 걷다가 포장도로를 건너면서 거친 길, 완만한 길, 경사진 비탈 등을 계속 내려간다. 곳곳의 거친 돌길 등 비탈진 언덕을 한동안 더 내려오면 포장도로와 가까워지다 이내 만나 몰리나세카 마을에 이른다.

몰리나세카 마을로 들어서는 절벽 앞에는 앙구스티아스(Angustias) 성당이 자리하고, 메루엘로(Meruelo)강에 놓인 몰리나세카 다리를 건너면 산 니콜라스 성당이 있으며 마을 중심으로 들어선다.

몰리나세카 마을은 작은 마을임에도 많은 여행자로 북적이는 모습이다.

엘 아세보 마을 / 몰리나세카로 들어서는 석조 다리

22일 차 : 몰리나세카 → 카카벨로스

지명	구간거리	계획		남은거리	진행거리	해발고도
Molinaseca				215	560.0	585
Campo	4.3			210.7	564.3	531
Ponferrada	3.4			207.3	567.7	544
Columbrianos	5.5			201.8	573.2	521
Camponaraya	5			196.8	578.2	491
Cacabelos	6.1	22일	24.3	190.7	584.3	483

(단위 : 거리 km, 고도 m)

※ 산티아고 순례길 인증서 발급은 자전거의 경우 최소 200㎞ 이상 달려야 하는데, 작은 도시인 폰페라다(Ponferrada)가 약 207㎞ 지점이다.

몰리나세카(Molinaseca) 외곽을 벗어나 포장도로 옆으로 난 길을 한 동안 가면 파트리시아(Urb. Patricia) 마을 입구에 이르고, 도로를 건넌 후 마을 남쪽으로 난 비포장 좁은 길로 들어선다. 긴 언덕을 내려서면 마을과는 멀어지고 다시 언덕을 올라서면 멀리 폰페라다(Ponferrada) 시내가 조망되면서 이내 캄포(Campo) 마을을 지난다. 캄포 마을을 벗어나면 들판 사이로 난 포장도로를 걷게 되는데, 오른쪽으로 폰페라다 시내가 보이고 왼쪽으로는 멀리 굵직하게 흐르는 아름다운 산맥이 조망된다.

몰리나세카 출구에 위치한 순례자 조형물 / 캄포-폰페라다 구간에서 조망

캄포 마을에서 약 2.5km쯤 걷다 보면 폰페라다 외곽의 보에사(Boeza)강에 설치된 석조교인 보에사 다리(Puente Boeza)가 나온다. 보에사 다리를 건너기 전과 후에 5번 버스정류장이 있는데 시내로 들어가는 버스이다.

보에사 다리를 건너면 카미노가 2개로 나누어진다. 왼쪽으로 가면 철도 아래를 지나고, 직진하면 철도 위를 지나게 되는데, 폰페라다 성(Castillo de los Templarios)과 산 안드레스 성당(Iglesia de San Andres)에서 만난다. 템플기사단의 도시로 알려진 폰페라다성은 13세기에 템플기사단이 지배하던 곳으로 실(Sil)강의 절벽 위에 부드러운 곡선의 성벽을 두르고 있다.

보에사 다리(Puente Boeza) / 폰페라다성과 마주한 산 안드레스 성당

폰페라다성 앞에서 카미노 표시가 오른쪽이었는데 무심코 큰길을 따라 실(Sil)강의 다리를 건너 깨끗하고 정돈된 모습을 지닌 폰페라다 도심으로 들어섰다. 두 번째 회전교차로 이정표에서 '산티아고의 길 도로(C. Cam. de Santiago)'가 보여 곧게 뻗은 도로를 계속 걷는다.

30여 분쯤 외곽의 한적한 시가지 큰 도로를 따라 걷다 보니 예상했던 콜룸브리아노스(Columbrianos) 마을이 아닌 콰트로 비엔토스(Cuatro Vientos) 마을이다. 필그림(Pilgrim) 앱과 구글 지도를 켜 놓고 살펴보니 폰페라다성 앞에서 시내를 거쳐 '산티아고의 길 도로'로 들어선 것이 거리를 조금 단축해 준 상황이다.

계속해서 큰 도로를 따라 3.8km쯤 걷다 보니 캄포나라야(Camponaraya) 마을 직전에 콜룸브리아노스 마을에서 오는 카미노와 만나게 된다. 이어서 다소 북적이는 캄포나라야 마을을 지나고, 마을 외곽으로 나가 한동안 걷다 보면 A-6 고속도로 교차로 위를 지나게 된다.

교차로를 지나 광활하게 펼쳐진 낮은 구릉을 완만하게 오르내리며 걷

는다. 드넓은 구릉에는 포도밭이 가득하고 포도밭 사이로 난 한적한 비포
장 길을 계속 걷는다. 길에는 크고 작은 배낭을 메거나 간편 차림으로 걷
는 여행자들 외에 작은 수레를 허리춤에 연결해 끌고 가는 여행자들 여럿
이 함께 가는 모습이 이채롭다. 포도밭 사이로 한동안 걷다가 포장도로를
건너고 이어 좁은 포장도로를 따라 카카벨로스(Cacabelos)까지 걷는다.

카카벨로스 가는 길

카카벨로스 마을은 인근에서 규모가 꽤 큰 곳으로, 일요일 낮이어서인
지 많은 현지 주민이 모여 활기찬 모습이다. 더욱이 여행자들도 많아 음식
점들은 빈자리가 거의 없어 보인다. 저녁 시간이 되니 대부분의 가게가 문
을 닫고 여행자들만이 문을 연 음식점을 찾고 있다.

"

지명	구간거리	계획		남은거리	진행거리	해발고도
Cacabelos				190.7	584.3	483
Villafranca del Bierzo	7.5			183.2	591.8	527
Pereje	5.2			178	597.0	536
Trabadelo	4.5			173.5	601.5	562
Vega de Valcarce	6.8	23일	24	166.7	608.3	629

(단위 : 거리 km, 고도 m)

카카벨로스(Cacabelos) 마을 중심에서 쿠아강을 건너는 다리(Puente Mayor de Cacabelos)를 지나면 신고전주의 양식의 아름다운 킨타 앙구스티아스 성당(Iglesia de la Quinta Angustia)에 이른다. 이곳에는 카카벨로스 공립 알베르게도 함께 있다.

포장도로를 따라 구릉의 언덕을 오르면 피에로스(Pieros) 마을을 지나고, 언덕마루에 이르면 카미노는 2개로 나뉜다. 왔던 도로를 따라 계속 가는 방법이 있고, 오른쪽으로 난 도로를 따라 발투이예 데 아리바(Valtuille de Arriba) 마을 방향으로 가는 방법이 있다. 앞서가던 여행자들을 따라 갈림길에서 직진해 포장도로를 따라 걷는데, 얼마 가지 않아 발투이예 데 아리바 마을 방향으로 카미노가 있는 이유를 바로 알 수 있었다.

도로 옆으로 난 길이 매우 좁거나 도로 위로 걸어야 하는 경우도 여러 번 있다. 차량 통행이 적어 보이지만, 안전한 도보 여행을 위해서는 발투이예 데 아리바 마을 방향으로 우회하는 것이 좋겠다는 생각이 든다.

카카벨로스 다리 / 피에로스 마을 위 갈림길. 오른쪽 추천.

포장도로 옆 좁은 길 또는 도로 위로 약 2.5km쯤 걸으면 카미노 표시는 오른쪽으로 난 비포장 길로 안내하고 있다. 이곳에서 약 3.5km쯤 구릉의 포도밭 사이로 난 비포장 길을 오르내리면서 계속 걸으면 '스페인 하숙' 촬영지인 비야프랑카 델 비에르소(Villafranca del Bierzo) 마을이 보인다.

비야프랑카 델 비에르소 마을로 다가서면 경사진 긴 언덕을 내려가면서 마을 전체를 조망할 수 있다. 오른쪽 건너편 언덕에는 산 프란시스코 성당(Iglesia de San Francisco)이 우뚝 솟아 있고, 길 왼쪽으로 세월의 흔적이 가득한 오래된 산티아고 성당(Iglesia de Santiago)이 자리하고 있다. 조금 더 내려가면 돌벽을 두른 육중한 모습의 오래된 성채가 자리하고 있다. 16세기에 건축된 마르케스 후작의 궁전이다.

마을로 들어서면 오래된 건물들이 가득하다. 여행자들로 북적이는 좁은 포장도로를 따라 한동안 걷다 보면 방송을 통해 익숙한 모습의 마을 광장이 나오고, 이내 산 니콜라스 엘 레알 성당(Iglesia de San Nicolas El Real)에 이른다. 성당 건물 오른쪽 언덕을 따라 오르면 알베르게가 나오는데, 몇 해 전 인기리에 방송되었던 '스페인 하숙' 촬영지이다. 마을 광장도 그 프로그램에서 보았던 곳이다. 알베르게에는 우리나라 여행자들이 여럿 다녀오는 모습이다.

피에로스 마을 위 갈림길에서 왼쪽 길 / 비야프랑카 델 비에르소 마을 광장

오래된 건물들이지만 나름대로 잘 관리한 듯 보이는 비야프랑카 델 비에르소 마을 중심에서 나와 부르비아(Burvia)강을 건너는 비야프랑카 메디에발 다리(Puente medieval de Vilafranca)를 건너면 카미노는 2개로 갈라진다. 하나는 다리를 건너자마자 오른쪽 언덕의 좁은 길로 들어서서 산비탈을 걸어 프라델라(Pradela) 마을 방향으로 가는 방법이다. 다른 하나는 다리를 건너 발카르세(Valcarce)강 옆으로 난 도로를 계속 따라가는 방법이다. 앞서가던 여행자들의 대부분은 직진하여 도로를 따라가는 모습이다.

마을을 벗어나 발카르세강 옆으로 난 포장도로를 따라 걷는데 교통량이 많지 않다. '스페인 하숙'에서 보았던 풍경이다. 한동안 걷다 보면 A-6 고속도로 옹벽 아래로 같이 지나가는 N-6 도로를 만난다. 삼거리에서 오른쪽으로 접어들어 N-6 도로 옆으로 난 좁은 길을 계속 간다. 발카르세강 옆으로 걷다가 조금 멀어져 걷기를 계속하고, 산 중턱에 걸린 채 달리는 A-6 고속도로 아래를 몇 차례 지난다.

그렇게 삼거리에서 N-6 도로 옆길로 약 3.2km쯤 지루하다 싶게 걷다 보면 페레헤(Pereje) 마을을 지나고, 페레헤 마을에서 또 약 3㎞쯤 N-6 도로 옆길을 걸으면 도로에서 오른쪽으로 벗어나 한적한 도로로 접어든다. 약 1㎞쯤 가면 트라바델로(Trabadelo) 마을 외곽이다.

트라바델로 마을을 벗어나 다시 N-6 도로 옆길을 계속 걷다 보면 규모가 큰 주유휴게소를 지난다. 이어서 라 포르텔라 데 발카르세(La Portela de Valcarce) 마을을 지나 암바스메스타스(Ambasmestas) 마을로 들어가는 갈림길에 이른다. 트라바델로 마을 외곽에서 약 4㎞쯤이다.

N-6 도로에서 벗어나 좁고 오래된 포장도로를 따라 암바스메스타스 마을로 내려서 가다가, 마을을 지나 약간의 오름을 오르내리고 하늘에 걸린 A-6 고속도로 아래를 지나면 베가 데 발카르세(Vega de Valcarce) 마을이다.

베가 데 발카르세 마을은 규모에 비해 ATM 기기도 2곳이나 있을 만큼 여행자들이 많은 모습이다. 오늘 숙소는 마을 출구 쪽에 자리한 알베르게 인데, 청결한 실내와 공용 주방 그리고 여유로움이 묻어나는 풍경과 친절한 주인, 길 건너 2곳의 작은 슈퍼마켓 등 여행자들이 쉬기에 괜찮은 곳으로 보인다.

비야프랑카 델 비에르소 마을 출구의 조형물 /
베가 데 발카르세 마을까지 도로 옆을 걷는다.

24일 차 : 베가 데 발카르세 → 리나레스

지명	구간거리	계획/실행		남은거리	진행거리	해발고도
Vega de Valcarce				166.7	608.3	629
La Faba	7	·	·	159.7	615.3	906
O Cebreiro	4.9	·	(11.9)	154.8	620.2	1286
Linares	3.2	24일	15.1	151.6	623.4	1222

(단위 : 거리 km, 고도 m)

산티아고의 길의 여러 루트 가운데 약 800km에 이르는 프랑스 길(Camino Francés)을 걸으면 해발 1,000m가 넘는 고개를 4번 지나야 한다. 콜 데 레푀데르(Col de Lepoeder, 1,429m), 알토 데 라 페드라하(Alto de La Pedraja, 1,150m), 푸에르토 데 폰세바돈(Puerto de Foncebadon, 1,504m) 등 3곳은 지나왔고, 오늘은 네 번째인 알토 도 포이오(Alto do Poio, 1,334m)가 위치한 고원지대의 오 세브레이로(O Cebreiro, 1,286m)까지 가야 한다.

오늘은 고도를 약 660m쯤 올려야 해서 다른 날에 비해 걷는 거리를 많이 줄여 약 15km쯤만 걷기로 한다. 알베르게가 마을 출구에 있어 마을을 벗어나면 곧장 숲이 가득하고 한적한 포장도로를 걷게 된다. 한동안 걷다 보면 산꼭대기에 걸린 A-6 고속도로의 거대한 다리 2개가 보이고, 이어서 N-6 도로를 만나 루이텔란(Ruitelan) 마을을 지난다. 루이텔란 마을에는 12세기 로마네스크 양식의 산 프로일란 소성당(Capela de San Froilán)이 있다.

조용한 루이텔란 마을에서 N-6 도로를 따라가다가 왼쪽 좁은 포장도로로 들어서면 라스 에레리아스(Las Herrerias) 마을 입구이다. 스페인어로 대장간을 뜻한다는 라스 에레리아스 마을은 좁은 도로를 따라 길게 이어져 있고, 마을의 한 바르는 여행자들로 북적인다.

라스 에레리아스 마을에서 다음 마을인 라 파바(La Faba)까지는 고도를 220m쯤 올려야 한다. 마을을 벗어나 작은 다리를 건너면서 좁은 포장도로를 계속 걷는다. 경사도가 점점 높아지는 가파른 오름을 한동안 오르다 보면 도로 바닥에 카미노를 알리는 여러 표시가 그려져 있고 왼쪽으로 난 좁은 갈림길이 보인다. 도로 위의 표시는 자전거 여행자의 경우 포장도로를 계속 가야 되고, 도보 여행자는 왼쪽으로 난 좁은 길로 가라고 안내하고 있다. 자전거 여행자가 왼쪽 좁은 길로 들어서면 라 파바(La Faba) 마을까지 고행의 시간이 될 수도 있다. 실제 계곡 길로 라 파바 마을까지

가는 동안 그 많던 자전거 여행자를 한 명도 보지 못했다.

자전거는 반드시 오른쪽으로 가야 한다. / 라 파바 마을

포장도로 갈림길에서 왼쪽으로 난 좁은 숲길로 들어서면 계곡을 따라 1.2km쯤 가파른 오름을 오르는데, 높은 구릉 위에 자리 잡은 한적한 마을인 라 파바에 이른다. 해발 1,300m가 넘는 굵직한 산맥에서 해발 900m쯤인 구릉 위에 자리한 라 파바는 작고 한적한 마을인데도 여행자들로 북적이는 모습이다.

라 파바 마을을 벗어나 카스티야 이 레온(Castilla y Leon) 지방의 마지막 마을인 라 라구나 데 카스티야(La Laguna de Castilla) 마을까지는 비탈진 언덕길을 약 2.4km쯤 오르면서 고도를 약 250m쯤 올린다. 고도가 높은 비탈진 긴 언덕에는 큰 나무들이 없어 산 아래로 펼쳐지는 조망이 훤하게 열린다. 굵직한 산맥의 높은 산과 깊은 계곡, 구릉과 민둥한 산등성이를 가득 채운 키 낮은 수목들이 어우러지는 풍경이 아름다운 모습이다.

뒤돌아본 아름다운 풍경을 보면서 힘을 내어 비탈진 언덕을 한동안 오르다 보면 라 라구나 마을에 이른다. 레온 지방의 마지막 마을인 라 라구나는 해발 1,156m의 고산지대에 위치한 한적한 목축 마을이다. 마을 뒤로 하늘과 맞닿은 산등성이가 가깝게 이어지는데, 왼쪽 위 방향이 오 세브레이로(O Cebreiro, 1,286m)이고 고도를 아직도 약 130m나 더 올려야 한다. 하지만 도보 거리가 약 2.5km쯤이어서 경사가 심한 오름은 아니다.

라 파바에서 바라본 라 라구나 방향 / 라 라구나 마을 가는 길

　라 라구나 마을을 벗어나 오래된 좁은 포장도로를 걷다 보면 왼쪽으로 좁은 비포장 길이 있는 갈림길에 이른다. 이곳 갈림길에서 어느 길로 가더라도 오 세브레이로에서 만나는데, 도보 여행자들 대부분과 일부 자전거 여행자들이 비포장 길로 들어서고, 많은 자전거 여행자들과 소수의 도보 여행자가 좁은 포장도로를 계속 가는 모습이다. 비포장 길 언덕 위쪽으로 난 좁은 포장도로에는 가끔씩 택시들이 운행하고 있어 도보 여행자들에게는 적절하지 않아 보인다.

　갈림길에서 비탈진 언덕의 허리를 따라 약 1.2km쯤 구불구불 한동안 오르다 보면 카스티야 이 레온(Castilla y Leon) 지방과 갈리시아(Galicia) 지방의 경계를 알리는 표지석이 자리하고 있다. 두 지방의 경계인 이곳부터 산티아고 데 콤포스텔라(Santiago de ompostela)까지 카미노는 지금까지 지나온 어느 지역보다 카미노 안내 표지석이 곳곳에 짧은 거리마다 설치되어 있고 길 또한 넓게 조성되어 있어 여행자들에게 편의를 제공해 주고 있다.

갈리시아(Galicia) 지방의 경계를 알리는 표지석 /
카스티야 이 레온주의 웅장한 산세

이곳에서 완만한 오름을 약 1km쯤 오르면 오 세브레이로(O Cebreiro)에 이르고, 산 아래로 펼쳐지는 카스티야 이 레온주의 웅상한 산세 조밍이 훤하다. 로마 시대 이전부터 존재했다는 오 세브레이로에 들어서면, 파요사 박물관(Palloza Museo), 산타 마리아 아 레알 성당(Santuario de Santa María a Real)이 눈에 들어온다. 스페인 민속 건축물 중에서 가장 오래된 것으로 알려진 파요사는 갈리시아 지방 전통 주거 형태로 켈트인들이 지었을 것으로 추정한다. 오 세브레이로는 작은 마을임에도 도보, 자전거, 자동차 여행자들까지 섞여 매우 북적이는 모습이다.

오 세브레이로 주변은 엇비슷한 높이를 가진 수많은 산이 모여 있는 고산지대의 구릉들이 펼쳐진 모습이다. 마을을 벗어나면 리나레스(Linares, 1,222m)까지는 여러 경로가 있다. 하나는 마을 북쪽을 지나는 LU-633

포장도로의 왼쪽 언덕 위로 나란히 걷는 방법이 있다. 또 하나는 마을에서 서쪽 산봉우리 비탈을 올랐다가 서서히 내려서는 방법이 있다. 자전거 여행자는 마을에서 남서쪽으로 난 도로를 따라가다 오른쪽으로 꺾어 산비탈 여행자들과 합류하는 방법도 있다. 많은 도보 여행자가 LU-633 도로와 나란하게 걷는 숲길로 들어선다.

오 세브레이로에서 리나레스 마을까지 약 3.2km는 완만한 내리막 비포장 길이지만 숲길이면서 넓고 잘 관리되어 있으며 카미노 표지석도 곳곳에 있다. 숲길을 계속 걷다가 리나레스 마을에 도착하기 직전에 비탈길을 내려오는 길과 만나는데, 이 길은 오 세브레이로에서 비탈을 올랐다가 내려오는 경로이다.

리나레스는 알베르게와 작은 슈퍼가 각각 1개씩 있는 매우 작은 마을이다. 길 건너 슈퍼에서 간단한 저녁 식사를 할 수 있지만 대부분 여행자는 숙소 내 주방에서 해결하는 모습이다.

오 세브레이 마을 / 해발 1,222m에 위치한 리나레스 마을

25일 차 : 리나레스 →
트리아카스텔라

"

지명	구간거리	계획		남은거리	진행거리	해발고도
Linares				151.6	623.4	1,222
Alto do Poio	5.3			146.3	628.7	1,334
Fillobal	8.8			137.5	637.5	964
Triacastela	3.8	25일	17.9	133.7	641.3	662

(단위 : 거리 km, 고도 m)

리나레스(Linares)에서 나와 숲길을 한동안 걷다 보면 산 로케 언덕 (Alto de San Roque)에 이른다. 이곳에는 바람을 뚫고 걸어가는 형상의 거대한 순례자 조형물이 있다.

순례자 조형물에서 도로를 건너 오른쪽으로 난 구릉을 내려서다 다시 오르면 오스피탈 데 라 콘데사(Hospital de la Condesa) 마을에 이른다. 9세기에 백작 부인인 콘데사가 순례자 병원을 지어 오스피탈 데 콘데사로 불린다고 한다. 한적한 마을을 벗어나 포장도로 오른쪽으로 난 좁은 길을 한동안 걷는다. 오른쪽 언덕 아래와 멀리 구릉 위로 펼쳐지는 초록으로 가득한 전원 풍경은 한 폭의 그림이다.

비포장 길을 약 1km쯤 더 오르면 포이오 언덕(Alto do Poio, 1,334m) 자락에 자리한 파도르넬로(Padornelo) 마을에 이른다. 주택이 몇 채밖에 없는 단출한 마을인 파도르넬로 마을에서 포이오 언덕 정상까지는 도보 거리로 약 400m로 가깝지만, 경사가 매우 높아 피로도가 큰 편이다.

　팍팍해지는 발걸음과 가쁜 숨을 몰아쉬다 보면 갈리시아 지방에서 가
장 높은 언덕인 포이오 언덕 정상에 이른다. 포이오 언덕 정상은 길 양쪽
에 알베르게를 겸한 휴게소가 하나씩 자리하고, 양쪽 방향으로 전망이 훤
하게 열려 조망이 좋다.

산 로케 언덕(Alto de San Roque) 조형물 / 포이오 언덕에 있던 경찰차

　포이오 언덕을 나서면 포장도로 오른쪽 언덕 위로 난 비포장 길을 해
발 1,283m인 폰프리아(Fonfria) 마을까지 약 3.4km쯤 걷는다. 길게 뻗
은 고원지대의 평탄한 길과 주변의 풍경은 포이오 언덕 오름의 힘듦을 감
싸 주듯 발걸음을 가볍게 해 준다. 폰프리아 마을을 벗어나도 포장도로 오
른쪽 위로 잘 관리된 완만한 흙길을 걷는데, 주변 풍경은 여전히 구릉에
초록이 가득한 모습이다. 약 1km쯤 걷다 보면 서서히 내리막이 시작되
고, 약 1.4km의 비탈진 언덕을 내려서면서 숲길을 지나면 오 비두에도(O
Biduedo) 마을에 이른다.

　오 비두에도 마을 입구의 한 바르에는 쉬어가는 여행자들로 북적이는
데, 농기구 등 폐기 자재를 이용한 조형물들을 전시해 두고 있어 눈길을
끈다. 오 비두에도 마을을 벗어나면 완만한 길을 걷다가 트리아카스텔라

(Triacastela)까지 본격적으로 긴 내리막길이 시작된다.

포이오 언덕-폰프리아 구간 /
오 비두에도를 지나면서부터 급경사 내리막이다.

오 비두에도에서 고도를 230m쯤 내리는 가파른 경사를 내려서면 피요발(Fillobal) 마을에 이르는데, 주택 몇 채가 있는 작은 마을이다. 마을을 벗어나 한동안 숲길과 비탈길을 걷다가 포장도로를 건너면 파산테스(Pasantes) 마을에 이른다. 조용하고 한적한 파산테스 마을을 벗어나 수령이 오래된 숲길로 이어진 아름다운 길을 걷는다. 한동안 걷다 보면 트리아카스텔라에 진입하기 전, 세월의 흔적이 물씬 풍기는 건물들과 나무들이 자리한 라밀 마을에 이른다. 라밀 마을은 시계를 거꾸로 돌려놓은 풍경이다.

오 비두에도에서 트리아카스텔라까지는 고도를 약 530m쯤 내리는 가파른 내리막길이고 자갈길, 미끄러운 길 등이 많으며 장시간 걸어왔기 때문에 발목과 무릎 부상에 유의해야 하는 구간이다. 다만, 고도가 높은 산등성에서 아래로 펼쳐지는 조망은 오늘 목적지인 트리아카스텔라는 물론 멀리 사리아(Sarria) 등 갈리시아의 루고(Lugo) 지역이 훤하게 조망되어 시각적인 보상이 이루어진다. 또한, 오래된 나무들 사이로 난 고즈넉한 숲 길도 몇몇 구간이 섞여 있어 여유롭게 걷는 시간을 가질 수 있다.

트리아카스텔라 방향 조망 / 트리아카스텔라 전 라밀 마을 입구 풍경

트리아카스텔라(Triacastela)는 해발 1,334m인 포이오 언덕을 넘어온 여행자들이 카미노의 주요 거점인 사리아(Sarria)를 가기 전에 쉬어갈 수 있는 마을 중 하나이다. 큰 마을이 아닌데도 10여 개의 숙소가 있을 만큼 여행자들이 마을 중심의 거리를 가득 메우고 있다.

99

지명	구간거리	계획		남은거리	진행거리	해발고도
Triacastela				133.7	641.3	662
San Xil	3.9			129.8	645.2	650
Fuela	6.5			123.3	651.7	664
Aguiada	3.2			120.1	654.9	500
Sarria	4.7	26일	18.3	115.4	659.6	443

(단위 : 거리 km, 고도 m)

트리아카스텔라(Triacastela)에서 사리아(Sarria)까지는 카미노가 2개다. 비탈을 오르는 산 실(San Xil)로 가는 방법, 오르비오강을 따라 사모스(Samos)로 가는 방법이 있다. 사모스를 지나가는 경로는 강을 따라 평지가 많고 사모스 수도원도 들를 수 있으나, 개발의 논리가 많이 작용되어 원래 아름다운 카미노가 퇴색되었다는 소문과 함께 거리가 약 7km쯤 더 있다.

갈림길에서 산 실로 가는 오래된 좁은 포장도로 숲길로 들어선다. 도로를 따라 약 1.7km쯤 한적하고 완만한 오름을 걷다 보면 산골 마을인 아발사(A Balsa)에 이른다.

아 발사 마을까지 가는 도중 3번의 갈림길이 나오는데 모두 카미노 표시를 보고 가면 된다. 두 번째 갈림길에서 카미노는 오른쪽으로 안내하고 있는데, 왼쪽 포장도로를 따라가더라도 약 2.3km쯤 지나면 아 발사 마을에서 올라오는 카미노와 만나게 된다. 세 번째 갈림길에서 마을로 가는 경우에는 마을에서 왼쪽으로 방향을 잡아야 한다.

아 발사 마을 출구 쪽에는 오래된 교회가 자리하고 있다. 카미노는 비탈진 좁은 길을 따라 계곡으로 들어서고 가파른 경사가 있는 숲길을 계속 간다. 길은 참호처럼 깊게 파여 있는 경우가 많고, 오른쪽의 개간된 건초용 풀밭이 없다면 심산유곡의 숲속을 걷는 느낌이다. 가파른 숲길을 한동안 오르면 아 발사 마을 오기 전 2번째 갈림길에서 왼쪽으로 났던 포장도로와 만난다. 포장도로를 따라가면 쉼터를 만나고 오름을 조금 더 가면 산 실 마을 외곽에 이른다.

산 실은 매우 작은 마을이고 카미노가 마을 외곽으로 난 도로를 따라가므로 여행자 편의 시설은 없어 보인다. 산 실 마을을 지나면서부터 포장도로를 따라 평지를 걷듯이 산등성이 허리를 감아 걷는다. 왼쪽으로는 산등성이 아래로 펼쳐지는 풍요로운 초록과 사리아강 건너 굵직한 산과 골까지 아름다운 조망이 훤하게 열린다. 한동안 산허리의 완만한 오르내림 포장도로를 약 1.8km쯤 걷다가 카미노는 오른쪽 좁은 숲길로 들어선다.

트리아카스텔라-아 발사 구간 / 아 발사(A Balsa) 마을

갈림길에서 고도를 150m쯤 내리는 가파른 숲속 비탈길을 한동안 내려서면 몬탄(Montán) 마을 입구에 위치한 오래된 산타 마리아 성당에 이른다.

몬탄 마을을 벗어나 언덕길을 한동안 내려서면 포장도로를 만나고 도로를 건너면 급경사 언덕 아래의 개울까지 내려선다. 낮은 구릉을 걷다 보면 다시 포장도로를 만나고 길옆에 위치한 바르는 여행자들로 북적이는 모습이다. 포장도로를 따라 조금 더 가면 푸렐라(Furela) 마을에 이른다.

소 배설물 향이 가득한 푸렐라 마을을 벗어나면 포장도로 옆으로 난 비포장 길을 계속 걷는다. 포장도로와 조금씩 멀어지다가 소 배설물 향이 물씬 풍기는 핀틴(Pintin) 마을에 이른다. 작은 마을의 한 바르에는 여행자들로 가득하다. 핀틴 마을을 벗어나면 곧게 뻗은 오래된 포장도로를 걷는데, 멀리 언덕 아래로 사리아(Sarria) 시가지가 눈에 들어온다.

핀틴(Pintin) 마을 주변 / 사리아 방향 조망이 훤하다.

포장도로 옆으로 난 숲길 등을 한동안 내려서고 이후 넓은 도로를 만나 회전교차로를 지나고 도로를 횡단하면 아귀아다(Aguiada) 마을 입구이다. 아귀아다 마을을 지나 외곽으로 나서면 사모스(Samos)를 거쳐 온 카미노와 만난다. 이곳부터 사리아까지는 낮은 구릉의 들판 사이로 난 포장도로의 오른쪽 옆 카미노를 계속 걷는 약 4.5km 이상의 단조로운 길이다.

카미노는 사리아 주요 시가지에 들어서기 전에 LU-633 도로를 건넌다. 멀리 앞쪽 언덕 위에 자리한 사리아 산타 마리아 성당(Iglesia de Santa María de Sarria)를 비롯한 오래된 구시가지가 눈에 들어온다. 사리아 강을 건너고 가파른 계단을 한동안 오르면 산타 마리아 성당 앞 '중세골목'에 이른다. 중세골목에는 호텔, 펜션, 알베르게 등 여러 숙소와 음식점, 상점 등이 좁은 골목에 밀집해 있고 수많은 여행자로 북적이는 모습이다.

아귀아다-사리아 구간. 도로 옆길을 걷는다. / 사리아 대성당으로 간다.

사리아는 오래전에도 카미노의 주요 거점 도시였다. 지금도 도보 여행자가 '산티아고의 길(Camino de Santiago)' 인증서를 받으려면 도보로 최소 100km 이상을 걸어야 해서, 115km 지점에 위치한 사리아에는 단기간에 인증서를 받고 싶은 전 세계 도보 여행자들이 몰려들기 시작했다. 사리아는 이곳을 찾는 여행자들이 급격하게 늘어나면서 '산티아고의 길'에서 사리아의 비중이 갈수록 커지게 되어 좁은 중세골목보다 새로운 시가지가 점점 넓혀지고 갈수록 번화하고 있는 모습이다.

우리나라에서도 5일간 걷고 '산티아고의 길' 인증서를 받을 수 있다고 알려지면서 성당이나 교회에서 단체로 다녀오는 사람들이 많아지고, 일반 여행자들을 대상으로 하는 여행 상품도 생겨났다. 실제, 숙소가 있는 중세 골목에서 우리말을 하는 사람들이 여럿 있었고 다음 날 걸으면서도 새로운 얼굴들이 많이 보였다.

사리아에서 숙소는 카미노 경로에 있는 중세골목의 한 알베르게였는데 숙소 간 경쟁도 어느 정도는 있는 듯 여느 알베르게처럼 대체로 깔끔하고 무난했다. 사리아에는 호텔, 펜션, 호스텔, 사립 알베르게, 공립 알베르게 등 숙소의 형태뿐만 아니라 숫자도 많고 가격도 다양하다. 시가지가 외곽으로 넓어지면서 중세골목이나 중심부가 아닌 곳에도 숙소가 많이 있어서 여행자가 선택할 수 있는 폭이 매우 넓다.

사리아 중세골목 가는 길 / 사리아 중심가 가게에 있던 우리말

Chapter 5

사리아에서 산티아고까지

INFP 아들

카미노의, 카미노에 의한, 카미노를 위한 마을 사리아

사리아에 도착하게 되면 미어터지는 순례자 행렬에 깜짝 놀라게 될 것이다. 말 그대로 카미노가 부양하는 도시라고 해도 과언이 아닐 정도인데, 언뜻 보기에는 이 작은 도시가 도대체 왜 이리 인기가 많은지 의문이 들 수 있다.

그 이유는 바로 산티아고 길을 완주하여 성지를 순례하였음을 증명하는 증명서를 발급받으려면 도보로는 최소한 100㎞ 이상을, 자전거로는 최소한 200㎞ 이상을 주행해야 하기 때문이다. 그런데 사리아는 산티아고로부터 약 115㎞ 정도의 거리에 위치해 있으니, 하루에 23㎞씩만 걸어도 단 5일 만에 여행을 끝마칠 수 있는 것이다. 참고로 자전거 여행의 경우는 폰페라다가 그 역할을 맡고 있다.

휴일을 길게 내기가 어려워 시간이 부족한 직장인들, 자녀를 다른 곳에 오래 맡기기가 곤란한 부모들, 특히 관절의 문제를 갖고 있는 노인들 등도 어떻게든 시간과 기력을 짜내어 길을 걸어 볼 수 있는 정도의 거리다. 게다가 의외로 많은 여행자들이 '내가 산티아고 길을 걸을 정도의 체력이 될까?', '지쳐서 중간에 그만두지 않을까?', '다치지 않을까?'라는 걱정을 한다. 그러나 약 115㎞라면 체력의 문제가 걱정되는 평범한 여행자들도, 구간을 1주일로 나누어 하루에 16㎞ 정도만 걸어도 충분히 소화할 수 있게 된다. 더욱이 사리아 이후의 구간은 지금까지 겪어 왔던 난감한 수준의 산길과 비탈길이 거의 없다. 아주 평탄하고 아주 찰진 흙길이다. 그러니 도전 난이도가 매우 낮아지고, 그만큼 많은 여행자들을 끌어모으는 것이다.

또한 이 구간부터는 단체여행 관광객이 굉장히 많아진다. 스페인 현지의 학교에서 온—체구는 어른에 근접하나 수염이 적거나 거의 없는 것으로 보아 고등학생으로 추정된다—20여 명의 학생들이 단체 사진을 찍거나, 들판 어딘가에 모여 앉아 인솔자의 설명을 유심히 듣고 있는 모습도 보았다. 굳이 번역을 해 보자면 수학여행 정도 되려나? 또한 앞서 언급했었던 관광버스도 심심찮게 나타났다가 사라지곤 한다.

사리아부터는 이른바 '반려동물과 함께하는 산티아고 길'도 가능하다. 고양이는 그런 활동이 힘들 수 있으니 사실상 개를 일컫는 말이지만, 어쨌든 길이 험하지 않으니 반려견도 견종에 따라 충분히 100㎞를 완주할 수 있다. 물론 반려견 숙박을 허용해 주는 알베르게를 별도로 찾아야 하며,

사람에게도 그렇지만 반려견 역시 엄청난 열량 소모가 뒤따르므로 든든하게 끼니를 챙겨 주어야 한다. 반려견 자체의 부상은 물론 반려견이 여행 도중 다른 여행자에게 부상을 입히지 않도록 관리해 주는 것도 필수.

약간의 과장된 산수를 덧붙여 보자면, 사리아 앞까지 660㎞ 구간을 걸은 여행자 다 합쳐 봐야 사리아에서 시작하는 사람들보다 적을 지경이다. 사리아부터는 조용한 트래킹이라는 면모는 많이 희석되고, 인기 있는 대중적인 관광지의 면모가 훨씬 두드러진다고 보면 될 것 같다.

사람이 부쩍 많아진 만큼 많은 바르와 레스토랑은 바글바글해서 자리에 앉기 위해 대기를 하거나 대안을 찾기 위해 발품을 팔아야 할 수도 있고, 무엇보다도 사리아 이후 구간의 숙소는 계절과 시간대를 막론하고 반드시 예약을 해야 한다.

또한 이 구간부터는 한국인 여행자가 급증하기에 아예 알베르게 주인이 한국인들을 한 방에 배정해 주는 경우가 종종 있고, 메뉴판이나 안내판에도 한글이 적잖이 등장한다. 심지어 한 매점의 사장님은 아예 태극기까지 걸어 두고 뜨거운 라면과 데운 밥과 김치라는 황홀한 콤보를 광고로 내세우기도 했는데, 아니나 다를까 지난번 비빔밥 이후 마땅한 매콤한 음식을 찾지 못했던 아빠가 그 미끼를 넙석 물어 버렸다. 아빠는 그동안 스페인 빵이 맛있다거나, 보카디요가 정말 든든하다고 했었다. 평소에도 식사를 적게 하는 편이기에 집에서라면 라면과 밥 둘 중의 하나만 먹지 둘을 절대 다 먹지 않았을 텐데도, 결국 아침도 아니고 점심도 아닌 애매한 시간대임에도 라면 한 그릇에 밥 한 그릇과 김치까지도 정말 남김없이 깨끗하게 비워 버렸다.

한국에서는 끼니마다 잘 익은 김치를 찾던 나는 정작 여기 와서는 한 달이 넘도록 한식은커녕 참치샐러드+소고기+감자튀김+콜라만 노래를 부르듯 찾고 있는데, 의외로 아빠는 한식이 고팠나 보다. 나야 솔로 생활에 그럭저럭 익숙하다지만, 아빠는 어쩌면 한 달이 넘도록 말도 안 통하는 타지에서 '익숙한 무언가'가 그리웠던 것일까. 메뉴의 문제가 아니었을지도 모르겠다.

그리고 기름진 음식과 콜라만 어마어마하게 먹은 나는, 하루 6시간 이상의 워킹과 계속 흘려 댄 땀에도 불구하고 도리어 어마어마하게 살이 찐 채로 돌아왔다. 다이어트는 식단에서 시작한다는 말이 맞는 것 같다. 이렇게까지 힘들게 몸을 움직였으니 이 정도는 먹어도 되겠지. 빙고, 그게 함정이다. 기름과 당을 줄이지 않으면 백 가지 운동이 무효하다.

사리아에서 포르토마린(Portomarín)으로 향하는 구간에는 산티아고 길 위에서 아마도 가장 인기가 폭발하는 포토스팟인 100㎞ 알림표가 있다. 다른 수천 개의 평범한 비석들에 비해서 딱 100,000㎞라고 새겨진 몸이시라 워낙에 임팩트가 강한지 남녀노소를 불문하고 이 자그마한 비석을 그냥 지나치는 사람이 없다. 줄을 서서 촬영 기회를 기다리는 모습까지 보인다. 산티아고의 대성당을 제외하면 카미노를 걸었다는 인증샷으로 최적이니 멋진 포즈를 잡아 보도록 하자.

귀하신 분

포르토마린은 사리아를 출발한 대부분의 여행자들이 그날의 숙소로 머무는 마을이다. 이름에서도 느껴지다시피 마을은 미뇨강 변에 위치하고 있는데, 포르토마린의 근처에 다다르면 마을로 통하는 엄청나게 높이가 높은 대교와, 그에 비해 강에 잠길 듯 말 듯 교각만 빼꼼 내밀고 있는 돌다리 하나가 쌍으로 있다.

키가 작은 다리는 중세 시절부터 이 마을의 출입구로 이용되던 다리였으나, 후에 포르토마린 옆을 흐르는 미뇨강에 댐 공사를 시작하면서 원래 있던 마을이 수몰되고, 지금의 새로운 마을과 다리를 신축했다. 그래서인지 포르토마린은 다른 카미노의 마을들과는 다르게, 확연하게 깨끗하고 정돈된 신도시(?)의 느낌이 강하며 건물들도 새것이라 깔끔하다. 특히 날씨가 맑은 날이면 짙푸른 하늘과 짙푸른 강의 색이 합쳐지며 멋진 풍경을 자랑하니 오후의 열기가 가라앉으면 전망대에 올라 미뇨강의 도도한 흐름을 감상해 보자. 개인적으로 정말 마음에 들었던 마을이다.

마치 휴양지 같다.

포르토마린 ~ 산티아고 : Promenade dan Les Bois

나는 이 구간이 참 마음에 든다. 비록 사람은 북적이고 바르는 비가 오는 날에도 바깥의 파라솔 밑의 좌석마저 터져나갈 지경이지만, 그 번잡스러움마저도 고요하게 묻어 버리는 갈리시아의 숲길이 정말 마음에 든다. 날씨 자체도 그렇지만 숲이 무성한 탓에 공기 중에 습기가 많다. 사방에서 천연 미스트를 계속해서 뿌려 주는 느낌이다. 마음뿐만이 아니라 원래부터 체질적으로도 건조한 구석이 많았는데, 어쩌면 풍성한 습기에 몸과 마음마저도 더 상쾌해진 것일지도 모르겠다. 반대로 몸에 체질적으로 땀이나 습기가 많은 사람은 조금 갑갑할 수도?

스페인의 날씨를 떠올리면 많은 경우 정열의 안달루시아에서 흔히 볼 법한 작열하는 태양과 건조하고 무더운 여름, 붉은 탱고와 같은 날씨를 연상할지도 모른다. 그러나 직은 힌반도 내에서도 철원과 서거포가 전혀 다른 세상인 것처럼 스페인 역시도 지역에 따라 상당한 기후 차이를 보이는데, 나바라가 피레네의 바람, 리오하가 봄의 정원, 카스티야가 황량한 메세타, 레온이 들꽃의 구릉이라면, 갈리시아는 안개의 숲이라고 하겠다.

포이오 언덕에서 내려와 산티아고까지 걸은 7일 내내 낮에는 맑아지더라도 새벽과 아침에는 항상 안개가 끼곤 했고, 5월 말이었음에도 한낮이 아니라면 긴팔을 입었어야 할 정도로 서늘했다. 바람이 세게 불어서 체감 온도가 낮은 게 아니라 그냥 온도 자체가 서늘했다. 비도 눈에 띄게 자주 내렸고 하늘도 맑을 때보다 흐릴 때가 많았다. 훨씬 위도가 높은 파리나 런던과 어슷비슷한 듯했다.

　　이렇게까지 안개가 짙게 끼면 차량을 운전해야 하는 사람들은 기분이 좋지 않겠지만, 안개 낀 숲길을 걸어가는 여행자에게는, 특히 나에게는 기분 좋은 일이다. 왜냐하면 정말 공기가 맑고 촉촉해서다. 아무리 좋은 공기청정기를 빵빵하게 틀어도 울창한 숲이 뿜어내는 신선한 공기에는 비할 수가 없는 것 같다. 한 번은 낮에 가까워질 때까지도 안개가 걷히지 않으며 계속 흐린 날씨였고, 한 번은 곧바로 청명하게 맑아진 날씨였는데, 두 날 모두 마음에 들었다. 첩첩이 들어선 산맥의 어떤 장엄한 기상이라거나, 끝없는 지평선의 광활함 같은 기상은 없을지 몰라도 고요한 맑음, 그 하나만으로도 이 구간을 산티아고 길에서 가장 아름다운 구간 1순위로 꼽아도 손색이 없다고 생각한다.

문자 그대로 숨을 들이쉴 때마다 폐가 정화되는 느낌이다.

물론 완전한 숲길만은 아니고, 종종 차들이 주행하는 도로변을 걸었다가 다시 숲으로 들어갔다가 다시 도로변으로 나오기를 반복하기도 한다. 그러나 레온-아스토르가 구간과는 다르게 한적한 시골이라 그런지 주행하는 차량의 수 자체가 적기도 하고, 바로 옆에 우거진 숲이 있어 다행스럽게도 매연 문제는 심하지 않았다.

다만 천천히 걷다가 주변에 다른 여행자들이 시야에서 없어진 채 안개가 잔뜩 낀 긴 숲길에 홀로 남겨지니 그것만은 굉장히 무서웠고, 비가 많이 온다면 그 고운 흙길이 순식간에 진창으로 돌변해 발을 내디딜 때마다 물컹거리는 무언가가 느껴지는 불쾌함을 선사하기도 한다.

이제 아르수아가 멀지 않았다. 정말로 이 길도 얼마 남지 않았구나. 그러나 그날도 또 비가 온다. 어차피 갈리시아에 도착한 이상 우의는 매일 가장 먼저 꺼내다 쓸 물건이긴 하지만, 그날은 좀 빗줄기가 굵었다. 아름다웠던 숲길의 향기만은 더할 나위 없이 싱그러운 촉촉함을 과시하고 있었지만, 밟고 가야 할 길은 정말 끔찍하리만치 물컹거렸다. 이곳의 흙들도 숲의 습기를 머금은 탓에 평소에도 매우 곱고 질척이는 편인데 이렇게 비가 오니 그야말로 진창이었다.

게다가 긴팔 상의를 입고 바람막이에 우의까지 뒤집어썼는데도 비가 오는 갈리시아는 5월의 날씨라고는 믿을 수가 없을 정도로 쌀쌀하고 몸이 떨렸다. 짙게 깔린 안개마저도 서늘함을 배가시키는 것 같았다. 한국의 5월을 생각하고 반팔만 챙겨 갔다가는 자칫 막바지에 감기에 걸릴 수도 있으니 언제나 방한 대책을 꼭 세우자. 심지어 한여름이라 하더라도 새벽과 아침은 의외로 쌀쌀한 편이다. 비가 오기 때문인지 혹시나 있을 부상자 또는 길을 잃고 헤맬 미아 여행자를 위해 경찰차가 정기적으로 카미노를 순찰하는 모습도 볼 수 있다.

멜리데, 아르수아, 오 페드로우소 등을 비롯해 이 지역의 마을들은 그야말로 카미노가 먹여 살린다고 해도 과언이 아닐 정도다. 온 알베르게는 예약이 폭주하고, 바르와 레스토랑은 여행자로 들어차 대기열이 가득하며, 이렇게 날씨까지 좋지 않으면 도리어 버스와 택시가 풍년을 맞는다. 멜리데와 아르수아의 버스 정류장은 카미노 여행자들의 집결지(?)이기도 하다.

그래서인지 물가도 미묘하게 이전 구간들보다 조금 더 비싼 편이다. 현지의 스페인인들은 대부분 매우 친절한 편이지만 소위 말하는 바가지를 씌우려는 사람은 세상 어디에나 있는 법이고, 마지막 구간은 특성상 엄청나게 많은 관광객이 몰리기 때문에 꿀에 벌이 꼬이고, 전등에 나방이 꼬이듯 바가지 장사꾼도 마찬가지로 많아지니 주의해야 한다.

지갑 문제와는 별개로 살짝 아쉬웠던 점이 하나 더 있는데, 바로 미묘하게 달라진 여행자들과 알베르게의 분위기라고나 할까. 앞 구간에서, 특히 로그로뇨를 전후한 구간에서 많이 느꼈었다. 여행자끼리 '고생하면서 같은 길을 걷고 있다.'는 보이지 않는 어떤 공감대가 자연스럽게 형성되어 있었고, 많은 이들이 그걸 적극적으로 표출하고 공유하려 했었다. 왜냐하면 마을들이 종종 10㎞가 넘는 간격으로 띄엄띄엄 떨어져 있었기 때문에 빨리 가든 늦게 가든 그날의 목적지가 되는 마을은 거의 정해져 있었고, 여행자들의 체력과 일정이란 게 큰 차이가 나지 않으니 알베르게에 가면 어제 본 사람 또 만나고, 다음날 새벽에 떠나면 다음 마을에서 또 만나는 일이 빈번했다. 따라서 많은 대화를 나누지 않았더라도 서로의 얼굴을 자연스럽게 기억하게 되고, 그러다 보면 한 번이라도 인사를 나누게 되고, 말을 섞게 되고, 이런저런 이야기와 정보를 공유하게 된다.

하지만 사리아 뒤부터는… 어렴풋이 처음 느낀 것은 아마 폰페라다가 시작이었던 것 같다. 그런 분위기는 꾕장히 많이 희석되었다고 느꼈다. 마을들이 꾕장히 촘촘하게 박혀 있고, 알베르게 숫자도 어마어마하게 많은 편이라 함께 길을 걷는 여행자들이 사방으로 분산되는 것도 있고, 단체 여행객이 다수를 차지하니 길어야 5일 정도의 일정 안에 그 무리 속에 냅다 끼어들기도 어려웠다. 앞서 말했듯 아침나절 안개가 자욱한 숲길의 풍경만은 아름다웠지만, 그 길을 그냥 '혼자', '걷기만' 했던 것 같다. 그날의 걸음을 마치고 그늘진 파라솔 밑에 앉아 가벼운 대화를 나눌 수 있는 분위기는 많이 찾지 못했다.

산티아고 데 콤포스텔라 : This is the End

마지막 날마저도 날씨가 심상치 않게 흐렸다. 산티아고 공항 외곽을 지나 갈리시아 TV 방송국쯤에 다다르자 또 비가 쏟아졌다. 아무리 이곳 날씨가 그렇다지만 세브레이로 고개를 내려온 이후로 거의 매일 비를 맞다니, 그냥 운이 안 좋았나 보다.

최종 목적지 산티아고에서 약 5㎞ 앞은 주변을 훤히 바라볼 수 있는, 언덕이라기엔 꽤 높고 산이라기엔 조금은 낮은 몬테 도 고소(Monte do Gozo)에 오를 수 있다. 산티아고 시내가 훤히 보이는 곳이라 날씨가 맑았다면 전망이 아주 아름다웠겠지만, 아쉽게도 비가 오고 많이 흐린 날이어서 전망은 별로였다. 당연히 산티아고 대성당도 보이지 않았다.

그러나 도시 어귀로 들어서면 'Santiago de Compostela'라고 적힌 순례자 조형물과 순례자의 문, 그리고 순례자 동상 등이 여행자를 맞이해 준다. 그간의 길과 풍경이 어쨌건 간에, 그래도 이걸 보면 정말 끝이구나 하는 사실이 몸에 확 와닿는다.

얼마 남지 않았어요.

　최종 목적지인 대성당은 도시 깊숙한 곳에 자리하고 있다. 너무나도 유명한 세 개의 탑이 하늘을 찌를 듯 서 있고, 그 앞의 널찍한 광장에는 수백 명의 여행자가 저마다의 마지막 감상을 정리하고 있다. 그러나 대성당 자체도 굉장히 위압적이고 장엄하긴 하지만, 그보다는 그냥 '여기가 끝인가.' 하는 생각만이 들었다. 만화나 드라마에서 묘사될 법한 뿌듯함이나 성취감이라기보다는 다소 맥 빠지는 감정일 수 있으나 1달이 넘도록 매일 새벽에 일어나 걸으며 새로운 풍경을 맛보고 다음 마을에 도착해서 쉬고, 다시 새로운 땅으로 출발하는 시간을 보내다 보니 그에 대한 반동 때문이었을까, 막상 다음날부터는 걸을 필요가 없으니 뭔가 어색하다는 생각마저도 잠깐이나마 들었다.

한 달의 여정 끝에 이 앞에 서게 된다면 어떤 감상이 느껴질까?

여정을 마쳤다는 증명서를 받고자 줄을 선 여행자들

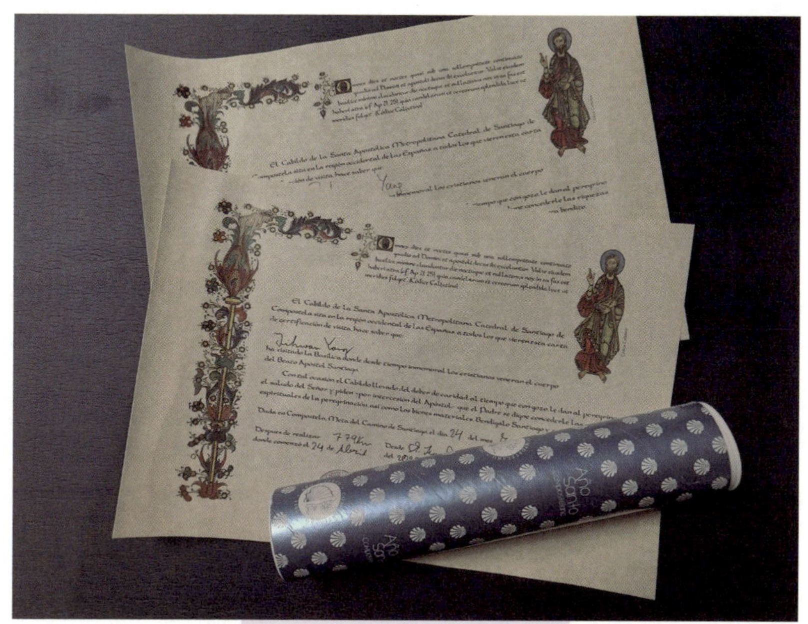

아빠와 함께 받은 증명서

그런 감정이 조금이나마 든 이유를 돌이켜보면, 나는 이 길이 고전적인 여행의 낭만이 아직 살아 있는 길, 그렇기에 지금껏 걸어왔던 길 모두가 마음에 들었기 때문이라고 생각한다. 앞서 언급했었지만, 특히 초반 구간이 더 그러했다. 새로운 사람을 만나는 것. 다른 여행자에게 맥락 없이 들이대기 어려운 일반적인 여행과는 다르게, 거의 모두가 비슷한 경험과 고생과 일정을 공유하고 있으니 곧바로 기본적인 대화의 토대와 서로에 대한 최소한의 반가움이 쉽사리 깔리게 되는데, 여기저기 돌아다녀 보아도 그 어떤 여행도 산티아고 길만큼 사람 냄새가 진하게 풍기는 여행은 찾기 힘들다고 생각한다.

또한 매일같이 달라지는 새로운 풍경을 만나는 것. 물론 부르고스-레온 구간은 빼고. 산티아고 길은 모든 것이 똑같고, 모든 것이 정해진 대로만 움직여야 하는 기계적이고 지루한 일상의 정반대라고 하겠다. 매일이 새롭고, 매일이 다르다. 보이는 것도, 들리는 것도. 그러니 길을 걷는 시간이 지루하지 않았다. 오히려 산티아고가 끝이라는 사실이 그래서 더 와닿았는지도 모르겠다.

만약 누군가가 내게 산티아고 길을 또 걷고 싶냐고 물어본다면 나는 기꺼이 고개를 끄덕일 것이다. 정해진 것이 없는 길. 앞으로 가든, 뒤로 가든, 빨리 가든, 천천히 가든, 홀로 가든, 같이 가든, 오로지 나만의 여행을 나만이 만들어 나갈 수 있는 길이기 때문이다. 혼자라면 홀로, 소중한 사람이 있다면 함께 이 길을 완주해 보면 어떨까.

아빠의 감상은 본인이 풀어낼 것이니 내 이야기를 더 해 보자면, 아빠는 처음이겠지만 사실 나는 2019년에도 여정을 마친 적이 있어 이번이 두 번째이다. 그럼에도 그 광장에 다시 섰을 때의 느낌은 과거와는 비슷하면서도 또 달랐다. 왜냐하면 혼자 걸었던 그때와는 달리 아빠가 있었으니까. 중간에 이런저런 자잘한 부상과 숙소 문제 때문에 일정이 꼬이기는 했지만, 생장부터 이곳까지 거의 800㎞를, 딱 31일에 걸쳐 함께 걸었다.

"함께 걸었다." 그것만이 중요하고, 그것만이 내 감상의 전부다. 초중고 학창 시절에는 주말도 없이 밤이 늦도록 학교와 학원에 묶여 있었고, 대학과 대학원 때는 고향을 떠나 서울에서 홀로 지냈고, 군 복무는 말할 것도 없다. 아빠와 이런 긴 시간을 함께할 여유가 얼마나 있었을까. 그리고 앞으로 얼마나 더 있을까. 그런 점에서 정말 마주하기 어려운 기회이자 더없이 값진 경험이었다고 생각한다. 같이 걸을 수 있어서 정말 좋았다.

그러면서도 한편으로는 내게도 훗날 자녀가 생긴다면, 그리고 지금의 우리처럼 그 녀석이 아들이라면, 꼭 한 번쯤은 다시, 그리고 함께 이 길을 밟아 보고 싶다는 생각도 들었다. 그건 어떤 여행이 될까. 나는 무슨 말을 전해 주고 있을까. 아직 소중한 사람을 찾지도 못한 주제에 너무 앞서간 꿈이려나. 笑.

사리아에서 산티아고까지

ISTJ 아빠

99

지명	구간거리	계획		남은거리	진행거리	해발고도
Sarria				115.4	659.6	443
Barbadelo	4.5			110.9	664.1	546
Ferreiros	8.6			102.3	672.7	659
Vilacha	6.9			95.4	679.6	540
Portomarín	2.4	27일	22.4	93	682	387

(단위 : 거리 km, 고도 m)

'산티아고의 길(Camino de Santiago)' 도보 여행자가 산티아고 순례
길 인증서(Compostela)를 받을 수 있는 최소 거리인 100km 이상 조건
에 딱 맞는 도시가 115km 지점인 사리아(Sarria)이다. 이곳 사리아 중세
골목의 좁은 길에는 이른 아침부터 여행자들로 북적인다.

중세골목 끝자락의 산 살바도르 성당 앞에는 조형물인 'Sarria'가 설
치되어 있고, 한동안 더 가면 공원묘지와 마주하고 있는 막달레나 수도
원(Monasterio de La Magdalena) 건물 앞에 이른다. 수도원 건물에는
100명을 수용하는 공립 알베르게가 있다.

공원묘지 담을 따라 긴 언덕을 내려서서 오른쪽으로 가면 삼거리에 이
르고, 사리아 기차역 방향에서 오는 여행자들과 합류해 왼쪽으로 난 카미
노로 함께 들어선다. 삼거리에서 왼쪽 좁은 숲길로 들어서 철로 옆으로 걷
다가 들판을 한동안 걷는다. 철로를 횡단하고 상당히 가파른 숲 언덕길을
한참 동안 오른다.

안개가 자욱한 넓은 들판과 우거진 숲길 등을 완만한 오름으로 한동안 걷다 보면 바르바델로(Barbadelo) 마을에 이른다. 바르는 여행자들로 북적이고, 지나가는 여행자들도 어제까지 지나오면서 경험했던 여행자들의 숫자보다 몇 배는 되어 보인다. 4~5일의 짧은 기간에 순례자 인증서(Compostela)를 받고자 하는 여행자들이 생각보다 많아 놀랐다.

사리아 막달레나 수도원 앞 / 사리아부터 여행자들이 부쩍 늘어났다.

바르바델로 마을을 벗어나면 드넓은 구릉의 들판과 숲길이고 작은 마을인 렌테(Rente), 아 세라(A Serra) 등을 지나면서 완만한 오름을 오른다. 오래된 나무들로 가득한 숲길을 계속 걷다 보면 LU-633 도로를 건너고 아 페나(A Pena) 마을을 지나 페루스카요(Peruscallo) 마을에 이른다. 페루스카요 마을을 벗어나면서부터 구릉의 굴곡이 조금 커지고 경사진 언덕길도 오르내린다. 작은 마을인 아 브레아(A Brea), 모르가데(Morgade), 페레이로스(Ferreiros) 등을 지나 오래된 좁은 포장도로의 경사진 언덕을 내려서면 삼거리에 휴게소와 오래된 성당만이 덩그러니 마주보고 있는 미라요스(Mirallos) 마을에 이른다. 페루스카요에서 약 4.4km쯤 되는 곳이다.

미라요스에서 포장도로를 따라 잠시 작은 언덕에 올라서면 갈림길에 100.252km가 적혀 있는 카미노 표지석이 왼쪽 좁은 길로 안내하고 있는데, 아 페나 마을 입구이다. 산티아고 데 콤포스텔라(Santiago de Compostela)까지 남은 거리가 100km임을 알리는 표지석이 자리하고 있는 아 페나 마을에는 많은 사람이 인증 또는 기념사진을 찍느라 분주하다.

마을을 벗어나면 구릉의 낮은 언덕을 오르내리다가 작은 마을인 모이멘토스(Moimentos), 메르카도이로(Mercadoiro) 등을 지나면 좁은 포장도로 변에 홀로 자리한 기념품 가게(Tienda Peter Pank)가 눈에 들어온다. 구글 지도에는 모우트라스(Moutras)로 표시되는 지역이다.

이 가게 입구의 세요(Sello)를 찍는 곳에 한글로 '한국 컵라면 있습니다'라고 적혀 있고, 안으로 들어가면 여러 종류의 우리나라 컵라면, 김치, 즉석밥 등이 있다. 안쪽으로 더 들어가면 태극기가 벽에 게시되어 있고, 전자레인지, 온수 포트 등이 있어 즉석밥까지 바로 먹을 수 있는 식탁도 있다. 참새가 방앗간을 지나칠 수 없듯이 컵라면+즉석밥+김치 조합으로 오랜만에 든든하게 식사를 하고 가게 주인에게 감사함을 전했다.

단체로 보이는 여행자들 / 컵라면, 즉석밥 등이 준비된 기념품 가게

가게에서 나와 좁은 포장도로를 따라 약 900m쯤 가다 보면 아 파로차 (A Parrocha) 마을로 가는 갈림길에 이른다. 이곳에서 멀리 언덕 아래로 목적지인 포르토마린(Portomarín) 마을이 눈에 들어온다. 왼쪽 비포장 길로 조금 더 가면 마을에 이르는데, 포장도로를 계속 가더라도 마을에서 만난다. 마을 입구의 바르는 여행자들로 북적이는 모습이다.

아 파로차 마을을 벗어나면 좁은 포장도로를 잠깐 걷다가 갈림길에서 오른쪽 비포장 길로 완만한 내리막을 걷게 되고, 이내 빌라차(Vilacha) 마을에 이른다. 빌라차 마을을 나와 넓은 들판을 한동안 걸으면 카미노 가 2개로 나뉜다. 어느 방향으로 가더라도 급경사 언덕 아래의 포르토 마린으로 건너가는 다리인 폰테 노바 데 포르토마린(Ponte Nova de Portomarín)에서 만난다. 왼쪽으로 가면 약 1.6km이고 오른쪽으로 가면 약 1.1km쯤의 거리이다.

고도를 70m쯤 내리는 급경사 언덕을 내려서면 다리에 이른다. 미뇨 (Miño)강 호수 위를 건너는 다리에서 호수 수면까지는 높이가 꽤 있어, 건너는 동안 출렁다리 느낌으로, 바람이라도 부는 날에는 다소 아찔한 느 낌을 받을 수도 있겠다는 생각이 든다.

빌라차 마을을 지나면 카미노는 2개로 나뉜다. /
포르토마린으로 건너가는 다리

포르토마린은 1966년 미뇨(Miño)강에 댐이 만들어지면서 중세마을이 수몰되어 강변 언덕 위에 세워진 마을이다. 미뇨강에 있던 중세의 석조 다리는 수몰되었고 새로 산허리를 잇는 높다란 다리가 건설되어 카미노는 이 다리를 건너 포르토마린으로 들어간다. 이날은 댐의 수위가 낮아 수몰된 중세의 석조 다리가 훤하게 모습을 드러내고 있었는데, 중세의 석조 다리는 산티아고 대성당을 지은 마테오(Mateo)의 아버지인 페드로 데우스탐벤에 의해 중건된 아름다운 다리로 알려져 있다.

다리를 건너면 회전교차로를 만나고 그 위로 설치된 높다란 돌계단을 오르면 조망이 좋은 쉼터가 있다. 이어서 마을 입구에 이른다. 포르토마린 마을은 수몰 이후 세워진 마을인 만큼 거리도 건물도 오래된 세월의 흔적이 없다. 12세기 로마네스크 양식의 산 니콜라스 요새 성당 전면부만 옮겨와 새로 지은 포르토마린의 산 후안 성당(Iglesia de San Juan)이 페노사 백작의 광장(Plaza Conde Fenosa)에 위치해 있다. 산 니콜라스 요새 성당은 산티아고 대성당을 지은 마테오 데우스탐벤이 지은 성당이라고 한다.

카미노는 마을 입구에서 바로 빠져나가므로 마을 안쪽으로 들어설수록 다시 나와야 한다. 마을 중심으로 들어서면 여행자들에게 필요한 숙소, 음식점, 가게, 슈퍼 등이 많이 있고, 골목마다 여행자들로 북적이는 모습이다. 오늘 숙소는 마을 입구에 위치한 알베르게로, 한 방에 24명을 수용하는 곳이라 다소 염려를 했지만 침대 층고가 높고 침대 간격도 넓으며 침대와 부대 시설도 잘 관리되는 곳이었다.

28일 차 : 포르토마린 → 팔라스 데 레이

,,

지명	구간거리	계획		남은거리	진행거리	해발고도
Portomarín				93	682	387
Gonzar	8			85	690	549
Hospital da Cruz	3.8			81.2	693.8	672
Ligonde	4.7			76.5	698.5	624
Palas de Rei	8.5	28일	25	68	707	548

(단위 : 거리 km, 고도 m)

포르토마린 마을 출구를 나서면 작은 다리를 건너야 한다. 다리를 건너면 삼거리이고, 이곳에서 카미노는 왼쪽과 오른쪽으로 갈린다. 어느 쪽으로 가더라도 나중에 LU-633 도로에서 만난다. 강변으로 난 도로 옆으로 걷다 보면 어제 건넜던 큰 다리와 그 아래에 수몰되었다가 모습을 보여 주고 있는 중세 다리까지 조망된다.

강변길을 잠시 걷다가 오른쪽 언덕 비탈로 난 좁은 길로 들어서면 급경사 오름이 시작된다. 한적한 산 로케(San Roque) 마을을 지나면서 오름은 계속되고 원시림과 같은 깊은 숲길을 한동안 걷는다. 강변에서부터 고도를 약 70m쯤 올리는 상황이고 이후 들판과 숲을 지나 LU-633 도로를 만난다. 포르토마린 마을 아래 다리에서 이곳까지는 약 2.6km쯤 걸었는데, 다리의 갈림길에서 오른쪽으로 갔던 카미노와 합류한다.

이곳에서부터 다음 마을인 곤사르(Gonzar)까지는 LU-633 도로 옆으로 난 좁은 길을 걷는데, 자동차 소음과 함께해야 한다. 중간에 잠시 도로와 멀어져 오래된 숲길을 걷는 구간도 있다. 큰 도로를 따라가다 곤사르 마을에 이르기 직전 규모가 큰 호스텔 건물이 보이는데, 레스토랑을 겸하고 있어 아침을 해결하려는 여행자들이 많은 모습이다. 포르토마린에서 이곳까지 약 8km 구간에는 마을이 없는 데다 여행자들도 늘어나 북새통을 이루는 모습이다.

포르토마린 마을 앞 갈림길 / 다시 만난 카미노는 도로 옆길로 간다.

곤사르 마을을 나서면 카미노는 완만한 구릉의 작은 언덕을 오르내리면서 LU-633 도로와는 좀 거리를 두고 엇비슷하게 간다. 곤사르 마을 외곽에서 조금 벗어나면 언덕에 홀로 자리한 바르가 있는데, 이곳도 여행자들이 많은 모습이다. 사리아 이전에 비하면 여행자 숫자가 확연하게 많아짐을 느낀다.

한동안 더 가면 카스트로마이오르(Castromaior) 마을을 지나고, 매우 가파른 언덕을 계속 오르면 넓은 구릉에 이른다. 이내 LU-633 도로를 만나 도로 오른쪽으로 계속 걷는다. 도로를 건너 숲길을 한동안 더 가면 한적한 오 오스피탈(O Hospital) 마을에 이르고, 마을 외곽을 지나는 복잡한 큰 교차로를 멀리 돌아서 횡단하게 된다. 횡단한 곳에서 오른쪽 좁은 도로로 들어서는데, 이곳에서 마을을 바라보면 마을 출구 건너편인 셈이다.

길게 늘어선 배낭이 이채로운 곤사르 입구 바르 /
카스트로마이오르 마을 출구 쪽 가파른 언덕

오 오스피탈 마을 도로 건너 갈림길에서 좁은 도로로 들어서면 산티아고 데 콤포스텔라까지 78.1km가 남았다는 오래된 큰 표지석이 자리하고 있다. 좁은 포장도로 위로 또는 그 옆으로 난 길을 따라 들판과 숲 등을 걷다 보면 벤타스 데 나론(Ventas de Narón) 마을에 이른다.

벤타스 데 나론 마을을 벗어나 약 3km쯤 한직한 좁은 포장도로를 따라 낮은 언덕을 오르내리면 리곤데(Ligonde) 마을에 이른다. 팔라스 데 레이(Palas de Rei)까지는 아직 8.5km가 남았다.

리곤데에서 팔라스 데 레이까지는 아이레세(Airexe), 포르토스(Portos), 레스테도(Lestedo), 아 브레아(A Brea), 오 로사리오(O Rosario) 등의 작은 마을들을 차례로 지나는데, 급경사 언덕을 오르내리고 완만한 구릉의 언덕을 오르내리면서 들판과 숲길을 걷는 한적한 길이다.

오 로사리오 마을에서 N-547 도로 왼쪽을 걷다가 숲길로 들어서게 되고, 팔라스 데 레이 마을까지는 숲길을 걷는다.

팔라스 데 레이는 중세 이전부터 마을이 있었고, 중세에도 지금도 순례

자들이 거쳐 가는 주요 거점이다. 마을은 100명 이상을 수용하는 알베르
게가 두 개나 되고 여행자들로 북적인다.

벤타스 데 나론 마을 / 오 로사리오 마을에서 N-547 도로 왼쪽을 걷는다.

29일 차 : 팔라스 데 레이 → 리바디소 바이소

지명	구간거리	계획		남은거리	진행거리	해발고도
Palas de Rei				68	707	548
O Leboreiro	9.2			58.8	716.2	445
Melide	5.6			53.2	721.8	456
Boente	5.7			47.5	727.5	393
Ribadiso da Baixo	5.3	29일	25.8	42.2	732.8	305

(단위 : 거리 km, 고도 m)

팔라스 데 레이(Palas de Rei) 마을에서 카미노는 N-547 도로를 따라 가다 벗어났다가 다시 만나 횡단하면서 숲길로 들어선다. 숲길, 비포장 길을 한동안 걷다가 고속도로 아래를 지나고 낮은 언덕을 오르내리면 한적한 산 술리안(San Xulián do Camiño) 마을에 이른다.

마을을 벗어나 낮은 구릉을 오르내리면서 한적하고 조용한 산길, 들길, 숲길, 비포장 길, 오래된 좁은 포장길 등을 계속 걷는다. 폰테 캄파냐(Ponte Campaña), 카사노바(Casanova) 등 작은 마을을 지닌다.

카사노바 마을을 지나 경사진 숲길 언덕을 올라 깊은 숲속으로 난 완만한 내리막 오솔길을 계속 걷는다. 다시 넓은 목초지 사이로 난 완만한 오르막길을 한동안 걸으면 작은 카페에 이르고 이내 포장도로를 만난다. 숲이 우거진 포장도로를 한동안 걸으면 N-547 도로가 지나가는 오 코토(O Coto) 마을에 이른다. 도로변에는 규모가 큰 레스토랑이 보이고 많은 여행자가 쉬고 있는 모습이다. 오 코토에서 약 500m쯤 완만한 내리막길을 내려서면 오 레보레이로(O Leboreiro) 마을에 이른다. 아름다운 마을을 벗어나 들판으로 들어서면 오래된 석조 다리(Ponte da Madalena)를 건넌다.

산 술리안 마을 / 오 레보레이로 마을 외곽의 오래된 석조 다리

석조 다리를 건너면 이내 N-547 도로와 가까워졌다가 멀어졌다가 하고 공장지대와 N-547 도로 사이를 걷는다. 한동안 도로를 따라 걷다가 도로를 벗어나 왼쪽 좁은 포장도로로 들어서는데 나중에 N-547 도로는 멜리데(Melide)에서 만난다.

완만한 내리막인 오래된 좁은 포장도로 숲길을 한동안 걷다 보면 작은 도시인 멜리데 외곽의 푸레로스(Furelos) 마을로 들어가는 오래된 석조 다리인 로마 다리(Ponte de San Xoán de Furelos)를 건넌다. 푸레로스 마을을 지나 작은 도시인 멜리데 시내를 바라보며 완만한 언덕을 한동안 오른다. 멜리데 시내로 들어서면 문어 전문음식점(Pulperia)들이 많은데, 그중 규모가 큰 한 곳에서 서투른 우리말로 유혹을 하는 모습이다.

멜리데는 중세에도 지금도 카미노의 주요 거점이고, 인근 지역에서는 규모가 있는 작은 도시이다. 9세기 최초의 순례길이 오비에도(Obiedo)에서 시작해 루고(Lugo)를 거쳐 멜리데를 지나갔다. 이후 유럽 대륙에서 걸어온 프랑스 길(Camino Francés) 순례자들이 이곳 멜리데에서 만나 산티아고 데 콤포스텔라로 향했다.

이채로운 카미노 표시 / 푸레로스 마을로 들어가는 로마 다리

멜리데 시내 중심의 회전교차로에서 N-547 도로를 따라 외곽으로 나가다가 왼쪽으로 난 포장도로로 들어선다. 잠시 걷다 보면 카미노는 오른쪽 좁은 길로 안내를 한다. 산타 마리아 성당을 지나 숲이 우거지고 드문드문 집이 있는 들판 길을 걷는다.

한동안 들판을 걸으면 카미노가 2개로 나뉘는 안내가 나오는데 많은 여행자가 오른쪽 길로 들어서는 모습이다. 지도상으로 거리는 큰 차이가 없어 보인다. 오른쪽 비포장 길로 들어서면 원시림과 같이 숲이 무성한 한적한 길을 완만하게 약 1km쯤 오른다. 도중에 작은 개울을 건너는데, 개와 함께 특이한 퍼포먼스를 하는 사람이 있다. 완만한 언덕을 올라 숲을 벗어나면 N-547 도로에 가까워지다가 다시 왼쪽의 숲길로 들어선다. 한적하고 우거진 숲길과 들판을 번갈아 가며 약 2㎞쯤 걸으면 보엔테(Boente) 마을의 외곽에 이른다.

팔라스 데 레이에서 보엔테까지 오는 동안 완만한 구릉을 몇 차례 오르내리곤 했다. 보엔테에서 오늘 목적지인 리바디소 다 바이소(Ribadiso da Baixo)까지 약 5.3km 구간도 3번의 급경사 내리막과 2번의 급경사 오르막이 있는 언덕을 오르내려야 한다. 하루 여정의 후반부로 피곤한 발걸음인 데다가 급경사인 오르막과 내리막이 몇 번 계속되어 무척 부담이 되는 구간이다.

멜리데-보엔테 구간

보엔테 마을을 벗어나 보엔테 강까지 짧은 거리에 고도를 70m쯤 내렸다가, 강을 건넌 후 다시 70m를 올린 후 도로를 따라가면 카스타녜다(Castañeda) 마을에 이른다. 다시 긴 언덕을 내려가면 오 리오(O Rio) 마을에 이르고 경사가 심한 언덕을 한동안 오른다. 이어 고도를 120m쯤 내리는 긴 급경사를 내려서면 리바디소 다 바이소 마을에 이른다.

급경사 언덕을 내려와 개울을 건너자마자 마을에는 3개의 숙소와 주택 몇 채가 있고 아르수아(Arzua) 방향 언덕 위에도 알베르게와 마을이 더 있다. 이곳에서 약 3km 거리에 작은 도시인 아르수아가 있어 대부분의 여행자는 아르수아까지 가고 이곳에서 숙박하는 사람들은 알베르게 숫자만큼인 것 같다. 묵었던 알베르게는 주인이 친절하고 여건은 평균 이상으로 여겨지며 약 80%쯤 침대가 채워지는 모습이다. 한적한 곳이지만 주변에 레스토랑이 있어 식사에는 문제가 없다.

보엔테 마을 / 리바디소 다 바이소 마을 입구

99

지명	구간거리	계획		남은거리	진행거리	해발고도
Ribadiso da Baixo				42.2	732.8	305
Arzua	3			39.2	735.8	385
A Calzada	5.8			33.4	741.6	388
Salceda	5.3			28.1	746.9	359
A Rúa	6.8	30일	20.9	21.3	753.7	277

(단위 : 거리 km, 고도 m)

숙소에서 나와 가파른 언덕을 오르면 언덕 위의 리바디소 다 바이소 (Ribadiso da Baixo) 마을에 이르고 조금 더 가면 N-547 도로를 만나 도로 옆으로 걷는다. 도로를 따라 한동안 가다 보면 작은 도시인 아르수아 (Arzua) 중심에 이른다.

아르수아도 어제 지나온 멜리데(Melide)처럼 작은 도시로 카미노를 걷는 여행자들에게는 주요 거점이다. 아르수아 시내 큰 도로변의 한 높은 건물 외벽에는 'Xacobeo 2021'과 관련한 순례자 벽화가 큼지막하게 그려져 있어 눈길을 끈다. 마을의 많은 숙소에서는 여행자들이 카미노로 모여들고 카페와 바르 등에는 여행자들로 북적이는 활기찬 모습이다. 버스정류장에는 마침 들어오는 시외버스(Monbus)가 있었는데 버스를 이용하는 여행자들도 많아 보인다.

아르수아 마을 중심에서 산티아고 성당과 막달레나 소성당 사이로 난 카미노를 따라 마을을 서서히 빠져나간다. 넓은 들판 사이로 난 길, 울창한 숲길 등을 약 3km쯤 걷다 보면 프레곤토뇨(Pregontoño) 마을에 이른다. 프레곤토뇨 마을을 지나면서부터 비가 내리는데, 모두들 우의와 배낭 커버 등을 챙기고 길을 나서는 모습이다. 어제는 걷는 내내 높고 낮음이 섞인 언덕들을 오르고 내리는 길이 반복됨에 따라 피로도가 높았으나, 오늘은 낮은 구릉을 길게 오르고 내리는 곳들이어서 지형적으로는 어제보다 여건이 좋다. 그런데 비가 추적추적 내리고 숲이 무성하게 우거진 산길이나 들길이 많아 걷는 길 상태가 염려된다.

아르수아 시내의 벽화 / 프레곤토뇨 마을

프레곤토뇨 마을을 지나면 완만한 언덕을 올라 아 페로사(A Peroxa) 마을에 이르고, 울창한 숲속의 경사진 오름을 한동안 걷다가 A-54 고속도로 위로 건너고 조금 더 가면 아 칼사다(A Calzada) 마을에 이른다. 길은 빗물을 많이 머금어 이미 진창이 되어 가고 있는 모습이다. 아 칼사다 마을을 벗어나도 비는 계속 오고, 약 2km의 울창한 숲길과 들길은 진창이 되어 아 카예(A Calle) 마을로 이어진다. 아 카예 마을을 벗어나면서 비가 그치는 모습이다. 오래된 좁은 포장도로, 짧은 진창길 등을 걷다 보면 두 곳의 카페가 있는 작은 마을인 보아비스타(Boavista)에 이른다. 걷는 도중에 보니 울창한 숲의 진창길 카미노로도 경찰 순찰차가 지나가고 있다.

보아비스타에서도 비는 그쳤지만 우거진 숲속의 진창길이 계속된다. 좁은 포장도로 두 곳을 건너다 보면 집들이 도로를 따라 길게 흩어져 있는 아 살세다(A Salceda) 마을의 외곽에 이르고, 이내 N-547 도로를 만난다.

비 오는 날 카미노 / 순찰 중인 경찰차

아 살세다 마을부터 목적지인 아 루아(A Rúa)까지 약 7㎞는 아 브레아(A Brea), 오 세아도이로(O Ceadoiro), 산타 이레네(Santa Irene) 마을 등을 지나면서 N-547 도로와 잠시 멀어지거나 조금 떨어져 나란히 가거나 도로 바로 옆으로 가기를 계속하면서 아 루아까지 걷는다. 도중 산타 이레네 마을 부근에서 카미노는 두 개로 나뉜다.

한편, 많은 여행자가 산티아고 데 콤포스텔라 대성당에 도착하기 전날 오 페드로우소(O Pedrouzo)에서 숙박을 한다. 작은 마을인 오 페드로우소에 많은 숙박업소가 자리한 이유도 그렇다. 번잡한 오 페드로우소보다 그 직전 아 루아 마을이 한적하고 여유로울 것 같아 산티아고 데 콤포스텔라 도착 전날 숙소를 아 루아 마을의 한 알베르게로 정했다.

　알베르게는 오래되지 않은 건물로 내부 시설이 깔끔하고 주인이 매우 친절했다. 창문 밖으로 펼쳐지는 아름다운 전원 풍경은 비 오는 날 진창길의 고된 하루를 충분히 보상해 주고, 산티아고 데 콤포스텔라에 도착하기 전날의 설렘도 조금은 차분하게 해 주는 느낌이다.

살세다 마을 앞 / 산타 이레네 마을 부근 카미노 갈림길

지명	구간거리	계획		남은거리	진행거리	해발고도
A Rúa				21.3	753.7	277
O Pedrouzo	1.3			20	755	266
San Paio	7.7			12.3	762.7	336
Monte del Gozo	7.5			4.8	770.2	335
Santiago de Compostela	4.8	31일	21.3	0	775	255

(단위 : 거리 km, 고도 m)

'산티아고의 길(Camino de Santiago/Way of St. James)' 여행 마지막 날이다. 프랑스 남서부 끝자락의 생장피에드포르(Saint Jean Pied de Port)를 출발해 한 달쯤 걷고 쉬고 자고 걷고 쉬고 자는 일상이 계속되다 보니 '산티아고의 길' 마지막 날인 오늘도 그동안의 일상과 같은 느낌으로 길을 나선다.

아 루아 마을의 골목을 나와 좁은 포장도로를 따라 한동안 완만한 오름을 오르면 N-547 도로를 만난다. 왼쪽으로 오 페드로우소 마을이 보이고, 카미노는 도로 건너 숲으로 안내를 한다. 완만한 오름의 울창한 숲길을 걷다 보면 오 페드로우소 마을의 외곽인 공장지대에 이르고, 공장지대를 끼고 오른쪽으로 돌아 축구장 담장 건너편 숲속으로 들어선다.

울창한 숲길을 한동안 걸으면 작은 마을인 산 안톤(San Antón)에 이른다. 마을을 벗어나도 숲길은 계속된다. 숲길이 끝나고 밀밭, 건초용 풀밭 등이 이어지고 드문드문 자리한 집들을 지나다 보면 오 아메날(O Amenal) 마을 외곽에 이른다. 숙소에서 약 5km쯤 걸었고 마을 입구에 자리한 바르는 아침을 해결하려는 여행자들로 북적인다. 바르의 이름이 산티아고까지 15km가 남았다는 의미이지 'Kilómetro 15'로 표시되어 있다.

바르를 지나면 카미노는 N-547 도로 아래 통로를 지나 도로 건너편에 있는 산을 올라야 한다. 대부분의 여행자가 지하 통로를 이용하지 않고 차량 통행이 제법 있는데도 도로 위로 건너는 모습이다. 도로를 지나면 수목이 울창한 숲길을 완만하게 오르다가 작은 도로를 지나면서 숲은 더 무성해지고 경사는 더 심해진다. 산정까지는 오 아메날 마을에서 약 1.9km쯤 되고 고도를 약 90m쯤 올려야 한다. 조금 평평한 듯한 산정에 이르면 삼거리에 간이매점이 자리하고 있어 여행자들에게 도움을 준다. 순례자 여권에 찍을 세요(Sello)도 있다고 안내하고 있다. 이곳은 산티아고 데 콤포스텔라 공항(Aeropuerto de Santiago) 활주로 옆에 위치한 산으로, 조금 더 걷다 보면 활주로의 일부가 보인다.

북적이는 오 아메날 마을 입구 바르 /
공항 활주로 옆에 위치한 산 정상의 간이매점

　산정에서 숲으로 난 넓은 비포장 길을 한동안 완만하게 내려서면 공항 활주로 외곽과 A-54 고속도로 사이로 난 길을 걷게 된다. 계속해서 공항 활주로 외곽을 끼고 돌아 걷다 보면 산 파이오(San Paio) 마을 입구에 이른다. 공항 활주로 부근의 작은 마을인 산 파이오 마을의 바르는 여행자들로 북적이는 모습이다. 한 바르 입구에는 세요(Sello)를 자유롭게 찍을 수 있도록 밖에 내놓고 있는 모습이다.

　산 파이오 마을을 벗어나면 울창한 숲길이 계속된다. 공항으로 가는 고속도로 아래를 지나고도 숲길은 이어진다. 숲길이 끝나면서 아 라바콜라(A Lavacolla) 마을 외곽으로 이어진다. 도로를 따라 집들이 점점 많아지고 밀집된 주택가를 지난다. 아 라바콜라 마을 중심의 성당을 지나 외곽으로 나서면 작은 개울을 건넌다. 개울 건너에는 산티아고 데 콤포스텔라 대성당까지 10km가 남았다는 표지석이 자리하고 있다. 카미노는 10km 표지석을 지나 좁은 포장도로를 따라간다. 울창한 숲길의 가파른 오름을 오르면 빌라마이오르(Vilamaior) 마을에 이르고, 마을을 벗어나면 다시 숲길이 계속된다.

숲길을 한동안 걷다 보면 갈리시아 방송국(Galicia TV Station)에 이르고, 조금 더 가면 산 마르코스 캠핑장을 끼고 왼쪽으로 돈다. 갑자기 쏟아지는 비를 피해 들어간 캠핑장에 있던 매점은 물건값을 매우 비싸게 받고 있다.

비가 그친 뒤 캠핑장에서 나와 구릉 위에 곧게 뻗은 좁은 도로를 한동안 걷다가, 내리막과 오르막을 이어 걸으면서 주택가를 지나면 산 마르코스(San Marcos) 마을에 이른다. 마을에서 낮은 언덕을 오르면 산 마르코스 소성당(Capilla de San Marcos)이 자리하고 있다. 성당 왼쪽 위로 봉긋 솟은 언덕이 있는데, 몬테 도 고소(Monte do Gozo)이다. 이곳에서 산티아고 데 콤포스텔라 대성당(Catedral de Santiago de Compostela)을 조망할 수 있다고 알려졌다. 언덕 앞으로 시야는 훤하게 열려 있지만, 명성만큼 대성당 조망이 열리는 곳은 아닌 것 같다.

몬테 도 고소에서 언덕을 따라 내려서면 왼쪽에 대규모 군대 막사처럼 30개가 넘는 건물들이 펼쳐져 있는데, 500명을 수용하는 것으로 알려진 몬테 도 고소 알베르게이다. 산티아고 데 콤포스텔라 대성당까지 약 4.5km쯤 되므로 대성당 오전 도착 하루 전에 숙박하기 좋다.

몬테 도 고소의 긴 언덕을 천천히 내려서면 고속도로와 철로 위를 건너고 산티아고 데 콤포스텔라 시가지로 들어선다. 이어서 큰 도로의 회전 교차로에 이르는데, 작은 공원에 '산티아고 데 콤포스텔라(Santiago de Compostela)' 조형물과 '순례자의 문(Porta Itineris Sancti Iacobi)' 조형물이 자리하고 있다.

몬테 도 고소의 산 마르코스 소성당 앞 / '순례자의 문' 조형물이 있는 공원 앞

조형물이 있는 공원에서 큰 도로를 따라 약 1km쯤 걷다가 11시 방향으로 갈라지는 2차선 도로로 들어서면 발리노 거리이다. 시가지를 걷더라도 카미노 표시는 계속 잘 안내되고 있다. 발리노 거리와 폰티나스 거리를 따라 약 1km쯤 더 가면 N-550 도로와 맞닿는 작은 교차로를 만난다. 직진하는 개념으로 교차로를 지나 세월의 흔적이 묻어나는 넓은 골목으로 들어서서 한동안 걷는데, 중세 순례자들에게 조개껍데기(Conchas)를 팔았다고 전해지는 오스 콘체이로스(Os Concheiros) 거리이고 이어 산페드로 거리이다.

산페드로 거리 골목 끝에는 2차선 도로가 만나는 오거리 교차로가 있다. 도로 건너편의 마주 보는 골목인 카사스 레아이스 거리(Rua das Casas Reais)로 들어서서 중세의 골목을 걷는다. 중세의 골목인 살바도르 광장(Praza de Salvador), 세르반테스 광장(Praza de Cervantes), 인마쿨라다 광장(Praza da Inmaculada)을 차례로 지나고, 거대한 아치 속의 계단을 내려서면 장방형으로 중세 건물들에 둘러싸인 오브라도이로 광장(Praza do Obradoiro)이다.

산티아고 데 콤포스텔라 대성당(Catedral de Santiago de Compostela) 앞 광장에 도착했다. 대성당 앞 광장은 많은 사람이 긴 시간 동안 힘든 여정을 마침내 마치고 나서, 벅찬 감동 표현으로 환호성을 지르고 눈물을 흘리고 서로의 어깨를 감싸고 함께 노래를 부르는 등 기쁨을 나누는 곳이라고 하는데…. 무심한 나는 대성당과 마주하고 있는 옛 주교관 회랑의 기둥에 기대앉아 한참이나 멍하니 대성당을 바라보고만 있었다.

산티아고 데 콤포스텔라 대성당으로 가는 중세 골목

대성당과 마주 보고 있는 주교관 회랑 앞에서 대성당을 바라본다.

산티아고 순례길 마지막 여정, 새로운 출발

참 운이 좋게도 31일간 '산티아고의 길(Camino de Santiago)' 여행을 무탈하게 마치고 산티아고 콤포스텔라 대성당(Catedral de Santiago de Compostela) 앞 오브라도이로 광장(Praza do Obradoiro)에 도착했다.

오브라도이로 광장에는 '산티아고의 길(Camino de Santiago)' 여행을 마친 여행자들뿐만 아니라 이곳을 방문한 여행자들까지 함께 모여 있다. 여행을 마치면서 각자가 가지고 있던 벅찬 감동을 풀어내고 쏟아내는 모습이 아름답다.

수도원 기둥에 기대어 앉아 대성당을 물끄러미 바라보는 사람들,

말없이 눈물만 흘리는 사람들,

소리를 지르며 환호하는 사람들,

격하게 감정을 표현하는 사람들,

함께 온 이들과 어깨동무를 하는 사람들,

함께 노래를 부르는 사람들,

율동으로 풀어내는 사람들,

광장을 떠나지 못하고 바닥에 앉아 있는 사람들,

이 순간만큼은 모두가 아름답다.

니는 기독교, 불교, 이슬람, 힌두 등… 어떤 종교도 갖지 않았지만, 이 길을 꼭 걷고 싶다는 끌림과 설렘이 한없이 컸다. 마침내 800㎞의 고된 여정을 무탈하게 완주했다. 가슴은 작은 감정이 일렁임에도 무심한 나는 대성당과 마주하고 있는 중세 수도원 회랑의 기둥에 조용히 기대어 앉았다.

수고한 나에게 위로와 박수를 맘껏 보내고 웅장한 대성당을 마음에 가득 담으면서 광장에 있는 아름다운 여행자들을 물끄러미 오랫동안 바라보고 있었다.

대성당 앞에서 각자가 가지고 있던 벅찬 감동을 풀어내고 쏟아내는 모습이 아름답다.

산티아고 콤포스텔라 대성당은 9세기에 산티아고(야곱)의 무덤 위에 성소를 지었고 899년에 성당이 건축되었으나 997년에 이슬람 군대에 의해 소실되었다. 오늘날 대성당은 1075년에 디에고 페라에스(Diego Pelaez) 주교와 알폰소 6세의 후원으로 건축되기 시작했다고 한다.

대성당 전면에는 높이가 74m나 되는 바로크 양식의 웅장한 종탑이 양쪽에 솟아 있고, 가운데 상단의 아치에는 산티아고 동상이 자리하고 있다.

한참 동안 멍때리기를 마치고 오브라도이로 광장 여기저기를 둘러본다. 오브라도이로 광장은 중세 건물들로 둘러싸인 장방형 광장이다. 정면의 산티아고 콤포스텔라 대성당은 웅장하고 화려한 자태를 보여 주고 있다. 대성당과 마주 보고 있는 중세 건물은 18세기에 건축된 주교관이다. 왼쪽의 오래된 건물은 15세기 말 르네상스 양식의 수도원이었고 지금은 호텔로 변신했다. 오른쪽 오래된 건물은 16세기에 세운 산 헤로니모(San Jerónomo) 대학 건물이라고 한다.

오브라도이로 광장으로 들고 나는 문 / 16세기에 세운 산 헤로니모 대학 건물

오브라도이로 광장에서 시간을 보내고 '산티아고의 길(Camino de Santiago)' 여정을 마쳤다는 인증서인 '콤포스텔라(Compostela)'를 받으러 광장 왼쪽인 호텔 앞쪽 내리막길로 내려간다. 내리막을 내려선 첫 사거리에서 오른쪽으로 난 넓은 골목을 100m쯤 가면 여행자들이 길게 서 있는 곳에 이른다. 인증서 발급 사무실이다.

길게 이어진 술이 좀처럼 줄어들지 않는데 많은 여행자가 핸드폰으로 순례자 사무소에서 비치한 QR코드에 접속해 순례자 여행 정보를 입력하고 있다. QR코드 접속이 어려운 경우에는 안쪽에 비치된 종이에 수기로 적어야 하는데, 이 경우에는 일이 좀 더디게 진행된다.

입구로 들어서면 인증서를 받는 대기 줄 하나가 옆으로 나 있고, 그 대기하는 줄을 뚫고 직진하는 방향으로 가야 해서 줄이 열십자로 엉켜 다소 혼잡한 모습이다. 대기하는 줄을 지나 건물 밖으로 나간 후 계단 아래 왼쪽 건물로 가면, QR코드로 접속한 정보를 가지고 '인증서 요청' 접수하는 곳이 있다. 안내 봉사자들의 도움을 받아 접수하면 접수 번호가 부여되고, 다시 왔던 건물로 올라가 인증서를 받는 대기 줄에 줄을 서야 한다. 대기

줄은 접수 번호 순이므로 천장 모니터를 참고해 주변에서 기다리다 접수 번호가 가까워지면 줄을 서야 한다.

인증서를 발급하는 사무실 안에는 발급 창구가 여러 개 있으므로 대기 줄에 서 있다가 때론 까칠한 듯한 표정의 봉사자 안내를 따르면 된다. 하루 종일 수많은 여행자를 상대하는 봉사자들도 무척 피곤하리라 여겨진다. 모니터에 뜬 창구 번호를 보고 들어가서 순례자 여권인 크레덴시알(Credencial)을 제시하면 자료를 확인하고 크레덴시알에 마지막 세요(Sello)를 찍은 후에 일반 여행자 인증서를 발부해 준다. 종교적 관점의 별도의 인증서가 필요한지 묻는데, 필요하다고 하면 추가로 발급해 준다. 즉, 여정을 마쳤다는 인증서인 '콤포스텔라(Compostela)'가 두 종류인 셈이다.

인증서를 받아 출구 쪽으로 나오면 작은 부스가 하나 있는데, 그곳에 인증서 발급에 대한 기부금을 내면 된다. 인증서를 넣어 보관할 수 있는 원형으로 된 통을 구입할 수도 있다.

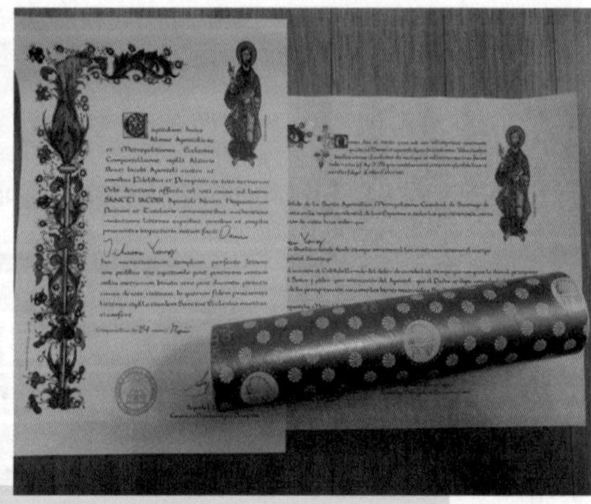

콤포스텔라(Compostela) 받는 곳 / 콤포스텔라는 2종류가 있다.

오래도록 염원하던 약 800km의 산티아고의 길(Camino de Santiago)을 31일간에 마쳤다.

무탈함과 벅찬 감동 그리고 콤포스텔라(Compostela)까지 받았다.

이제, 새로운 도전을 위해 산티아고 데 콤포스텔라 기차역으로 향한다.

산티아고 데 콤포스텔라 기차역

Epilogue

INFP 아들

　모든 일정을 마치고 며칠의 여유가 생겼다. 왜냐하면 아빠는 나이가 있고, 나는 저질 체력이라 우리가 산티아고까지 완주하는 데 훨씬 긴 시간이 필요할 거라 예상했고, 그래서 출국하는 항공권을 일부러 뒤로 미뤄 두었었다. 갑작스럽게 여유가 생기자 우리는 세고비아, 살라망카, 마드리드, 톨레도를 일정에 추가했다. 당연히 아빠가 관심이 있어서가 아니라, 순전히 스페인의 역사에 굉장한 관심이 있던 나를 위함이었다. 한쪽만이 흥미를 가진 여행은 보통 싸움으로 끝나기 십상이다. 그러나 우리는 이전에도 많은 여행을 함께하며, 그리고 이번에도 800㎞를 함께하며 서로의 다른 점을 눈치껏 알아채고 눈치껏 양보하는 데 아주 조금 더 익숙해졌다.

　세고비아와 톨레도의 알카사르에 들어갈 때도 아빠는 아무 관심도 지식도 없기에 입장료가 아깝다며 밖을 산책하겠다고 했고, 나는 신이 나서 뛰어다니며 시글로 데 오로의 유산들을 구경했다. 그리고 프라도! 분명히 두 번째 방문하는데도 감동은 또 달랐다.

　이 작업을 마무리하는 것마저도 우리는 서로 다른 의견을 내었다. 각자의 분량은 각자 알아서 채운다는 큰 틀에는 동의하였지만, 나는 일단 어떻게든 첫발을 떼고 나면, 마치 나선형 유전자 지도처럼 아빠와 작업을 동시

트랙으로 진행하면서 끊임없이 상호 피드백을 교환해 나가며 그때그때 즉흥적인 수정을 가하려 했는데, 아빠는 마치 회사의 조직표나 통계 보고서 같은 '상세한 구조도'를 먼저 정하기를 원했다. 그리고 구체적인 수치가 기재된 도표와 지도를 삽입하기를 원했다. 그리고 완성된 서로의 분량을 검토할 때마저도 나는 선정된 사진의 구도나 색감, 당시 겪었던 몇몇 이벤트들을 가장 먼저 지적했고, 아빠는 문장 구조와 문단 편집을 꼽았다. 시작할 때 느꼈던 대로 30년을 넘게 부자지간으로 지내 왔으면서도 도저히 같아질 수가 없는 모양이다.

그러나 다르면 어떠한가? 함께 이 작업을 마무리하면서 우리는 산티아고 길을 걸을 때보다도 더 많은 이야기를 나누게 되었다. 그때는 워낙 피곤하고 발목과 무릎과 허벅지 등에 파스를 덕지덕지 붙이느라 여유롭게 서로의 감상을 늘어놓기가 어려웠지만, 그 길을 글로 정리하면서 '아, 맞아, 그때 그랬지.'라는 말을 서로 몇 번이나 했는지 모르겠다. 그리고 나는 아빠와 함께 산티아고 길을 걸었을 때만큼이나, 아빠와 함께 그때의 추억과 기억을 이야기하며 되새기는 시간이 정말 좋았다.

우리는 예전에도, 그리고 지금도 지도를 펼쳐 두고 서로가 가고 싶은 여행지들을 골라 가며 많은 이야기를 나누곤 했다. 아빠는 산과 트레킹을 선호하는 전형적인 자연파, 그러니 가고 싶은 곳도 많지만 굳이 꼽아 보자면 아이슬란드 일주, 슬로바키아의 타트라산맥, 알프스의 투르 드 몽블랑과 돌로미티, 중국의 호도협, 그리고 시안에서 투루판으로 이어지는 실크로드, 모로코의 아틀라스산맥 투어, 미국 서부의 협곡 일주, 잉글랜드와 스코틀랜드 서부의 트레킹 등등이다. 어쩜 하나같이 내게 별 흥미가 없는 곳들이다. 다만 사람이 북적이고 시끄러운 곳이 아니라는 점이, 서로의 공통의 극 I 성향과 맞물려 마음에 들 뿐.

반대로 나는 역사적 유산, 미술품, 그리고 바다를 좋아하는 예술파다.

그러니 갔던 곳도 많지만 아직 가지 못한, 그래서 가고 싶은 곳들을 꼽아 보자면 빈-프라하-크라쿠프-부다페스트-자그레브의 합스부르크 일주, 토리노-피렌체-나폴리-팔레르모의 리소르지멘토 일주, 안타깝게도 지금은 꿈꿀 수밖에 없는 키이우-리가-상트페테르부르크-헬싱키-스톡홀름의 대북방전쟁 일주, 그리고 정말 뜬금없지만 드레이크 해협과 남극 펭귄. 하나같이 아빠는 손사래를 친다.

하지만 이미 우리는 말하지 않아도 또다시 여행길에 나설 것임을 알고 있다. 혼자만의 여행이 독특한 매력이 있는 것처럼, 아빠와 함께하는 여행은 그만의 독특한 매력이 있다. 둘이라 불편한 점도 있겠다. 아주 일상적인 식사 패턴과 메뉴 선택부터 너무 다르고, 쉬고 싶은 간격과 시간대도 너무 다르고, 보고 싶은 것과 그걸 보기 위해 들여야 하는 노력의 대가를 측정하는 시선도 너무 다르다.

하지만 또 둘이라 편하다. 나 혼자라면 대충대충 아무 교통편이나 알아보다가 한 번쯤 막힐 때가 꼭 있지만 ISTJ 아빠가 아주 세세한 일정표와 교통편을 짜 주니까. 수학적인 자료 수집과 정리와 편집은 내가 아빠를 따라갈 수가 없다. 반대로 나는 아빠가 어려워하는 현지인들과의 소통, 예약, 식사 주문 등을 대신해 주거나 역사적 배경이나 관련된 일화 등을 소개해 주는 것으로 여행의 맛을 더한다.

그리고 800여 ㎞에 이르는 길을 걸으며, 여행이란 양쪽 다 완전히 만족할 수는 없더라도 얼마든지 더하고 빼고, 늘렸다가 줄이는 등 끊임없는 타협과 인내의 길이라는 점을 다시 한번 몸과 마음으로 깨달았다.

어디로 갈까? 어디로 가게 될까? 또다시 두근거리는 마음을 담아 이 장을 마친다.

▌ ISTJ 아빠

트레킹, 등산 등 자연경관 탐방 위주로 혼자서 떠나는 여행을 즐겨 하는 나는 오래도록 염원하던 약 800km의 '산티아고의 길(Camino de Santiago)' 여행을 31일간에 걸쳐 무탈하게 마쳤다. 산티아고의 길 순례자 인증서인 '콤포스텔라(Compostela)'까지 받았다.

발목 불편과 근육통이 생겨 일정에 다소 영향을 주었으나, 전혀 생각지도 않았던 자전거 렌탈 여행까지 경험하는 여정이었다.

끌림과 설렘이 한없이 컸던 '산티아고의 길' 여정을 계획하면서 INFP(아들)와 ISTJ(아버지)로 일상뿐만 아니라 여행까지도 성향이 너무 많이 다른 아들에게 넌지시 '같이 가 볼래?'라고 물었더니 예상과는 다르게 흔쾌히 동행하겠다고 나섰다. 나하고는 성향이 많이 다른 아들은 몇 년 전 혼자서 레온-산티아고 데 콤포스텔라 구간 약 300km쯤 걸었던 경험이 있는 데다, 60대 중반인 아버지가 혼자 800km에 달하는 기나긴 여정을 떠난다고 하니 적잖이 염려되었던 모양이었다.

사실, 둘 이상이 떠나는 수많은 여행 가운데 아버지와 아들만이 함께하는 조합은 그리 흔한 경우가 아니다. 특히나 우리나라의 부자지간 관계로 보았을 때는 더더욱 흔한 조합이 아니다. 더구나 여행 성향이 많이 달라 40일에 달하는 장기간 여행 중 불협화음이 생길 수 있는 불편함까지 예상되는데도 보호자를 자처하고 나서는 아들이 고맙기도 했지만, 한편으로는 늘 계획하고 준비를 해야 하는 나와는 다른 스타일이어서 부담이 살짝 있기도 했다.

'산티아고의 길' 여행이 시작되면서부터 마무리될 때까지 나와 성향이 다른 아들은 준비된 내 계획에 큰 틀에서 맞추려 했다. 반대로, 영국인 부자의 안내로 시도한 부르고스-레온 구간의 자전거 렌탈 이동은 충분히 알아보려는 나와는 달리, 아들이 빠르게 상황을 파악하고 바로 결정하는 바람에 효율적인 여정으로 변하게 되었다. 큰 틀의 계획 외에 현지에서 발생하는 상황에 대처하는 과정에서는 서로가 충분히 의견을 나누는 시간을 가져 다름의 간격을 좁혔다.

'산티아고의 길(Camino de Santiago)'을 꼭 걸어야겠다는 끌림과 설렘이 한없이 컸고, 성향이 많이 다른 아들과 함께 31일간 약 800km 여행을 마치고 산티아고 데 콤포스텔라 대성당 앞에 섰다. 이곳이 두 번째인 아들은 무심하듯 오브라이도 광장을 거닐었지만, 나는 벅차오르는 감정을 눌러 두고 주교관 회랑 벽에 앉아 대성당을 오랫동안 바라보았다.

드넓은 오브라도이로 광장을 굽어보는 산티아고 동상을 바라보면서 31일간의 여정을 무탈하게 마칠 수 있음에 감사를 드리고, 이동하는 동안 아들과 함께하는 여정을 부러운 듯 바라보거나 인사를 건네던 사람들을 회상하며 함께해 준 아들에게 고마움을 전했다.

이제, 새로운 여행 도전을 위해 산티아고 데 콤포스텔라 기차역으로 향했다.

또다시 시간과 기회가 닿는다면 성향이 많이 다른 아들이지만 함께 새로운 여행을 해 보려 한다.

아빠, 아들
산티아고 순례길

1판 1쇄 발행 2025년 07월 16일

지은이 양지환

교정 신선미   편집 김해진   마케팅·지원 이창민

펴낸곳 하움출판사   펴낸이 문현광
이메일 haum1000@naver.com   홈페이지 haum.kr

블로그 blog.naver.com/haum1000   인스타 @haum1007

ISBN 979-11-7374-029-9 (03810)

좋은 책을 만들겠습니다.
하움출판사는 독자 여러분의 의견에 항상 귀 기울이고 있습니다.
파본은 구입처에서 교환해 드립니다.